MARINA JARRE

WEIT ENTFERNTE VÄTER

Roman

Aus dem Italienischen
von Verena von Koskull

Hanser Berlin

Die italienische Originalausgabe erschien erstmals 1987
unter dem Titel *I Padri Lontani* bei Einaudi, Turin.
Die vorliegende Übersetzung basiert auf der 2021 bei
Bompiani, Mailand, erschienenen Neuauflage.

1. Auflage 2024

ISBN 978-3-446-28140-0
© 2021 Giunti Editore S. p. A / Bompiani, Firenze-Milano.
www.giunti.it www.bompiani.it
Alle Rechte der deutschen Ausgabe
© 2024 Hanser Berlin in der
Carl Hanser Verlag GmbH & Co. KG, München
Wir behalten uns auch eine Nutzung des Werks für Zwecke
des Text und Data Mining nach § 44b UrhG ausdrücklich vor.
Umschlag: Anzinger und Rasp, München
Motiv: »Morning Sail« © Gary Akers
Satz: Greiner & Reichel, Köln
Druck und Bindung: GGP Media GmbH, Pößneck
Printed in Germany

WEIT ENTFERNTE VÄTER

DER LICHTKREIS

Meiner Schwester Sisi

Es gibt Tage, an denen ist der Himmel über Turin gewaltig. Tage sommerlicher Schwüle, wenn die Hitze von morgens an über dem Horizont liegt, auf der einen Seite über den Hügeln und auf der anderen über den Bergen. Im Morgengrauen rauschen die Bäume in weiten, laubigen Wogen, eine sachte und stete Bewegung, die über die ganze Stadt hingeht. Der Himmel ragt in mattem, gleichförmigem, wolkenlos gelblichem Grau und regt sich nicht. Unter diesem Himmel fliegen und zwitschern die Schwalben. Wenig später, gegen acht, schließen die immer sachter wogenden Bäume das Zwitschern in sich ein, bis ihre Bewegung verebbt, der Himmel sich blendend gelb färbt und das Geräusch der Autos die Straßen erfüllt.

Hin und wieder höre ich Gianni oder einen seiner Freunde über das Turin ihrer Kindheit und Jugend reden, als sie im »Italia« eislaufen gingen; hier führte die Fußgängerbrücke über die Gleise, dort lief man durch die Straße mit den Puffs oder durch die noch unbegradigte Via Roma entlang der alten Läden. Turin endete am Ospedale Mauriziano, dahinter lagen die Wiesen.

Beim Reden über dieses Turin klingen Gianni und seine Freunde kein bisschen betrübt, sie trauern nichts nach. Nur den Schienen der Tramlinie 8, die vor ein paar Jahren herausgerissen wurden, habe ich Gianni nachtrauern hören. »Die werden schon sehen«, sagte er grimmig, »wenn es kein Benzin mehr gibt!« Einmal, bei einem Spaziergang durch den Parco del Valentino, trauerte er auch der riesigen Araukarie im Botanischen Garten nach, deren gekappter Stamm als gigantischer, grauer Stumpf über die Mauer ragt.

Er redet von Menschen, und während er redet, zieht die Stadt sich zu einem engen Kreis zusammen, in dem jeder jeden kannte.

»Die hatte schon als Kind krumme Beine«, bemerkt er, als er eine Dame überholt.

»Kennst du sie?«

»Nein, aber wir sind zusammen zur Grundschule gegangen; sie war auch auf der Silvio Pellico.«

Er trauert dem Turin von früher nicht nach, überlege ich, weil er es nicht verloren hat. Er hat seine Kindheit nicht verloren.

Oft bin ich auf die Kindheit der anderen neidisch. Manchmal beneide ich ganz plötzlich sogar ein Kind im Kinderwagen oder eine junge Schwangere mit ihrem hübschen, anmutigen Babybauch. Der Neid wurzelt im altbekannten Unbehagen, dass ich nachfragen muss, dass ich ausgeschlossen bin, und in der Wehmut, die ich wiederum für das Turin von früher empfinde, aus dem, ganz nahtlos, das Kind im Kinderwagen und die anmutige junge Frau mit ihrem prächtigen Babybauch hervorgegangen sind.

Das Bedauern, das Gianni und seine Freunde offenbar nicht empfinden, speist sich eben aus dem, was ich nicht weiß, was ich nicht gesehen habe, aus Gerüchen, die ich nicht gerochen habe, aus der Existenz dieser Frau, die ich nicht gewesen bin.

Seit weit über dreißig Jahren lebe ich in Turin und kenne die neue Stadt, die sich ringförmig um den alten Kern ausgedehnt hat, in- und auswendig, sie ist mit mir erwachsen und alt geworden, die riesigen, von Mietskasernen lückenlos gesäumten Straßen im Süden und Westen; die neuen Einfamilienhäuser in den Wohnvierteln der Hügel, die nebligen, sich lichtenden Viertel an der Autobahn Richtung Mailand, wo es entlang der Straße nichts als Tankstellen zu geben scheint, und darüber nachtfunkelnde Leuchtreklamen.

Einmal verbrachte ich den Sommer in Turin mit einem Pflanzenbestimmungsbuch. Nachmittags um fünf verließ ich das Haus und wanderte an den Grünanlagen im Zentrum und im Viertel Crocetta entlang, besuchte die öffentlichen Parks und bestimmte anhand der Beschreibungen und Abbildungen im Buch die Bäume.

Der Sommerwind stob staubigen Papiermüll zur dichten Kuppel der Rosskastanien empor. Im Garten nebenan blühte ein Schnurbaum, auf den den kleinen Grünflächen in der Via Bertolotti verblühten die Seidenbäume. In den Giardini Lamarmora leuchteten die Blätter der Judasbäume, wenn sich die Abenddämmerung wegen der Gewitter, die jeden Sommer wie schwarze, sich mal im Norden, mal im Süden öffnende Schotten die Stadt umkreisen, bläulich färbte, dann also leuchteten die Blätter der Judasbäume in hellem, sattem, blau bestrahltem Grün.

Während ich mich umblickte – ist das wohl eine Flügelnuss oder ein Götterbaum? –, durchrieselten mich Schauder von Verbundenheit, die, obschon diffus und ungerichtet, denen galt, die, wie ich, des Sommers in Turins Straßen unterwegs waren.

Während ich die Orte Straße für Straße erwanderte, auf den von Staub, Papier, zerschmolzener Eiscreme, Kondomen, Spritzen und Hundekot verdreckten Gehsteigen, wurde die Straße selbst zu einem Ort, zum einzig möglichen, von den anderen Orten ununterscheidbaren Ort, und die Menschen auf dem Gehsteig und ich mit ihnen voneinander ununterscheidbar.

Neue Mietshäuser wuchsen an neuen schlammigen, endlos nackten Straßenzügen in die Höhe, verletzlich zunächst in ihrer versprengten Einsamkeit, dann eingehegt zwischen erdigen, mit mageren Bäumchen bepflanzten Inseln – Zürgelbäume? –, und plötzlich durchschnitten gerade Ahornreihen den großen Parkplatz zwischen dem Krankenhaus San Giovanni Vecchio und dem Palazzo della Borsa: willkürliche Veränderungen, anfällig für weitere abenteuerliche Wandlungen, durch unsichtbare Hand und über Nacht. Geschmackssache, die Telefonzellen, die genauso aussehen wie die Zeit-und-Raum-Transporter aus Science-Fiction-Filmen, dabei ganz klar als solche erkennbar, um ihrerseits die tägliche Notwendigkeit und Natürlichkeit solcher Teleportationen zu bezeugen.

Dies ist der namenlose Ort, anderen Orten gleich, und meine Zeit, der Zeit der anderen gleich. Ich werde nicht mehr fliehen.

Als ich mir als Kind vorstellte, von zu Hause fortzulaufen, war Italien das Land meiner Zuflucht. Italien, die Heimat meiner Mutter, wo es immer warm war und man lange Stunden im Garten verbrachte. Was machte da schon der Durchfall, der meine Sommerferien wegen des zu vielen, noch grün von den Bäumen gepflückten Obstes begleitete.

Meine Schwester und ich sind in Riga geboren.

Ein Foto von mir mit fünf Jahren: Das Haar zu zwei dicken Zöpfchen links und rechts neben dem kleinen Gesicht geflochten, gekleidet in das feine Kordsamtkleidchen, das, wie alle anderen, meine Mutter ausgesucht hat, und darüber die dünne Hausschürze, stehe ich neben dem Puppenhaus und halte mit einer Hand meine Babypuppe Willi fest, die auf dem flachen Dach neben dem Käfig des Kanarienvogels Pippo sitzt. Ich deute ein kleines, stures Lächeln an und blicke seitlich in die Ferne.

Mit dem gleichen verkappten Lächeln über dem störrischen kleinen Kinn und abermals mit abgewandtem Blick sitze ich auf einer anderen Fotografie neben meiner Mutter und meiner Schwester, die mit neugierig strahlenden Augen geradeaus schaut. Auf dem mir zugewandten Profil meiner Mutter liegt ein stolzes und gerührtes Lächeln. Im Augenwinkel hat sie zwei winzige Falten.

Mein Selbstbild ist mit den Ängsten verbunden, die ich hatte; meine Wahrnehmung der anderen mit dem Auftauchen meiner Schwester in meinem Leben.

Wir gehen in den Kaisergarten, ich habe die Hände auf die Stangen des Kinderwagens gelegt, in dem meine Schwester liegt. Ich glaube, ich schiebe ihn, und erinnere mich noch genau an das Funkeln der Stangen vor dem Gesicht. Hinter mir geht das Kindermädchen, und natürlich schiebt sie den Wagen. Aber ich denke: »Jetzt werden alle mich sehen und sagen, was für ein liebes Mädchen, das sein Schwesterchen spazieren fährt.« Wir treffen jemanden und bleiben stehen. Und dieser Jemand über mir sagt auf Deutsch: »Was für Augen die Kleine hat, wie zwei schwarze Pflaumen.« Sofort ist mir klar, dass es die Augen meiner Schwester sind, die wie zwei schwarze Pflaumen aussehen. Das Wort Pflaume hat einen unendlich sanften Klang. Und meine Mutter wiederholt diesen Klang, als das Kindermädchen ihr später davon erzählt.

In der Nacht träume ich, wie ich auf demselben Gehsteig über die Ahornblätter laufe; neben mir geht ein winzig kleines, weißliches, weiches Wesen. Ich zerquetsche es, und es zu zerquetschen, gibt mir ein gewaltiges Gefühl von Macht. Ich weiß, dass es »lebt« und dass ich es töten kann. Dass ich über es verfüge. Ein anderes Mal finde ich gleich mehrere davon auf einem Mäuerchen und zerquetsche sie ebenfalls. Dort, wo ich sie zerquetscht habe, bleibt ein großer Fleck zurück. Wenn ich wach bin, erschrecken mich diese Träume: Wenn ich wach bin, kann ich niemandem etwas zuleide tun und nicht einmal hinsehen, wenn die Kutscher ihre Pferde peitschen. Man hat mir erzählt, gestürzte Pferde mit einem gebrochenen Lauf müsse man töten, denn »wenn ein Pferd stürzt, kommt es nicht wieder hoch«.

Bei unseren Gängen zum Kaisergarten muss ich kaum älter als zwei gewesen sein, denn der Altersunterschied zwischen mir und meiner Schwester beträgt nur dreizehn Monate. Aus diesen dreizehn Monaten stammen auch die beiden Fotos aus unserem Familienalbum. Auf dem ersten, das mein Onkel geknipst hat, sitze ich nackt auf einem Korbstuhl in der Sonne, im Garten vor dem Haus meiner Großeltern mütterlicherseits in Torre Pellice. Ich lache über das ganze Gesicht, und meine Mutter steht hinter der Stuhllehne und beugt sich lächelnd über mich. Auf dem anderen Bild, das ein Fotograf aufgenommen hat, lehne ich mich stehend an meine Mutter, die in einem sehr weiten Kleid neben mir auf den Knien hockt. Ich habe ein winziges, ernstes Gesicht, kleine Augen, eine kleine Nase, einen kleinen Mund und spärliches, glattes Haar. Auf der Rückseite des Fotos steht ein handschriftlicher Vermerk meiner Mutter, in dem sie mich »Marinette« nennt. An diesen hübschen Namen habe ich keinerlei Erinnerung. Als kleines Mädchen wurde ich »Miki« genannt – ein Spitzname, den mir meine Schwester gab –, und meine Großmutter mütterlicherseits nannte mich Mina, mit französischer Betonung auf dem a.

Gut möglich, dass meine Liebe für die nackte Herbst- und Frühlingssonne, die besonders klar und kühn durch die Stämme und kahlen Zweige zu blitzen scheint, Teil jener dreizehn Monate ist, die zwischen meiner Geburt und der meiner Schwester liegen. Jedes Mal versuchen sie dann Gestalt in mir anzunehmen, Erinnerungen an nicht erlebte Begebenheiten oder an nicht bewusst wahrgenommene Empfindungen, und ich sage: »Das ist gut so, ich habe keine Angst.« Oder: »Ich bin, wie ich bin, und das will ich genießen.«

Doch vor allem habe ich das Gefühl, woanders zu sein, die ersten Schritte eines anderen zu tun.

Dabei wusste ich sehr früh, wo ich mich befand, obwohl sich mein Bewusstsein auf den jeweils gegenwärtigen Ort und die jeweilige Zeit beschränkte – mein Zimmer, die Straße vor unserem Haus, das vom Meer gestreifte Stück Strand – und Ortswechsel ausblendete. An jenem Ort und in jener Zeit war jede meiner Gesten und jedes Wort zutiefst bedeutsam und entscheidend. Ich bannte die Ereignisse in einem Rahmen, um mich ihnen sofort stellen zu können – zunächst erschienen sie mir allesamt bedrohlich –, und wusste nicht, dass man warten oder die Dinge aufschieben konnte.

Ich hatte daher viele Ängste – ich war feige, sagte meine Mutter –, in denen sich Menschen und Orte mischten: Es gab Menschen, die mich in Bedrängnis brachten, Orte, die beängstigende Wesen heraufbeschworen. Doch an jedem Ort und in jedem Augenblick suchte ich nach dem Mittel, der Geste oder dem Wort, um meine Ängste allein zu bewältigen. Ich war auch eine Lügnerin, sagte meine Mutter.

Ich fürchte mich vor meiner Mutter, ich fürchte mich vor ihr, wenn sie da ist, und sehne mich nach ihr, wenn sie nicht da ist. Ich bekomme zu hören, diese Liebe würden *alle* Kinder für ihre Mutter empfinden. Und ihre Mama liebt sie ebenfalls, weil sie gelitten hat, um sie zur Welt zu bringen. Das verstehe ich nicht, warum liebt sie sie, wenn sie gelitten hat? Hingegen verstehe ich sehr wohl, warum die Mama die Kinder macht und dass man ihr im Krankenhaus den Bauch aufschneiden muss, um sie herauszuholen.

Als ich geboren wurde, ist meine Mutter auch ins Krankenhaus gegangen. Bevor ich zur Welt kam, hat sie sich wochenlang übergeben; sie blieb an den Lattenzäunen stehen, um sich in Ruhe zu übergeben. Am Abend vor meiner Geburt hat sie aufgehört, sich zu übergeben. Ich bin ein paar Wochen zu früh geboren. Das sollte doch nun endlich mal ein Vorzug sein, aber das ist es nicht, denn es war meine Mutter, die mich zu früh hat kommen lassen, weil sie auf eine Leiter gestiegen ist, um ein paar Marmeladengläser auf den Schrank zu stellen.

Dann habe ich immer grün in die Windeln gemacht und nachts geweint.

Ich habe spät laufen und spät sprechen gelernt; man hielt mich für dumm, doch die alte Njanja, die mit mir spielte, wenn ich nachts wach wurde, und mir russische Lieder vorsang, sagte, ich sei hochintelligent.

Die Erwachsenen haben keine Angst, das ist der Unterschied zwischen ihnen und mir. Ich weiß nicht, ob sie gut daran tun, keine Angst zu haben: Sie laufen über zugefrorene

Seen. Das Eis knirscht; wer garantiert den Erwachsenen, dass es nicht bricht?

Sie lassen nachts die Öfen brennen; dann fackeln ihre Häuser ab – vor allem die der Arbeiter am Stadtrand –, und die Feuerwehrleute müssen anrücken und sie löschen.

Mein Onkel wirft mich in die Luft und fängt mich wieder auf. Er hat viel Spaß daran, aber schafft er es auch, mich wieder aufzufangen?

Ist den Erwachsenen nicht sogar der Zeppelin abgestürzt, der eines Morgens, ganz silbrig im Sonnenlicht, direkt vor unseren zur Düna gelegenen Fenstern vorbeizog?

Auch ich werde irgendwann erwachsen sein, aber ich kann es mir nicht richtig vorstellen. Ich fürchte – und daran denke ich oft –, in einer einzigen Nacht auf einen Streich groß zu werden. Wie soll ich am nächsten Morgen Kleider in der passenden Länge finden? Ich werde allein losgehen und mir welche kaufen müssen, und die Erwachsenen werden sich wegen meiner zu kurzen Kinderkleidchen lustig über mich machen. Sie machen sich gern über mich lustig, und ich hasse es, wenn sich jemand über mich lustig macht. Vor allem hasse ich die, die sich über mich lustig machen.

Beim Gehen drehe ich mich um und präge mir die Straße ein, damit ich allein wieder nach Hause finde, sollte ich irgendwo zurückgelassen werden. Und für den Fall, dass meine Mutter es nicht rechtzeitig wieder in den Zug schafft, lerne ich auch die Namen sämtlicher Haltestellen auswendig, durch die wir auf der langen, viertägigen Reise kommen, die uns im Sommer bis nach Italien bringt; nach Italien, nach Torre Pellice. Der erste italienische Name, den ich lerne, ist »Garda«, Lago di Garda – Gardasee –, und eines Morgens sehe ich ihn, kaum bin ich aufgewacht, im Zugfenster, ein schmaler Schnipsel smaragdgrünen Wassers.

Als ich meiner Mutter erkläre, was ich auf der Straße tue, warum ich mich beim Spazierengehen dauernd umdrehe, ist sie zutiefst beleidigt.

Dabei will ich doch nur, dass sie mich endlich lobt. Normalerweise lasse ich mich wie ein Paket von einem Ort zum anderen bugsieren, und kaum bin ich da, grabe ich mir schleunigst einen Bau. Ich hasse Kindergesellschaften, auf denen mich irgendein Erwachsener in meinem Eckchen stört, mir riesige, widerliche Cremeschnitten anbietet und mich ausfragt, was ich gerne mache. Magst du Schlittenfahren oder Eislaufen? Magst du heiße Schokolade? Gehst du gern in den Kindergarten?

Einmal nehmen sie mich mit, um ein kleines, frisch geborenes Kind anzusehen; wir sind zu Besuch bei jemandem von der holländischen Gesandtschaft. In einer Fensternische hinter einem großen Vorhang habe ich mir ein abgeschiedenes Plätzchen gesucht, schaue mir ein Bilderbuch an und lese die Überschriften in Großbuchstaben. Und schon stöbert mich der übliche Erwachsene auf und nimmt mich mit den anderen Kindern mit, um das Neugeborene anzusehen. Das Zimmer, in dem die Wiege steht, ist hell erleuchtet und voller Menschen. Es riecht nach heißer Schokolade. Das Kind hat nackte Beine und Füße. Es ist dick und weiß. Alle sagen »so ein hübsches Kind«, aber ich muss mich fast übergeben, vielleicht wegen des Kakaogeruchs oder weil ich gesehen habe, dass sich ein Haar um den großen Zeh des Kindes kringelt.

Hin und wieder übergebe ich mich. Ich esse nicht gern Fleisch und kann ohne weiteres den ganzen Nachmittag lang gekaute Fleischklumpen im Mund behalten, gut versteckt in den Backentaschen. Meine Mutter pult sie mit dem Finger heraus und schimpft auf mich ein. Sie hat recht, ich sollte mich überwinden, sie hinunterzuschlucken; wenn ich es nicht tue, wachse ich nicht.

Als ich Keuchhusten hatte, ließ Mama über die italienische Gesandtschaft Apfelsinen kommen. Sie kosten schrecklich viel und liegen aufgereiht auf einem hohen Bord. Ich esse sie, um ihr einen Gefallen zu tun, dann huste ich sie wieder aus – teuer, wie sie sind –, während meine Schwester, die ebenfalls Keuchhusten hat, es schafft, sie wieder hinunterzuschlucken. Meine Mutter lacht, als sie davon erzählt und beschreibt, wie meine Schwester hastig hustet, die Apfelsinen wieder hinunterschluckt, »Fertig!« sagt und weiterspielt.

Ich esse nicht gern; es gibt nur wenige Gerichte, auf die ich versessen bin. Gekochter oder geräucherter Lachs. Abends im Dunkeln gehe ich ihn mir auf dem Küchentisch anschauen, rosig und duftend, schon fertig für den nächsten Tag. Auch Kissel esse ich gern (ein säuerliches Beerenkompott) und Nudelsuppe und Würstchen ebenfalls; die kaufen wir auf unserer Reise an den deutschen Bahnhöfen, serviert auf einem Pappetellerchen mit Senf und einem weißen Brötchen. Doch an all diesen Speisen verzaubern mich auch Kleinigkeiten, die gar nichts mit dem Geschmack zu tun haben: das wunderschöne Rosa des Lachses oder die geleeartige Durchsichtigkeit des Kissels, der dampfige Duft der Würstchen und die klare Form des weißen Brötchens.

Lebertran wiederum ist mir kein bisschen zuwider. Er hat nichts von einem Lebensmittel und sieht aus wie flüssiger Klebstoff. Während meine Schwester sich unter den Tischen und hinter dem Sofa versteckt, wenn der Moment der täglichen

Ölration gekommen ist, schlucke ich sie ergeben hinunter. Natürlich hoffe ich, mich damit endlich hervorzutun, aber ehrlich gesagt, kostet es mich nicht viel. Doch meine Mutter, die meine abstoßenden Ernährungsvorlieben womöglich erahnt, scheint meine Fügsamkeit gegenüber Lebertran fast mit Ekel zur Kenntnis zu nehmen und bemitleidet stattdessen meine Schwester, die sie, wenn auch mit strenger Miene, hinter dem Sofa hervorzerrt. Was würde sie wohl sagen, wenn sie wüsste, dass ich, eingeschlossen im Badezimmer, regelmäßig Nivea-Creme nasche und danach sorgfältig über die Oberfläche lecke, damit sie wieder glatt wird?

Hin und wieder bin ich kurz davor, ihr zu erzählen, dass ich im Bad Nivea-Creme esse; und wenn sie darüber lachen würde, statt mich auszuschimpfen? Oder ich würde ihr gern sagen, wieso ich so lange im kleinen Klosett neben der Küche verschwinde. Ständig sind sie böse auf mich, weil ich so oft dort drin bin, dabei störe ich doch niemanden; ich hocke nur auf dem Klodeckel und rede mit dem Hund, der in der Glühbirne eingesperrt ist.

Eingesperrt im Glühfadenpferch, und ich rede mit ihm, bemitleide ihn und bemitleide mich: »Hund«, sage ich zu ihm, »du bist dort eingesperrt, und ich bin hier eingesperrt, und wenn ich rausgehe, schimpfen sie mit mir und schicken mich morgen ins Eisbad.« Außerdem habe ich herausgefunden, dass ich bei Schnupfen einen ekligen Geruch in der Nase habe. »Hund, du hast keinen Schnupfen; du bist sauber, geruchlos und hell in deinem Pferch.«

Aber ich rede nicht mit meiner Mutter, es lähmt mich, dass ich nichts Lobenswertes an mir habe. Wenn sie mich ansieht, spüre ich, dass sie mich durchschaut. Es hat keinen Zweck, ihr etwas vorzumachen, ich bin nichts wert. Wenn sie mich wenigstens dafür bemitleiden würden, doch niemand bemitleidet mich. Nicht einmal, wenn ich krank bin. Ich bin oft krank, alberne Krankheiten, die »Kinderkrankheiten« heißen. Als meine Schwester wenige Monate alt war, erkrankte sie so schwer, dass sie fast gestorben wäre. Danach war sie nie wieder krank.

Meine Mutter betet meine albernen Krankheiten herunter wie den Rosenkranz ihrer Qualen; kaum werde ich krank, sorgt sie sich und bleibt zu Hause, um mich zu pflegen. Während ich allmählich auf dem Weg der Besserung bin, ist jedes Fiebermessen ein heikler Moment. Einmal, als das Thermometer noch immer siebenunddreißig fünf, statt sechsunddreißig acht anzeigt, wird sie so wütend, dass sie es in die Ecke pfeffert. Oder es war etwas anderes, an das ich mich nicht erinnere. »Was hast du angestellt? Bist du aufgestanden und ans Fenster gegangen? Ohne Pantoffeln? Bist du auf dem Bett herumgehopst?« Ich habe Angst vor ihr, aber sie tut mir leid: Es stimmt ja, sie muss zu Hause bleiben, um mich zu pflegen, dabei hat sie an der Universität so viel um die Ohren.

Ich bin allerdings ganz froh, krank zu werden. Gerade weil sie zu Hause bleiben muss, um mich zu pflegen. Abgesehen von den klebrigen gelben Halswickeln und dem Löffelchen des Arztes, finde ich das ganze Krankheitszeremoniell großartig. Der Teller blasse Brühe auf dem Tablett – das Tablett samt sauberer Serviette, ganz für mich allein – und der Geschmack der Hustensäfte erst. Jeden Morgen wäscht meine Mutter mich gründlich und pudert mich ein. Eingehüllt in den Duft meiner Waschungen, kuschele ich mich unter die Decke und betrachte die Sonne auf der Tapete. In ihrem kleinen Lichtquadrat an der Wand gehört auch sie ganz allein mir. Ich bin vor jeder lauernden Gefahr geschützt und kann mich von den Anstrengungen der täglichen Gegenwehr ausruhen.

Wie eine Spinne kauere ich im Zentrum meines Lebens und webe ein schützendes Netz um mich. Ich darf meinen Platz nie verlassen, bin auf mich selbst gestellt und kann mir nicht die winzigste Ablenkung erlauben: Ich muss versuchen, den anderen möglichst wenig von mir preiszugeben, die mich Stück für Stück zerstören wollen.

Mit ihren Fragen, ihrem Gelächter: »Gehst du gern eislaufen? Gehst du gern in den Kindergarten, magst du heiße Schokolade?« Oder: »Sag dies, sag das, was sagst du zu der Dame?« Egal was ich sage, sie lachen darüber.

Vergeblich die Bemühungen meiner Mutter und meines Großvaters, mir ein *merci* zu entlocken, als Großvater mir unter dem Haselstrauch im Garten von Torre Pellice eine Weintraube hinhält. Großvater war – wie seltsam – im Morgenmantel. Er war bereits sehr krank und verbrachte die meiste Zeit des Tages im Bett. An jenem Nachmittag war er mit unendlich langsamen Schritten auf die Wiese getappt, um Trauben zu pflücken. Nun hielt er sie in der Hand, mit ihren schönen, goldfarbenen Beeren, doch ich bekam den Mund nicht auf. Ungeduldig und enttäuscht presste Großvater die Lippen zusammen.

Wenige Monate später sind wir wieder in Riga, und eines Morgens führt uns die Gouvernante in Mamas Zimmer. Sie sitzt im Unterkleid auf dem Bett, die Arme nackt, und weint mit kraus gezogener Nase. Großvater in Italien ist gestorben.

Auch dieses Mal schweig ich, natürlich aus Vorsicht, um mir keine Blöße zu geben. Aber ich war auch verblüfft: Ich hatte meine Mutter noch nie weinen sehen und begriff nicht, weshalb sie weinte.

Es rührte mich nicht – die Großen rührten mich nie, unser sterbender Hund rührte mich, der mit seiner kranken Schnauze vergeblich nach Luft rang –, vielmehr kam es mir vor, als wäre sie nicht mehr meine Mutter (sie war Großvaters Tochter), und das machte sie mir in ihrer unerklärlichen Erschütterung so fern – galten ihre Gefühle nicht einzig meiner Schwester und mir? –, dass man sie nicht mehr fürchten konnte.

Außerdem darf man seine Gefühle nicht zeigen, wer es tut, spielt bestimmt nur Theater.

Als ich meinen Vater zum letzten Mal sah – ich war zwölf Jahre alt, er und meine Mutter ließen sich gerade scheiden, und er war uns für ein paar Tage in Torre Pellice besuchen gekommen, wo wir seit zwei Jahren bei Großmama lebten –, verabschiedeten wir uns im Vicolo ai Dagotti, in dem das Haus meiner Großeltern steht. Vielleicht war ich auf dem Weg in die Schule: Ich war allein, meine Schwester war womöglich schon vorgegangen. Als ich gerade in die Hauptstraße einbiegen wollte, lief mein Vater, der an der Gassenecke zurückgeblieben war, mir nach, holte mich ein, schloss mich in die Arme, hob mich hoch und küsste mich weinend auf den Mund. Diese unserem üblichen Umgang so fremde Geste verblüffte mich und stieß mich ab. Als er mich wieder absetzte, stob ich grußlos davon und ließ ihn, groß in seinem dunklen Mantel, in der Gasse stehen.

Während ich rennend in die große Straße einbog und mir mit der Hand über den Mund wischte, fragte ich mich immer wieder: Was ist bloß in ihn gefahren? Und zugleich: Wer ist er?

Ich war verblüfft, aber ganz anders als bei meiner weinenden Mutter. Ihr Weinen hatte sie mir fremd gemacht, doch die plötzliche und unerwartete – nicht geschauspielerte – Reaktion meines Vaters hatte etwas in mir zu fassen bekommen. Etwas, das es nicht gab, das abwesend war.

Sogleich empfand ich diese Abwesenheit wie eine Schuld, lang ehe mir klarwurde, dass ich ihn im Vicolo ai Dagotti zum letzten Mal zurückgelassen hatte, groß in seinem dunklen Mantel, aufrecht im Angesicht der Deutschen, die ihn im Oktober oder November 1941 in Riga erschossen.

Eine zwischen ihm und mir, die wir einander nicht hatten kennenlernen können, geteilte Schuld.

Ich weiß so gut wie nichts über ihn. Mir bleiben nur spärliche Kindheitserinnerungen. Ich habe keine Ahnung, wie meine Mutter und er sich begegnet sind, wusste lange nicht, weshalb sie geheiratet hatten, kenne das Datum seines Todes nicht und habe das seiner Geburt den Scheidungspapieren meiner Mutter entnommen.

Ehe er zum letzten Mal fortging, hatte er mir eine Uhr geschenkt. Eine klobige Uhr mit einer asymmetrisch eckigen Form und römischen Ziffern, die mir kein bisschen gefiel. Jahre zuvor hatte er uns eine Puppe geschenkt, die genauso groß war wie ich und in kein Puppenbett passte. Jedes Mal schenkte er nur eine Puppe, ohne zu sagen, für wen von uns beiden sie war; von der Pariser Weltausstellung hatte er eine Negerpuppe mitgebracht, die sich meine Schwester sofort unter den Nagel riss, obwohl mein Vater beim Kauf bestimmt nicht im Sinn gehabt hatte, wem er sie geben würde. Bei einem seiner gerichtlich vereinbarten Besuche, die er uns während unserer letzten Monate in Lettland abstattete, hatte er uns – der Ärmste – riesengroße weiße Plüschkaninchen mitgebracht. Grässliche, monströse Viecher, mit denen man nicht spielen konnte.

Nie schickte er mir das Puppenteeservice, um das ich ihn in sämtlichen Briefen bat, die ich ihm aus Torre Pellice schrieb, denn das kleine Porzellanservice, ein Geschenk meiner Mutter, war zusammen mit dem Spielzeug, meinen Büchern und Puppen zu Hause zurückgeblieben. Bei unserem Aufbruch hatten wir nichts mitnehmen dürfen und mussten so tun, als würden wir morgens zur Schule gehen; stattdessen waren wir zu Mama in die Wohnung gegangen, in der sie nach der Trennung lebte.

Hin und wieder träume ich noch immer, ich müsste die Koffer packen und wäre nicht in der Lage, alles Nötige mitzunehmen. Meistens träume ich, ich müsste mit meinen kleinen Kindern fliehen und entscheiden, welche ihrer Anziehsachen ich einpacken soll. Auch die Decken muss ich hastig zusammenraffen, ehe die Katastrophe hereinbricht.

Ich trug die Uhr lange, und als sie kaputtging, konnte ich mich erst nach Jahren dazu durchringen, sie durch eine winzig kleine neue zu ersetzen. Ich hob die riesige, sperrige, kaputte Uhr zwischen meinem Krimskrams auf, bis ich sie während eines Umzuges wegwarf.

Sonst besitze ich nichts mehr von meinem Vater, weder ein Foto noch einen Brief. Nicht einmal den letzten Brief, den er uns 1941 schrieb, gleich nachdem die Deutschen Riga besetzt hatten. Ich kann mich beim besten Willen nicht erinnern, was mit diesem Brief geschehen ist, der mehrere Jahre lang zwischen meinem Papierkram steckte, zerrissen und zerknittert, wer weiß, von wem. Großmama hasste unseren Vater und hätte es bestimmt fertiggebracht, jede Spur von ihm verschwinden zu lassen. Allerdings ist auch nicht ausgeschlossen, dass ich ihn bei einer meiner Aufräumaktionen weggeworfen habe.

Von diesem in seiner unleserlichen Handschrift verfassten Brief ist mir nur ein Satz im Kopf geblieben, den er unterstrichen hatte: »... denn vergesst nicht, dass Ihr ebenfalls Jüdinnen seid«.

Der Satz erschien mir bedeutungslos, und ebenso wenig begriff ich den Grund, weshalb er uns bat – ich war sechzehn, meine Schwester fünfzehn –, ihn auf welchem Weg auch immer aus Lettland herauszuholen. Wie hätten wir das bewerkstelligen sollen?

Ich war ihm nie nahegekommen: Er war der einzige Erwachsene, der für keinerlei Verhaltensregeln stand, vielmehr lehnte er sie allesamt ab.

In der großen, lichten und gepflegten Wohnung unserer Mutter lebte er wie ein Fremder. Er war hochgewachsen, dunkel, mit Geheimratsecken – er war schon fast vierzig, als ich geboren wurde –, und vermutlich sehr schön. Er sah aus wie ein »arabischer Prinz«, behauptete die Köchin.

Unser Tagesablauf deckte sich nicht mit seinem. Manchmal begegnete ich ihm, wenn ich morgens zur Schule aufbrach, in den noch dunklen, laternenbeschienenen Straßen. Er war auf dem Heimweg, den weißen Seidenschal um den Hals. Bei meiner Rückkehr um ein Uhr lungerte er in Pantoffeln und Morgenmantel herum, strich durch die Zimmer und zog einen entsetzlichen Männermuff hinter sich her. Oder er saß tief in einem Sessel versunken, las seine russischen Zeitungen und rauchte dabei dicke Zigarren mit goldfarbener Banderole, die ich mir zum Spiel als Ring auf den Finger streifte. Zu Mittag aß er Kalbsfußsülze. Er trank Tee aus einem hohen, von einem Henkelring eingefassten Glas.

An einem Nachmittag ging er mit uns an Mamas Stelle zum

Ballett und schlief hinten auf der Bühne ein. Er schnarchte so laut, dass er bis ins Parkett zu hören war.

Ein paarmal begleitete er uns zu verschiedenen Sportwettkämpfen. Sport interessierte ihn, in der Sowjetunion war er Trainer gewesen. Er erzählte: »Neunzehnhundertachtzehn saß ich in einem Boot auf der Düna, und von der Brücke aus wurde auf mich geschossen.« Deshalb hatte er aus der Sowjetunion fliehen müssen.

Ich weiß noch, dass er das Pfeifen der Schüsse nachmachte, wenn er diese Anekdote zum Besten gab.

Einmal gingen wir mit ihm zu einem Wettgehen. Dort wackelte ein kleiner, dunkler, völlig verschwitzter Mann auf seinen krummen Beinen hektisch auf der Laufbahn im Kreis. Er fuchtelte herum und sprach in einer unverständlichen Sprache, und als man ihm ein Glas Wasser reichte, schlürfte er es in sich hinein und spuckte es auf den Boden. Mir war das peinlich, denn er war Italiener, und meine Mutter war auch Italienerin, genau wie dieses komische Männchen ohne Manieren.

Mein Vater redete schlecht von den Italienern, vor allem von einem – ein gewisser Mussolini –, den ich eine Zeitlang ebenfalls für einen Geher hielt. Auch von den Sowjets und den Deutschen redete er schlecht. Er versuchte mir ein seltsames Deutsch beizubringen – Jiddisch – und amüsierte sich köstlich, wenn ich es aussprach wie er. Mama wurde böse und sagte, er sei wütend auf die Deutschen, weil er es nicht geschafft habe, sein Studium in Deutschland zu beenden.

Doch seine Freunde waren fast ausnahmslos Deutsche. »deutsche Nichtsnutze«, wie Mama zu sagen pflegte. Einer von ihnen war Gefängnisarzt, und eines Nachmittags war seine Frau bei uns zu Hause aufgetaucht und hatte sich beschwert,

»Herr Gersoni« würde ihren Gatten dazu anstiften, sich die ganze Nacht mit ihm herumzutreiben. Mein Vater hatte diebische Freude daran, ein schlechtes Vorbild abzugeben. Aber wieso ließ sich dieser »deutsche Nichtsnutz« darauf ein?

Unser Vater tat noch andere Dinge, die Väter nicht tun oder tun sollten.

Einmal kaufte er einen Autobus. Er nahm uns mit in die Garage, wo der Bus untergestellt war, um ihn uns zu zeigen.

Der Bus hatte zerschlissene Sitze, und ich fragte mich sofort – traute mich aber nicht, die Frage laut zu stellen –, ob wir von nun an mit diesem Bus statt mit dem Diatto herumfahren müssten. Einmal hatte ich schon in einem Sidecar sitzen müssen, das neben dem Motorrad über das Kopfsteinpflaster hoppelte. Doch zum Glück war der Bus nur ein »Geschäft« meines Vaters. Genau wie der Diatto – eine Zeitlang waren es sogar zwei Diattos gewesen –, der noch immer auf einen Käufer wartete.

Die Geschäfte meines Vaters waren solcherlei Schrullen – ähnlich wie seine Interessen für sportliche Wettkämpfe –, denen er sich widmete, statt sich, wie Mama sagte, um seine Arbeit zu kümmern. Er war Michelin-Vertreter für die baltischen Länder.

Wenn ich von Riga träume, dann nur von der Straße, in der sich sein Büro befand. In meinen Träumen ist sie menschenleer, mit grobem Pflaster und von hohen Häusern gesäumt, die sich wie die Wipfel einer sturmgepeitschten Pappelallee über die Straße neigen. Es ist ein Angsttraum, das Pflaster und die Häuser sind schwarz, und ich laufe zum Büro meines Vaters, ich will zu ihm. Stattdessen finde ich dort, einer nach dem anderen in einer Abfolge blitzschneller Verwandlungen auf einem Stuhl sitzend, unbekannte Männer mit alten Gesichtern und geschlossenen Augen. Weinend wache ich auf.

Auf dem Heimweg von der Busbesichtigung streiten unser Vater und unsere Mutter.

Sie kommen nicht gut miteinander aus. Daran ist er schuld, er brüllt herum und lenkt nie ein. Er zeigt nicht den kleinsten Funken guten Willen, dabei muss Mama so viel arbeiten, um alle Rechnungen zu bezahlen. Zweimal im Jahr reist er nach Paris, um »sich zu amüsieren«.

Sie kommen nicht gut miteinander aus; sind nie gut miteinander ausgekommen.

Als mir eine alte Postkarte meiner Mutter in die Hände fällt, in der sie ihren Eltern schildert, wie ich im Hochstuhl sitze und ihnen – ihr und Sammy – beim Mittagessen zusehe, kommt es mir vor, als schriebe sie von anderen Menschen.

Ihr Zerwürfnis ist ein täglicher Zustand, über den meine Schwester Sisi und ich ab und zu reden. Wie soll man auch mit jemandem auskommen, der zweimal im Jahr nach Paris fährt, um sich zu amüsieren? Der tagsüber schläft, keine Rechnungen zahlt und herumbrüllt? Die Köchin sagt zum Dienstmädchen, er hätte Mama geschlagen, aber das glaube ich nicht; doch jedes Mal wenn er anfängt herumzubrüllen, fürchte ich, es könnte passieren.

Mama ist sehr mutig; sie bietet seinem Geschrei die Stirn. Sie bietet sowieso jedem die Stirn, sogar den Zöllnern. Während sie unsere Koffer durchwühlen, schimpft sie auf sie ein.

An einem Frühlingsmorgen müssen wir in eine andere Wohnung. Hin und wieder ziehen wir um: Die erste Wohnung, an die ich mich erinnere, ging auf die Düna hinaus, und vor den Fenstern zogen die Schiffe vorbei, dann haben wir auf der anderen Flussseite gewohnt, und im Türrahmen zwischen Esszimmer und Arbeitszimmer hingen Turngeräte. In einer Wohnung durfte ich meine Puppenmöbel am Ende eines kleinen, blinden Flures aufstellen. Die Wohnungen waren immer sehr groß, und jedes Zimmer roch anders.

An besagtem Frühlingsmorgen fahren wir mit unserem Vater und unserer Mutter nach Bienenhof, dem Gut meines Großpapas auf einer Düna-Insel. Neben der Fabrik steht dort auch das Haus, in dem die Großeltern gelebt haben, ehe sie nach Riga zogen, und auch unser Vater hat mit seiner ersten Frau dort gewohnt.

Unser Vater hat vorgeschlagen, nach Bienenhof zu ziehen, und Mama freut sich: Ihr gefällt die Idee. Von der Fahrt erinnere ich nur noch, dass mein Vater und meine Mutter sich gut vertragen.

Es ist ein sonniger Tag, und als wir ankommen, ist das Haus ganz in Sonne getaucht. Vor dem Haus steht ein großer, weißer Flieder, der – so erzählt unser Vater – im Krieg von einer Granate gespalten wurde und selbst mit klaffendem Stamm weiterblühte. Mein Vater lässt mich den Stamm anfassen.

Dann gehen wir ins Haus. Die Wohnung liegt im ersten Stock. Die Fenster stehen offen, und die Sonne scheint in die Zimmer. Die Möbel sind alt und hell, weiße Überzüge bedecken die Sessel. Die Böden sind aus blondem, gewachstem Holz. Es gibt viele Zimmer. Mein Vater und meine Mutter schlendern von Zimmer zu Zimmer, ich kann nicht hören, was sie zueinander sagen, doch ich weiß, dass sie sich vertragen.

Ich schaue aus dem Fenster in den grasbewachsenen Hof. Ich habe Hunger und würde gern ein Brötchen essen. Ich spiele mein Spiel der Gerüche, wandere mit geschlossenen Augen umher und nehme die verschiedenen Gerüche der Zimmer wahr, die ich durchquere.

Die Zimmer von Bienenhof riechen nach Sonne, nach Überzügen und natürlich nach Honig. Wie soll es bei dem Namen anders sein. Nach Menschen riechen sie nicht.

Wir zogen nicht nach Bienenhof, und unser Vater und unsere Mutter ließen sich scheiden.

Ich glaube nicht, dass ich hoffte, nach Bienenhof zu ziehen. Ich kannte die Zukunft nicht, eingeschlossen wie ich war im hellen Lichtkreis auf meiner Bühne. Tagtäglich war die Scheidung meiner Eltern in diesem Kreis anwesend, zusammen mit den anderen Ängsten.

An jenem Morgen in Bienenhof wurde der Lichtkreis lediglich größer, so groß, dass ich seine Grenzen jenseits der hellen Wände und vor den geöffneten Fenstern, jenseits des graswachsenen Hofes und des Flusses, über den eine Holzbrücke führte, nicht mehr sah.

Das letzte Mal, dass ich das Spiel der Gerüche spielte, war in Waltershof, dem Gut deutscher Adeliger, auf dem Mama uns während unserer letzten Monate in Lettland versteckte. Unser Vater und unsere Mutter ließen sich scheiden – das Verfahren dauerte sechs Jahre –, und Mama wollte uns heimlich nach Italien bringen, aus Furcht, das Gericht könnte ihr das Sorgerecht absprechen. All das hatten wir von unserer Gouvernante Ingeborg erfahren – von uns Böggi genannt –, die Mama bei unseren Fluchtvorbereitungen geholfen hatte und mit uns in Waltershof lebte.

Um zu unserem Zimmer in einem Gebäudeflügel zu gelangen, musste man Salons und Boudoirs voller Möbel mit vergoldeten Beinen und zugedeckter Sessel durchqueren. In einem

Eckzimmer mit stets verrammelten Fenstern spukte zwischen Mitternacht und ein Uhr ein kopfloses Gespenst, das – ich weiß nicht mehr, wie – irgendetwas mit einer barocken Standuhr zu tun hatte, ein Geschenk Marie Antoinettes an eine Patentochter und Ahnin des Hausherrn. Dieses Zimmer durchquerte ich mit geschlossenen Augen und schnupperte nach dem Gespenst, ein kleiner, mattgrauer Hauch, der nicht in meine Nase drang, sondern nur in den versteckten Bau in meinem Kopf, in dem ich mich verkrochen hatte.

In diesem Bau ordne ich unablässig alles, was passiert.

Ich kann nur auf der Seite meiner Mutter sein; ich war immer auf der Seite meiner Mutter. Von ihr habe ich alle Regeln, sie ist es, um die ich seit jeher buhle. Schließlich ist sie diejenige, die mich liebt. Liebt mein Vater mich?

Während der Monate in Waltershof träume ich nicht einmal. Meine Tage verfolgen mich bis in den Schlaf; hin und wieder wache ich morgens auf und habe ins Bett gemacht. Es wird öffentlich darüber geredet, und ein junger Mann – ein polnischer Adeliger, der ein Landwirtschaftspraktikum auf dem Gut absolviert und unserer Gouvernante den Hof macht – verfasst ein Gedicht; in Schönschrift übertragen und mit lila Blümchen umrahmt, wird es nach dem Mittagessen in Gegenwart aller vorgetragen und mir dann überreicht. Ich breche in Tränen aus, und er reagiert ganz verwirrt und bittet mich um Verzeihung. Doch irgendwie dringt mein Schmerz nicht bis zu mir vor. Ich hasse den jungen Mann nicht einmal, so sehr bin ich darum bemüht, in meinem Kopf Ordnung zu schaffen.

In den letzten Tagen, die ich bei meinem Vater verbrachte, musste ich ihn anlügen. Ihm unser Treffen mit Mama verheimlichen – den köstlichen, in der Umarmung wiedergefundenen

Geruch ihres Pelzmantels –, die getroffenen Absprachen, um am Morgen des letzten Schultages vor den Weihnachtsferien zu ihr zu stoßen. Sie war bei Freunden, nur einen Steinwurf von unserer Schule entfernt, und wir sollten das Haus allein betreten, die Treppen hinaufsteigen und dem Jungen, dem Sohn des Hausherrn, der uns die Tür öffnen würde, sagen, dass wir zu unserer Mama wollten. Damit er – nehme ich an – bezeugen konnte, dass wir aus freien Stücken gekommen waren. Allerdings war ich so aufgeregt – ich war mit der Nachricht betraut –, dass ich kein Wort herausbrachte.

Es bedrückte mich, meinem Vater nichts zu sagen. Während ich in dem ein wenig revolutionierten Zimmer – wir hatten die lange Abwesenheit unserer Mutter genutzt und die übereinandergestapelten Arbeitstische zu Puppenhäusern umgemünzt – vorsichtig mit meinen Puppen spiele und mein Vater im Morgenmantel am Esstisch sitzt und Kalbsfußsülze isst, spüre ich, dass er mir leidtut. Ich weiß, dass es dafür keinen Grund gibt, doch das Mitleid schwärt wie ein unter dem Pflaster eiternder Kratzer. Nachts wache ich sogar auf, und da ist es, das Mitleid, und wacht mit mir.

Hin und wieder, wenn auch nur für winzige Augenblicke, von denen mein Verstand aufschwirrt wie ein Spatz, der eine Krume auf dem Boden entdeckt zu haben glaubt und wieder hochfliegt, ohne ihn überhaupt zu berühren, kommt mir sogar der Gedanke, bei meinem Vater zu bleiben.

Auch meine Mutter tut mir leid, aber dieses Mitleid ist gerechtfertigt, weil meine Mutter im Recht ist. Und dieses Recht sitzt felsenfest in meinem Kopf, klar umrissen und scharfkantig wie ein Holzwürfel. Sie lenkt meine Schritte, meine Hände und ebenso meine Zunge, als wir in Gegenwart der Rechtsanwälte aufgefordert werden zu bekunden, bei wem wir leben wollen, und ich vor meinem Vater sagen muss, dass ich bei Mama leben will. Ich sage es und stürze mich mit einem blinden Sprung nach vorn. Genauso, wie ich mich auch später im Leben blind nach vorn stürzen werde, sobald ich mich für die richtige Seite entscheiden muss. Für Mama. Danach stolpere ich hinter mir her und schaffe es nicht, mich einzuholen. Mir fehlt die Geduld; außerdem finde ich, ich habe schon genug getan mit meiner Entscheidung für sie, für die richtige Seite. Jetzt will ich in Ruhe gelassen werden mit meinen Puppen, mit meinen Kindern; ich möchte die Blumen gießen, bei Sonnenuntergang hinausgehen und den sommerlichen Geruch des fernen Heus weit hinter den steinernen Grenzen der Stadt einatmen. Dann werde ich spät nach Hause zurückkehren und für meine Kinder kochen. Für meinen Vater.

Nachdem er in ganz Lettland nach uns gesucht hatte, fand unser Vater uns in Waltershof. Unsere Gouvernante erzählt uns, er habe uns gesucht, um sich dafür zu rächen, dass Mama ihn verlassen hat. Als er plötzlich im Auto auftauchte, spielten wir gerade im Hof. Wir mussten Hals über Kopf ins Haus und auf unsere Zimmer. Mein Vater klopfte rufend an die Tür. Er rief meinen Namen. Er rief nach mir, denn ich war feige und würde ihm vielleicht aufmachen. Aber ich tat es nicht, und um standhaft zu bleiben, fing ich an, auf einem Blatt Papier Rechenaufgaben zu lösen: Die Zahlen gerieten ganz schief, weil meine Hand zitterte. Verwundert sah ich sie zittern, weil ich nichts dafür tat und sie trotzdem zitterte.

Dann kam meine Mutter – ich hörte ihre helle Stimme hinter der Tür –, und wir wurden in besagtes Zimmer gerufen, um zu erklären, bei wem wir leben wollten.

Mein Vater ist nicht mutig. Nur ich weiß, dass er eine schlaflose Nacht rauchend im Salon neben unserem Schlafzimmer verbrachte. Ich hockte hinter der Tür und spähte durch das Schlüsselloch auf den leuchtenden Punkt seiner Zigarre im dunklen Zimmer. Ich kauerte auf dem Fußboden, bis ich fror und mir die Augen zufielen, und schlich ins Bett zurück. Mein Vater blieb wach, weil er Angst hatte: Am nächsten Morgen musste er ins Krankenhaus, um sich operieren zu lassen. Mein Vater ist genauso feige wie ich. Er tut mir leid, weil er ein Feigling ist.

An dem Abend, als man ihm am Telefon sagte – ich weiß nicht, ob es der Anwalt war, der nur ein Name blieb, oder Mama –, dass sie nicht zurückkommen würde, hatte er angefangen, hektisch durch die Zimmer zu laufen und aus den Fenstern zu spähen, die Stirn gegen die Scheiben gelegt. Er legte die Stirn ans Glas, starrte auf die Straße und rief: »Ich habe dich verloren, Clarette, ich habe dich für immer verloren!« Ich fand diesen Kosenamen lächerlich, ganz unpassend für meine Mutter.

Meine Schwester und ich hatten uns in unserem Zimmer verschanzt, aber er kam trotzdem herein und zeterte, die Stirn gegen das Fenster gelehnt, das direkt auf die Straße hinausging. Nach allem, was er ihr angetan hatte – er hatte sie geschlagen, ganz bestimmt! –, machte er jetzt eine solche Szene und klagte, sie wolle ihn nicht mehr.

Trotzdem tat er mir leid, eben weil er Theater machte. Er spielte sich selbst, er musste zetern, damit man ihm glaubte. Ihm glaubte auch niemand.

Ihn liebte auch niemand. Nicht einmal ich, die meiner Mutter treu bleiben musste. Er tut mir leid, weil ich ihn nicht liebe.

Ich liebe meine Mutter: Sie ist diejenige, die mich immer geliebt und sich um mich gekümmert hat.

Ich sage: Wenn ich groß bin, werde ich Lehrerin wie Mama.

Wenn sie das Haus verließ, um zur Universität, zum Büro meines Vaters, ins Theater, zu einem Empfang zu gehen, wehte ihr ein Hauch von Eau de Cologne und Seife nach. Sie lehrt die Regeln nicht nur, sie befolgt sie allesamt. Natürlich kostet sie das Kraft und Mut: Regeln sind hart.

Ehe sie aufbricht, eilt sie geschäftig durch die Wohnung, kontrolliert unser Essen, unsere Gespräche, unsere Hefte, unsere Kleidung, korrigiert ein Wort, ermahnt die Gouvernante.

Zu Weihnachten, wenige Wochen nach unserer Flucht, verstecken wir uns in einem Schloss am Rand eines großen Waldes. Danach würden wir nach Waltershof gehen.

Mama hat einen winzigen Christbaum aufgestellt – zu Hause reichte der Baum bis zur Decke –, unter dem wir statt der üblichen Spielsachen Schlafanzüge finden, die wir brauchen, weil wir geflohen sind, ohne irgendetwas mitzunehmen.

Die Kerzen werfen gelbliches Licht an die unebenen Wände, unter deren Tünche sich die Steine wölben. Beim Weihnachtsessen habe ich zu viel Pastete gegessen. Ich bin ganz wild auf Pastete. Mir ist ein bisschen schlecht, und ich habe Mitleid mit meiner Mutter, die uns Schlafanzüge statt Spielzeug schenken musste. Sie tut mir leid, weil sie mutig ist.

Ich versuche, ihr treu zu sein und mich an die Regeln zu halten. Allerdings bin ich im Regelnbefolgen nicht besonders gut und mache oft Fehler. Neben den obersten Regeln gibt es viele unausgesprochene Regeln, und wenn man sie nicht alle errät, geht es auch mit den obersten schief. Als sie nach Hause kommt und an mir vorbeirauscht, schimpft meine Mutter mit mir.

Meine Schwester ist längst nicht so eifrig darin, sich an die Regeln zu halten, aber dafür scheint sie die unausgesprochenen genau begriffen zu haben, die am Ende, wer weiß warum, die wichtigsten sind.

Einmal trifft meine Mutter eine Zigeunerin, die ihr sagt: »Du hast zwei Töchter. Eine der beiden sehe ich auf der Bühne. Sie wird dir alle Ehre machen!«

Meine Mutter erzählt davon: »Sisi, die so gut auf den Zehenspitzen geht – schau, wie gut sie auf den Zehenspitzen geht –, wird vielleicht Ballerina oder Sängerin. Hör doch, wie hübsch sie singt!«

Ich kann nicht einmal Schlittschuh laufen; die Schlittschuhbahn, über die meine Schwester in wundervollen Achten hinsegelt, ist einer der Orte, die ich am meisten hasse: Mit eingeknickten Fußgelenken hangele ich mich frierend an der Bande entlang. Die anderen haben Spaß, die Glücklichen.

Aber Eislaufen ist gut für die Gesundheit, es ist gesund, mit dem Schlitten steile Hänge hinunterzusausen, es ist gesund, klaglos ins Eiswasser zu steigen. Außerdem muss man in diesen Dingen besser sein als die anderen.

Einmal – wir sind schon in Torre Pellice – hat meine Mutter ihrem Brief an mich einen Zeitungsausschnitt mit dem Foto einer Schulkameradin beigelegt – eines dieser großen, klobigen deutschen Mädchen, mit denen meine Schwester Schlittschuh lief –, die irgendeinen Wettlauf gewonnen hat. Darunter hat sie geschrieben: Schau, was die Marlene geschafft hat!

Das Einzige, was ich kann, ist Lesen, ich lese den lieben langen Tag. Aber Lesen ist keine Kunst.

Jahre später – ich bin bereits verheiratet, und meine vier Kinder sind schon auf der Welt – sind wir alle in der Küche, meine Kinder sitzen nach ihrem täglichen Bad (erste Regel: Reinlichkeit!) im Schlafanzug am Tisch und warten darauf, dass ich das Abendessen auftrage. Meine Mutter, die wie jeden Abend zu uns herübergekommen ist, erzählt meinen Kindern, wie ich mit meiner Schwester die Aufnahmeprüfung an der Mittelschule von Torre Pellice machte. Wir hatten in acht Monaten Italienisch gelernt, und Sisi, die für das Mindestalter ein Jahr zu jung war, hatte im September eine Nachprüfung in Italienisch und Zeichnen ablegen müssen. Meine Mutter sagt zu meinen Kindern: »Man musste einen Aufsatz über die Erlebnisse in der Grundschule schreiben, die Tante Sisi und eure Mama kaum besucht hatten. Miki, die eine Lügnerin war, hat sich den gesamten Aufsatz ausgedacht, und die arme Sisi, die immer so ehrlich war, wusste nicht, was sie schreiben sollte.«

Manchmal erzählt sie, wie ich im Zug auf den Sitz gemacht hatte; ich war elf Monate alt, und sie war mit meiner Schwester schwanger und reiste ausnahmsweise ohne Kindermädchen. Oder sie erzählt, wie ich mit nur drei Jahren so getan hatte, als hätte ich eine Blinddarmentzündung.

Eines Nachmittags kehrt mein jüngster Sohn – er war damals sechs Jahre alt – vom Mittagessen bei der Großmutter zurück und fragt mich: »Mama, wieso redet Oma immer so schlecht von dir?«

Ich kann noch so sehr versuchen, mich an die Regeln zu halten, die unausgesprochenen, an die sich meine Schwester hält, entgehen mir: Leichtfüßig bewegt sie sich von einer Situation zur anderen, traut sich, in leicht geradebrechtem Lettisch mit dem Briefträger zu reden – niemals hätte ich gewagt, mit dem Briefträger Lettisch zu reden, erst recht kein geradebrechtes –, schlendert, bei den anderen Mädchen untergehakt, lachend und ihr Pausenbrot kauend den Schulflur entlang.

Meine Schwester ist dunkel, ich bin blond – meine Mutter ist sehr stolz auf mein Haar, und wenn sie es wäscht, spült sie es mit Kamille –, Sisi hat ein Kleid aus rosa Seide (an das ich mich haargenau erinnere) und ich ein gleiches aus hellblauer Seide (an das ich mich kein bisschen erinnere).

Meine Mutter mag mein Haar, sie kämmt es, bürstet es, bewundert es. An meiner Schwester lobt sie nichts Besonderes, erst als Sisi und ich erwachsen sind, höre ich sie hin und wieder die Schönheit meiner Schwester preisen: »Sie war so schön in diesem weißen Kostüm!«

Alles Schöne macht die Stimme meiner Mutter weich.

Inzwischen sind wir in Italien, ich bin älter als zehn. Wenn Mama in den Ferien zu uns kommt, unternimmt sie mit uns kleine »Kulturreisen«. Sie kennt Italien in- und auswendig, die Geografie, die Städte, Straßen und Museen, die sprachlichen Eigenheiten der Regionen. (Als sie schon achtzig ist und vor Arthrose ganz krumm, fängt sie mich an der Tür ab, als ich gerade nach Pisa aufbreche, und ermahnt mich, ich dürfe nicht vergessen, »die Santa Maria della Spina, dieses kleine Schmuckstück, zu grüßen«.)

Während unserer Bildungsausflüge sind wir also in Genua, und nach dem Besuch eines Museums nehmen wir die Straßenbahn. Die Straßenbahn fährt schaukelnd auf und ab, mir wird schlecht, ich muss mich fast übergeben, wir steigen aus. Meine wutschnaubende Mutter beschimpft mich: »Krepierling!«, sagt sie zu mir. Ihr gerolltes R verletzt mich wie eine Waffe, doch vor allem trifft mich das Gefühl, in meinem Ekel im Stich gelassen zu werden: Sie will mich nicht, nicht sie hat mich so kläglich gemacht, es ist meine Schuld, ich bin eine Missgeburt.

Mir kam nie in den Sinn, Sisi wäre schön oder schöner als ich. Es hieß, Mama sei schön und sehr elegant. An ihr bezauberte mich – und ich weiß es bis heute – ihr klares Gesicht, und waren wir getrennt, sah ich sie in dieser Klarheit vor mir.

Für mich musste Schönheit geometrisch sein; Schönheit ist Ebenmaß. Einmal bekommen wir in der Schule die Aufgabe, ein Muster für einen Tischläufer zu entwerfen, und ich zeichne auf großem Kästchenpapier – ich liebe Kästchen und Mathematikhefte – ein Quadrat mit einem Blumensträußchen in der Mitte und vier kleineren Sträußchen, eines in jeder Ecke. In Rosa und Grün. Blumen sind nun einmal rosa und Blätter grün, nicht wahr? Als ich das Deckchen besticke, finde ich es scheußlich – das hässlichste der ganzen Klasse –, kann aber nicht benennen, weshalb.

Lange Zeit mochte ich nur dorische Säulen, kurze Ponys und Corneille. Dennoch erinnere ich mein blondes Fräulein Leni als schön – als maßlos schön, schöner als alle anderen –, während sie mir Märchen vorlas und mit mir redete. Eines Abends bin ich ganz ergriffen, als ich plötzlich ihre unendlich sanfte, vertraute deutsche Stimme höre, die schüchterne, zarte Sätze in einer von Ulrike Meinhof kommentierten Fernsehdokumentation flüstert.

Stimme und Sprache, sie antworten jemandem oder auf etwas, das in unserem Inneren nach uns ruft, und nicht denen, die danebenstehen und zuhören.

Frauen mögen schön sein. Ein kleines Mädchen ist weder schön noch hässlich. Ein kleines Mädchen hat schnell irgendwelche Makel.

Ich zum Beispiel habe ekelige Öffnungen, aus denen stinkende Flüssigkeiten austreten. Dass Erwachsene womöglich auch welche haben, kümmert mich nicht, daran denke ich nie. Genauso wenig denke ich an dieses widerliche Ding – ein Glaszylinder mit Gummischläuchen –, das im Badezimmer hängt. Nicht einmal ansehen will ich es.

Einmal, ich war noch sehr klein, hat Mama fürchterlich mit mir geschimpft, weil meine Hände nach dem Mittagsschlaf nach Pipi rochen. Pipi ist schmutzig, man macht es, darf es aber nicht anfassen.

Man darf sich nicht anfassen, aber ich hatte dieses Löchlein zwischen meinen Beinen ein bisschen sauber gemacht. Ich mag es, dieses Löchlein sauber zu machen.

Wie schön, so ein Apfel, rund und glatt und säuerlich duftend. Als wir an einem Obstladen vorbeikommen und ich eine Kiste runder, fester, makelloser Äpfel ohne Löcher sehe, überkommt mich ein brennendes Verlangen, in einen hineinzubeißen. Ich ziehe die Gouvernante am Arm und flehe sie an, mir einen Apfel zu kaufen; ich habe Hunger, sage ich. Es ist uns verboten, außerhalb der Mahlzeiten zu essen, und sie kauft mir keinen.

In Wirklichkeit ist niemand wirklich schön, nicht einmal die Erwachsenen. Der Apfel ist schön, und die Bäume im Wald sind schön, wenn es frisch geschneit hat. Schön ist die böse Prinzessin mit dem rabenschwarzen Haar unter der silbrigen Sichel. Sie tanzt mit dem Prinzen, sie kreiseln von einer Seite der Bühne zur anderen. Er hebt sie mit einer blitzschnellen, leichten Bewegung hoch. Sie sind schön, glatt, ohne Löcher; sie stecken in Strümpfen, die sie vom Hals bis zu den Füßen bedecken. Ich mag die böse Prinzessin mit dem schwarzen Haar lieber als die fade Blondine, die der Prinz am Seeufer getroffen hat.

Mich durchflackern verdrehte Regungen; manchmal bewundere ich die Bösen und möchte sein wie sie.

Übrigens bewundert auch meine Mutter die Bösen, solche, die sich nicht übers Ohr hauen lassen, die stärker sind und sich zu wehren wissen.

Böse sind stark, darum sind ihre Lügen anders als die Lügen der Feiglinge.

Meine Mutter bewundert meine Schwester, wenn die es schafft, mich übers Ohr zu hauen. Das sagt sie auch und lacht.

Hingebungsvoll umsorge ich meine Puppen: Ich kämme sie und ziehe sie um, staube ihre Möbel ab, mache ihre Bettchen und spüle Teller und Töpfe. Ich wiege sie in den Schlaf und schiebe sie in ihrem Wagen spazieren, einem richtigen Puppenwagen mit Verdeck. Sisi reißt ihren die Haare aus und schleift sie an ausgerissenen Armen und Beinen herum, sie hat kein vollständiges Geschirr und traktiert das Klavier während der Unterrichtsstunden mit Tritten.

Mama lacht beim Anblick von Sisis Puppen und lacht noch mehr, als sie erzählt: »Sisi hat es fertiggebracht, ihre kaputten Puppen ihrer Schwester unterzujubeln und sie bei ihr ›in Pension‹ zu geben; und die macht sie ihr wieder heil.«

Und sie lacht auch, als sie berichtet, dass meine Schwester mich abends »zwingt«, Geschichten zu erzählen, bis mir die Augen zufallen. Sisi kann nicht schlafen und sagt: »Ach Mann, die blöde Kuh ist eingeschlafen.«

Meine Mutter erzählt den anderen, was ich tue.

In Wirklichkeit mache ich gern kaputte Puppen heil, ich wasche auch gern Töpfe ab und erzähle gern Geschichten. Ich täte es nicht, wenn es anders wäre. Was mir nicht gefällt, versuche ich tunlichst zu vermeiden. Das Schlimme ist, dass mir so gut wie nichts gefällt. Vielleicht ist es das, was meiner Mutter zuwider ist.

Alles, was mir gefällt, gefällt mir sowieso heimlich. Es fällt nicht unter die Regeln. Ich kann nicht darüber sprechen.

Ich schlendere durch die Reihen der überdachten Buden auf dem Weihnachtsmarkt. Es gibt viele bunte Lämpchen; in den Buden prangen, hell beleuchtet, Spielsachen aus Pappmaché, heiße Waffeln – fett und ausgreifend hängt ihr Duft in der eisigen Luft –, bestickte Stoffe. Die Verkäufer an den Buden reden laut, und die Passanten geben ihnen lautstark Antwort.

Ich will keines dieser Spielsachen haben – aus Pappmaché, also bitte! – und erst recht keine heißen Waffeln essen. Aber es gefällt mir, zwischen diesen lärmenden, fröhlichen Menschen umherzuschlendern. Ich bin eine von ihnen, niemand kennt meine beschämenden Geheimnisse, und wenn sie mich vorbeigehen sehen, denken sie bestimmt, ich will einen holzgeschnitzten Hampelmann kaufen und habe gerade ein dampfendes Würstchen verdrückt.

Mich durchflackern verdrehte Regungen und verblüfft nehme ich sie wahr. Diese Anwandlungen sind gewiss nicht normal, aber was soll's, ich hege sie behutsam, Hauptsache, niemand erfährt davon.

Mit heimlichem Schauder warte ich im Zirkus darauf, dass die Clowns einander in ihre riesigen, weichen, künstlichen Hintern treten, um dann mit gespielt weinerlichem Gejammer davonzutorkeln. Ich stelle mir vor, dieser Hintern sei echt. Ich stelle mir vor, da sei kein Seil, das die Schwanenreihe über die hintere Bühne zieht. Mama lobt den Scharfblick meiner Schwester, die das Seil sofort entdeckt hat.

Aber ich will, dass das silbrige Kleid der Prinzessin aus echtem Silber ist. Dass hinter den Bäumen des Zauberwaldes weitere Bäume sind und hinter den Bäumen Schlösser und in den Schlössern Zauberer. Und ich möchte die weißen, nackten Arme der Reiterinnen anfassen, die den Sattel ihrer schwarzen Pferde kaum berühren. Oh weiße, wohlgeformte Arme, ich wollte sie anfassen, sie befühlen. Und genauso möchte ich die Hand auf die Stelle legen, an der die Brüste sich teilen. Genau in diese Spalte.

Und den kleinen Goldring mit dem himmelblauen Stein in dem Kramlädchen, jeden Tag betrachtete und begehrte ich ihn; ich hatte sogar schon einen Plan ausgeheckt, um das nötige Geld zu stehlen, als er eines Tages aus dem Schaufenster verschwunden war.

Nicht immer gelingt es mir, mich hinter meiner Fassade aus löblichen Eigenschaften zu verkriechen; ich errichte sie mit Sorgfalt, doch dann springt wie aus einem schmutzigen Loch irgendein entsetzlicher Makel hervor, und ich sage und tue etwas, das ich nicht soll. Und mache alles kaputt. Und doch ist da eine Zufriedenheit in mir: Ich bin nicht wirklich stolz auf meinen entsetzlichen Makel, aber irgendwie hänge ich daran.

Dann bereue ich es, aber wegen der Folgen und nicht weil ich »diese Sache« gesagt oder getan habe. Ich weiß nicht wieso, aber ich spüre, dass ich auch recht habe.

Ich verrate meiner Mutter, warum ich mich während der Spaziergänge andauernd umdrehe. Und als sie wütend wird, beharre ich: Sie könnte uns doch im Stich lassen, und wie sollten wir dann nach Hause finden?

Der Arzt kommt, mühsam strecke ich die Zunge heraus und versuche, das ganze Zeremoniell durchzuhalten. Dann lege ich mich wieder hin. Der Arzt schreibt etwas auf seinen Rezeptblock, meine Mutter ist nervös, sie hat es eilig. Der Arzt fragt, ob ich vielleicht ein Kleidungsstück getragen hätte, das meine Haut gereizt habe, und sofort gebe ich dem neuen Schlafanzug die Schuld. Meine Mutter wirft mir böse Blicke zu, aber ich will den Schlafanzug loswerden, der tatsächlich juckt. Und siehe da, schon habe ich mir selbst ein Bein gestellt, diese Krankheit wird mir keinen Vorteil bringen. Es ist sowieso nichts Schlimmes. Ich habe nie schlimme Krankheiten. Zum Beispiel habe ich Paratyphus, für richtigen Typhus reicht es bei mir nicht.

Auf dem Tablett fehlen süße Teilchen, und ich ertappe Sisi, die mit einem Sahnebart um den Mund alles abstreitet. Auch sie greift zu Lügen, genau wie alle anderen, aber weil sie sich um gute Lügen nicht schert, ist es, als würde sie keine erzählen.

Mama muss Sisi bestrafen und will damit nicht warten. Mama ist gerecht und streng: Wer einen Fehler macht, muss dafür büßen. Meine Schwester leckt sich den Sahnebart und streitet beharrlich alles ab. Mama packt sie beim Arm und zerrt sie zeternd zur Tür: Sie werden mit dem übrigen Gebäck zum Konditor gehen und es wiegen lassen, und dann wird die Schuld meiner Schwester an den Tag kommen. Auf halber Treppe fängt Sisi an, sich in Krämpfen zu winden und lila anzulaufen. Also schleift Mama sie nicht zum Konditor. Am Abend berichtet sie unserem Vater, was passiert ist; über meine Schwester sagt sie: »Die arme Kleine, sie ist so eine Naschkatze, und dann diese Wutanfälle, dem Kind geht es dann wirklich schlecht.« Über mich sagt sie: »Miki hat ihre Schwester verpetzt, sie ist eifersüchtig auf sie, eine Schande!«

(Vor mir dehnt sich und reckt sich bis zum Horizont das in wogenden Wellen gefrorene Meer. So weiß und von frostigen Riffeln übersät, erscheint es noch unüberwindlicher als im Sommer, wenn die Schiffe darüber hinfahren, auch wenn sie mir erzählen, in manchen sehr kalten Wintern seien die Finnen mit ihren Schlitten über das Meer bis nach Riga gekommen. Reglos liegt es da, aber ich weiß, dass es darunter brodelt, dass es herauswill wie die Düna im Frühling, wenn sie ihre Eisdecke durchbricht und ich sie nachts donnernd dahinrauschen höre.)

In mir brodelt ein Gedanke, als meine Mutter sagt: »Eine Schande!« Er brodelt eisig und grün: »Mich hätte sie bestraft!«

Mehr noch als ein Gedanke – ein Gedanke ist blitzschnell und fein wie ein Schnitt – ist es ein mächtiges Überwallen von Wut und Ohnmacht, ein fransig sich ausbreitender Fleck, der mich ganz einnehmen will. Ich muss ihn zurückhalten, doch inzwischen ist er bis in meine Fingerspitzen vorgedrungen, die gerade das Bettdeckchen meiner einäugigen Puppe umschlagen. Ein Auge ist in ihren Kopf gekullert, und der Puppendoktor konnte sie nicht mehr reparieren. Ich behalte sie einäugig und finde sie richtig eklig. Aber ich behalte sie trotzdem: Ich werde nicht so sein wie meine Mutter.

Überraschende Antwort, während ich der einäugigen Puppe stumm die Decke umschlage: Ich werde nicht so sein wie meine Mutter. Überraschend und im Widerspruch mit der anderen Antwort, die mir dennoch bereits gegenwärtig und bewusst ist: Ich werde so sein wie meine Mutter.

Gedanken, die ich kaum denken kann, sie sind nicht einmal in meinem Kopf, vielleicht kauern sie verborgen in einem meiner schmutzigen Löcher, während ich plötzlich etwas kaputt mache, obwohl ich versuche, lieb und artig zu sein, lieber und artiger als meine Schwester, die darauf pfeift, lieb und artig zu sein.

Niemand würde mir recht geben, wenn ich erzählte, Mama hat Sisi lieber als mich: »Eine Schande!«, würden sie sagen. »Mama gibt dir genau das Gleiche wie deiner Schwester.«

Da ist nichts, was ich nicht ebenso hatte wie sie.

Wenn wir, lauernd vor der Wohnzimmertür, das raschelnde Papier der Geschenke hören, die Mutti unter den Baum legt, und der Geruch von über einer Kerzenflamme versengten Tannennadeln zu uns dringt, gemischt mit dem Duft der dunklen, würzigen Plätzchen auf dem Backblech in der Küche, erwarten mich ebenso schöne, sorgfältig ausgesuchte Geschenke wie meine Schwester. Sie hat hübsche Kleider und ich auch; die ganze Kinderzeit über sind unsere Kleider gleich.

Wenn ich krank werde, pflegt Mama mich.

Doch auf dem Grund eines meiner unsichtbaren, schmutzigen Löcher denke ich manchmal – es ist einer dieser doppelten und widersprüchlichen Gedanken –, selbst wenn ich feige und verlogen bin – was stimmt –, dürfte meine Mutter es nicht weitererzählen. Warum erzählt sie meine Fehler immer herum?

Ich bin drei Jahre alt – erzählt meine Mutter – und jammere ständig über Bauchschmerzen. Ich habe keinen Appetit, stecke unserem kleinen Hund meine Butterbrote zu oder bitte Mama, sie den Kindern in Afrika zu schicken, die an Hunger sterben. Sie bringt mich zu unserem Kinderarzt, der Vaselinöl verschreibt. Nach ein paar Löffeln bin ich geheilt. Meine

Mutter, die ihn fragt, ob er es für möglich halte, dass ich mir alles ausgedacht habe, obwohl ich noch so klein bin, antwortet der – deutsche, lutherische – Arzt, schon Neugeborene würden lügen.

Ich erinnere mich noch ziemlich deutlich, wie ich vor einem Sofa hocke, auf dem sich meine Großmutter väterlicherseits mit jemandem über ein an Blinddarmentzündung gestorbenes Mädchen unterhält. Sie beschreibt die Symptome, die lange Achtlosigkeit der Eltern, das schnelle und unausweichliche Ende. Ich weiß noch, wie ich mir an den Bauch fasste, weil ich ein kleines Zwicken verspürte, während Großmama redete.

An mehr kann ich mich nicht erinnern, und auch von meinen Lügen ist mir keine bestimmte im Kopf geblieben. Ich erinnere mich jedoch noch sehr genau an ein paar Geschichten, die ich mit sechs oder sieben Jahren erzählte. Aus den kleinen Notlügen, zu denen auch meine Schwester oder das Dienstmädchen griffen, erschuf ich wunderschöne, ausgeklügelte Schwindeleien mit der Wahrheit – die ich glasklar vor Augen hatte – als Kern, um den ich die Geschichte in ihren Einzelheiten anlegte.

Manchmal war es ein scheinbar unbedeutendes Detail der Wirklichkeit, das mich beeindruckte und an dem sich meine Geschichten entzündeten. Auch meine inneren Geschichten.

Zum Beispiel beschrieb die stattliche Treppe, die meine Mutter hinunterstürmte und meine brüllende Schwester hinter sich herzerrte, einen weiten, offenen Bogen, der seitdem meine Fluchtfantasien beflügelte.

Ich bin verlogen und schuldig, und meine nächtlichen Albträume bestrafen mich für meine Verfehlungen.

Vor allem ein Albtraum, der mich, kurz und entsetzlich, bis in mein Erwachsenenalter begleitete: der Traum von der Hexe.

Das erste Mal – ich glaube, in dem Sommer, als ich sieben Jahre alt wurde – träumte ich, ich wäre auf der Straße; zwei krumme alte Frauen mit Kopftuch gehen an mir vorbei. Ich bin ganz ruhig, ich mache gerade einen Spaziergang und bin allein. Kaum sind sie an mir vorüber, dreht sich eine der beiden Alten um und starrt mich an. Ihr schauriges Gesicht ist das einer Hexe. Ich wache auf. Der Albtraum besteht einzig in dem jähen Anblick dieses Gesichtes, von dem ich weiß, dass es »unbezwingbar« ist und ich nichts dagegen ausrichten kann.

Als ich zum letzten Mal von der Hexe träumte, war sie es, die mich mit ihren Worten lossprach.

Es war ein Fluchttraum: Wir flohen zu mehreren – meine Kinder tauchten in dem Traum nicht auf, doch tatsächlich war ich bereits verheiratet und Mutter – in einer Gruppe Jugendlicher. Der Traum ist in einheitliches Schwarzviolett getaucht. Es ist die Farbe einer Krankheit, einer Seuche, vor der wir fliehen, und von der gleichen Farbe ist auch das Dickicht, das wir durchqueren. Als wir durch ein Dorf aus schmutzigen Katen kommen, sehe ich eine große, dicke Frau in der Tür einer Kate auftauchen. Ihr gedunsenes Gesicht ist schwarzviolett. Wenn sie mich berührt, werde ich ebenfalls krank und sterbe. Die Frau sieht mich an, und ich sage zu ihr: »Ich habe keine Angst vor dir, ich gehe trotzdem vorbei und werde nicht krank.« Sie fängt an zu lachen, freimütig und schallend (als wäre sie gar nicht krank), und sagt zu mir: »Natürlich, du darfst vorbei, *weil du mutig bist!*«

In dem Haus mit der großen Treppe – das letzte, in dem wir in Riga wohnten – horcht mein Vater mich eines Tages aus. Wir sind allein im Wohnzimmer.

Er fragt mich nach dem vergangenen Sommer, in dem wir mit Mama in Torre Pellice waren; jeden Tag kam uns ein Kollege meines Onkels besuchen, ein Professor mit spanischem Nachnamen, weißen Zähnen und dauerglänzendem Haar. Mein Vater fragt mich, ob sich dieser Herr häufig mit meiner Mutter unterhalten habe.

Und dieser Herr? Und Mama? Und schon sprudeln die Worte heiß hervor, heiß, bereit und neu. Sicher, Mama und dieser Herr unterhielten sich abends oft, auf der grünen Bank unter dem Wohnzimmerfenster. Eines Abends, als sie miteinander plauderten, gab er ihr etwas Glänzendes. Einen Ring? Ich weiß es nicht, ich habe es nicht richtig gesehen, ich war im Haus. Ein Armband? Vielleicht, aber ich war im Haus und habe es nicht richtig gesehen.

Auf diesem glänzenden Etwas beharre ich auch während der darauffolgenden Gegenüberstellung mit meiner Mutter, die neben meinem Vater auf dem Wohnzimmersofa sitzt. Meine Mutter sagt ungewohnt sanft: »Komm schon, Miki, gib zu, dass es eine Lüge ist!« Aber nichts zu machen, ich behaupte steif und fest, so und nicht anders sei es gewesen.

Die Worte ergriffen förmlich Besitz von mir: Kaum hatte ich sie ausgesprochen, lösten sie sich von meinem Willen, verselbstständigten, verwoben und verbanden sich, bildeten neue Formen. Ich wusste, dass ich einem verqueren Impuls nachgab, wenn ich die Worte ihrem wahren Ausgangspunkt davongaloppieren ließ, doch ich konnte nicht anders. Ihr unwiderstehlicher Sog riss mich mit sich und warf mich meinem Gegenüber entgegen: Ich musste versuchen, ihn zu packen und mitzuziehen. Ich war dort, in meinen Worten, endlich herausgetreten aus mir selbst, befreit von meinen ungeschickten, kraftlosen Gesten.

Meine Lüge war ich, ich, die die anderen endlich ihrer Phrasen und Regeln entblößen konnte, damit sie mir nur einen Augenblick zuhörten und ich es schaffte, jenseits ihres erwachsenen Schweigens und ihrer besonnenen Zurückhaltung von ihnen Besitz zu ergreifen und sie zu mir in den Lichtkreis zu ziehen.

In den abendlichen Geschichten, die ich meiner Schwester erzählte, baute ich jedoch auf die Wirklichkeit und ihre Details. Ich erzählte nie Märchen, so gern ich sie auch las. In meinen Geschichten waren meine Schwester und ich die Heldinnen von Abenteuern und Expeditionen. Väter und Mütter gab es nie, und die Erwachsenen kamen häufig schlecht weg. Mal sperrten wir unsere Schneiderin in der Besenkammer ein. Mal brachen wir heimlich nach Italien auf. Die Erwachsenen waren blöd und bekamen nicht mit, was Sisi und ich aushecken. Ich zog die Großen durch den Kakao, ließ sie die Treppen hinunterfallen und mit Kränzen aus Dörrfisch um den Hals durch die Straßen spazieren. Beim Erzählen schmückte ich die praktischen Einzelheiten gern aus. Die Orte hatten Namen, Tage und Wochen wurden benannt.

Einmal, während eines Strandspaziergangs – es war Herbst, wir trugen bereits unsere gefütterten Mäntel –, versteckten wir uns in den riesigen Wurzeln einer Tanne, die aus dem Sand ragten und eine richtige Höhle bildeten. Nachdem unsere Gouvernante eine Weile laut nach uns gerufen hatte, ging sie davon, weil sie glaubte, wir hätten uns bereits auf den Heimweg gemacht. Nach einer gewissen Weile folgten wir ihr. Als wir zu Hause ankamen, war Mama kein bisschen in Sorge, sondern beinahe belustigt, weil sie die Idee zu unserem Streich meiner Schwester zuschrieb. Das wurmte mich. Wieder einmal hatte ich die Chance verpasst, gut dazustehen.

Gefangen in meinen immer vertrackteren, immer unerklärlicheren und sinnlosen Lügen, rannte ich weiterhin den verflixten unausgesprochenen Regeln nach. Ständig war ich – wenn auch vorsichtig – damit beschäftigt, nicht nur meine Mitmenschen, sondern auch die sich in unerwarteten und in meinen Augen trügerischen Formen zeigende Wirklichkeit der Lüge zu überführen.

Es ist Sommer, und wir sind mit unserer Gouvernante in einem Hotel am Ufer eines Sees. Im Badeanzug spielen wir im Sand; ich spiele mit einem kleinen Finnen namens Arndt. Er ist in mich verliebt.

Ich bin immer verliebt. Männer sind schön, aber leider ein bisschen dumm. Schön ist mein Kindergartengefährte, der bereits Hosen bis übers Knie trägt, Knickerbockers. Er ist ziemlich alt, eigentlich sollte er schon zur Schule gehen, aber weil er dumm ist, geht er in den Kindergarten.

Einmal kommt uns Tante Jo besuchen, die Patentante meiner Schwester, mit ihrem ellenlangen Sohn, er ist zehn Jahre alt und strohdumm. Er buchstabiert beim Lesen, während ich mit gerade einmal fünf Jahren fließend lesen kann. Kurz vor seinem Aufbruch ziehe ich meine Mutter zur Seite und flehe sie an: »Sag ihm, er soll zum Abendessen bleiben, er gefällt mir so.« Meine Mutter lächelt, sagt aber nichts, und sie gehen. Später erzählt sie von meiner Bitte und lächelt erstaunt und wohlwollend.

Ich bin nicht in den kleinen Finnen verliebt – er ist ein Jahr jünger als ich (er ist sechs), und die Lächerlichkeit der Situation schreckt mich ein bisschen –, aber ich spiele gerne mit ihm, weil er sich willig fügt und mir gehorcht. Wenn sein Vater ihn besuchen kommt, nimmt er uns zu langen Bootsfahrten auf dem See mit. Stundenlang rudert er schweigend vor sich hin, und wir beide sitzen schweigend im Boot, das mit weichem Rascheln durch das Schilfrohr gleitet.

An manchen Stellen ist der See mit Seerosen bedeckt. Wenn man sie pflückt – aber es ist besser, sie nicht zu pflücken, denn sie welken sofort –, ist tief im Wasser ein fernes *Plopp* zu hören, und die Blume gleitet, duftend vor Feuchtigkeit, fügsam in die Hand.

Arndts Vater redet nicht, mit der Pfeife zwischen den Zähnen schaut er uns hin und wieder mit seinen grauen Augen an. Ich fahre gern mit ihm Boot, vor allem, weil er niemanden sonst auf seine Ausflüge mitnehmen will. Nur mich. Ich sitze hinter ihm und habe keine Angst: Wenn ich in den See plumpste, würde er mich sofort herausfischen. Er ist sehr traurig, weil er sich gerade scheiden lässt, und ich überlege, dass ich ihn gerne heiraten würde. Schade, dass er so viel älter ist als ich; sein Haar ist an den Schläfen grau.

Eines Tages, als wir im Sand spielen, stelle ich fest, dass Arndt einen kleinen Sack in seiner Badehose hat, genau zwischen den Beinen.

»He«, sage ich zu ihm, »warum hast du dir einen kleinen Sandsack in die Hose gesteckt?«

»Das ist kein Sandsack«, sagt er, »das habe ich immer.«

»Ach komm, von wegen das hast du immer!«

»Das habe ich immer, es ist aus Haut und hängt vorn an mir dran.«

Lügner. Wie ist das möglich? Aber er lässt sich nicht davon abbringen.

Also schlage ich vor, er solle mir am selben Abend den Beweis liefern. Wenn unsere Gouvernanten wie üblich im Wohnzimmer seiner Ferienwohnung miteinander plauderten, würden wir uns im Schlafzimmer einschließen: Ich würde mir die Unterhosen herunterziehen und er genauso, und dann bekäme man sein berühmtes Hautsäckchen zu sehen.

Am Abend schließen wir die Tür, um uns in dem sommernachtfahlen Zimmer auszuziehen. Ich schlüpfe aus meinem Höschen, aber er hüpft herum und hält seine Unterhose mit beiden Händen am Bündchen fest. Als ich drängele, fängt er sogar an zu kreischen.

Unsere Gouvernanten klopfen an die Tür, und er macht auf. Ich kann gerade noch in mein Höschen springen, da stürmen sie schon schreiend ins Zimmer. Sie ziehen uns wieder an, und ich werde ins Hotel zurückgebracht. Ich muss sofort zu Bett. Die Decke bis zur Nase hochgezogen, höre ich sie nebenan über die »Schande« reden. Doch hin und wieder kichern sie aufgekratzt.

Ich bin wütend. Auf ihn, den Feigling, der nicht Wort gehalten hat. Weil er nichts zu zeigen hatte, ist doch klar! Dann fange ich an, mir Sorgen zu machen; ich fürchte, am nächsten Tag könnte das ganze Hotel von der Geschichte wissen. Dabei hatte ich mir doch gerade einen guten Ruf erarbeitet, weil ich hin und wieder dabei geholfen hatte, die Bestellungen im Speisesaal aufzunehmen und zusammenzurechnen. Im Zusammenrechnen bin ich blitzschnell.

Jetzt ist wegen dieser blöden Geschichte mit den runtergezogenen Unterhosen alles dahin. Unausgesprochene Regel. Wenn meine Mutter – die gerade in Italien unterwegs ist – davon erfährt, wird auch sie sagen: »Eine Schande!« Erst recht, wenn sie erfährt, dass er nichts getan hat und dass ich ihn zu dem Beweis überredet habe.

Dieser Feigling, ich rede nie mehr ein Wort mit ihm.

Nebenan hören die Gouvernanten nicht auf zu schwatzen und zu lachen. Hin und wieder werden ihre Stimmen lauter, und sie rufen: »Eine Schande!« Aber ehrlich gesagt, schäme ich mich kein bisschen; lediglich um mein Ansehen tut es mir bitter leid, das bedaure ich wirklich. Aber schämen tue ich mich nicht.

Ich habe nämlich auch recht.

Es stimmte nämlich, dass meine Mutter und dieser Spanier mit dem glänzenden Haar auf der grünen Gartenbank miteinander tuschelten, auch wenn dieses Tuscheln nur der Kern einer Wirklichkeit war, die ich nicht anders hatte erfassen können als in einem imaginären, kostbar glänzenden Gegenstand.

Die Erwachsenen spielen ein falsches Spiel: Mal sehen, was du errätst. Wir sagen dir nicht »heiß, heißer« oder »kalt, kälter«; die richtigen Wegweiser sind kreuz und quer in unseren Reden versteckt. Erkennen musst du sie allein!

Aber das Spiel ist gefährlich; wenn ich mich allzu sehr nähere, riskiere ich, in die »Schande« zu tappen wie in die plötzlich auflodernden orangefarbenen Flammen, in die ich einmal im Traum hineinfiel, als ich versuchte, vor der üblichen schwarzen Lokomotive zu fliehen, die mich verfolgte. Während ich in das Feuer stürzte, mischte sich eine verblüffte Lust in meine Angst, und als ich erwachte, verwandelten sich die orange und gelb changierenden Flammen nach und nach in das Schlafzimmer meiner Eltern, genauer gesagt, in das von einer orangefarbenen Tagesdecke überzogene Ehebett.

In diesem Schlafzimmer trug meine Mutter ihr Nachthemd und mein Vater seinen Schlafanzug; nicht einmal als Erwachsene konnte man miteinander nackt sein.

Im Schlafanzug in der Wohnung herumzulaufen, war ebenfalls verboten, was mein Vater aber natürlich tat. Wir trugen Schlafanzüge, weil wir noch Kinder waren. Wenn wir groß wären, würden wir lange Haare haben und Kinder kriegen, weil wir Frauen waren.

Am Meer badeten viele nackt im eisigen Wasser. Es gab dafür eine vorgeschriebene Uhrzeit. Wir gingen entweder zu den Zeiten der Badeanzugträger oder zu der Nacktbadezeit der Frauen an den Strand. Eines Tages war meine Schwester losgeschickt worden, um nachzusehen, ob die Nacktbadezeit vorüber war, und als sie zurückkehrte, sagte sie, es sei nicht klar, ob die Leute am Strand Männer oder Frauen seien, sie seien ja nackt.

Einmal, wir waren mit der Gouvernante im Park, hatte ich mich, stumm beleidigt wegen irgendeiner Bemerkung, ein Stück abgesetzt und zum Schmollen hinter die Kuppe des künstlichen Hügels zurückgezogen, auf dem wir gerade waren. Plötzlich tauchten aus den vereinzelten Sträuchern der Rabatten entlang des abschüssigen Weges ein paar kleine Jungs auf, stürzten auf mich zu und brüllten: »Pipi!« Ich fuhr herum und rannte den Weg hinauf. Blitzschnell rannte ich auf meinen langen Beinen, in einem Wimpernschlag war ich auf der Kuppe, und das Herz pochte heftig in meiner Brust. Bergab drosselte ich meinen Schritt und verlor kein Wort über das, was mir passiert war.

Aber warum »Pipi«? Das schmutzige und ungehörige Wort – wollten sie, dass ich in die Rabatten pieselte? –, das die kleinen Jungen mir entgegengebrüllt hatten, erschreckte mich und machte mich neugierig. Doch weil ich in einem grundsätzlich gottesfürchtigen Klima lebte, erahnte ich in diesem Vorfall ein Gottesurteil: Ich war für meinen Ungehorsam bestraft worden. Diese Gottesurteile, die mich bisweilen trafen, beirrten mich und stumpften mich ab, denn alles, was mir verboten war, war gleichermaßen verwerflich und strafwürdig.

Wir sind im Zoo, ich frage die Gouvernante laut, was das für eine kleine rote Möhre ist, die einem Schimpansen vor dem Bauch baumelt. Ich werde gescholten, »so laut« danach gefragt zu haben. Sofort trifft mich die unsinnige Heftigkeit dieser Schelte, doch bringe ich sie kein bisschen mit der absurden Möhre des Schimpansen in Verbindung, erst recht nicht, weil ich kurz zuvor mit einer Bemerkung zu ein paar wie geistesschwach auf ihren Käfigästen hockenden Raubvögeln für Erheiterung gesorgt habe. Ihre Hälse sind nackt und blutig, als hätten sie sich gegenseitig die Federn ausgerupft. Ob sie uns wohl die Augen aushacken würden, wenn sie könnten? Du liebes bisschen, dieses Kind hat wirklich vor allem Angst! Aber wenn ein Wärter aus Versehen den Käfig offen ließe …!

Nie mache ich es richtig.

Nie bin ich mir meiner Gesten sicher: Ich und der Raum, der mich umgibt, vertragen sich einfach nicht! Sobald ich mich bewege, muss ich mich aus tausend unsichtbaren Knoten lösen. Einmal bringt unser polnischer Chauffeur mir bei – er ist zwar Pole, pflegte man bei uns zu sagen, aber sympathisch –, mit verschränkten Händen und Fingern Schattenbilder an die beleuchtete Wand zu werfen, ein Kaninchen, einen Hund, eine Maus und sogar Kopf und Arme einer Kasperlfigur. Das Spiel begeistert mich so sehr, dass ich die Figuren jeden Abend übe; eines Abends krümme ich einen Finger und sehe, dass mein Kaninchen ein Ohr senkt. Zum ersten Mal war es mir gelungen, mit einer Geste etwas außerhalb meiner selbst zu verändern, mochte es auch nur ein unberührbarer Schatten sein.

Die Unbefangenheit der anderen habe ich immer geliebt und sehnlich bewundert.

Ein junger Priester strebt mit weit ausholenden Schritten einem Trauerzug voran. Der schwarze Talar umflattert seine darunter verborgenen Beine, doch man kann sie erahnen, flink, ungeduldig, bereit zur Flucht.

Im Schulhof machen ein paar Mädchen rhythmische Gymnastikübungen; eine von ihnen, ein traniger Backfisch, der in der Klasse blass und mit leicht aufgedunsenem Gesicht ganz hinten sitzt, bewegt sich nun geschmeidig im blauen Turnanzug. Sie streckt ihren Arm und folgt der langsamen, harmonischen Bewegung mit dem Blick. Sie ist vertieft in ihren Arm, ist nichts als ihr Arm.

Mit dem gleichen Blick sitzt ein Junge in Lederjacke breitbeinig auf dem Sattel seines Motorrades an der Straßenecke und lauscht mit schräg gelegtem Kopf dem Brummen des Motors. Ein leicht versonnenes Lächeln liegt auf seinen Lippen.

Ich bleibe immer in meiner Haut; das Einzige, was ich kann, ist Gehen. Vom Rücken der alten Stute, auf die man mich für einen Ausritt durch den Wald gesetzt hat, blicke ich sehnsüchtig auf das durch den Schnee lugende gelbe Gras, zu dem sich der verdammte Gaul hinunterreckt, um daran zu zupfen: Er senkt den Kopf, das letzte Bollwerk zwischen mir und dem Nichts. Könnte ich doch selbst laufen, meinen trockenen Pfad zwischen den restlichen Schneeflecken wählen!

Als ich lerne, mir die Nase zu putzen, bin ich ungefähr acht. Ich lese *Die Leiden des jungen Werther* und wische mir mit dem Taschentuch gerade nur den Rotz ab, der mir aus der Nase rinnt. Niemals würde ich ihn ausschnauben, mit diesem entsetzlichen Geräusch. Was, wenn mein Gehirn gleich mit herauskäme, wie beim jungen Werther?

Nur selten bin ich frei von meinen Befangenheiten.

Ausgerechnet in dem Sommer, den wir am See verbrachten, wurden wir eines Spätnachmittags, als wir uns auf dem großen Motorboot des Hotels mitten auf dem Wasser befanden, von einem Gewitter überrascht. Wir hatten unseren Vater, der uns besuchen gekommen war, zum anderen Ufer begleitet, von wo aus er nach Riga zurückkehren würde. Auf der Rückfahrt wurde der Himmel plötzlich schwarz, der See machte einen riesigen Buckel, und unter zuckenden Blitzen rauschte der Regen donnernd auf uns nieder.

Jemand fing an zu schreien, aber nach einem ersten Schreckmoment, während der Sturm immer heftiger tobte, spürte ich, vom Wind umtost, vor Wasser und Donner und Blitzen triefend, wie eine unwiderstehliche Energie mich ergriff, die meine Angst auslöschte. Ich weiß nicht mehr, wer bei mir war – bestimmt meine Schwester und die Gouvernante –, ich erinnere nur den See und den Regen. Als wir ans Ufer kamen, rannte ich zum Hotel und zog mir, ohne einen Gedanken an meine linkischen Gesten, in der Halle die Schuhe aus.

Normalerweise wurde ich schier erdrückt von »guten Manieren«.

Vom Knicks auf der Straße bis zu den ordentlich an den Oberkörper genommenen Ellenbogen bei Tisch. Ich entkam den »guten Manieren« nicht.

Einmal klettern Sisi und ich auf das Fensterbrett des Spielzimmers und zeigen den furchtbar verzogenen Kindern der schwedischen Botschaft gegenüber unsere Hintern. So taten es die Fischverkäuferinnen auf dem Markt mit den Kunden, die ihren Fisch schlechtmachten. »Der ist nicht frisch? Na, dann sollst du mal sehen, ob der hier frischer aussieht!«

Die von der anderen Seite kommen rüber, um sich zu beschweren, und wir werden gescholten. Das waren keine »guten Manieren«. Dabei haben uns diese Rüpel von Schweden, aufgeblasen wie die Schweden nun einmal sind, andauernd gehänselt.

Wem fehlte es an »guten Manieren«?

Nun ja, außer den Fischverkäuferinnen, dem Briefträger und dem Metzger auch den russischen Droschkenfahrern, die sich mit den Fingern schnäuzten, und den Bauern im Polnischen Korridor, die man von den Zugfenstern aus in ihren schmutzigen Katen sah. Und den russischen Priestern, die in feierlicher Prozession aus ihrer Riesenkirche mit den großen goldenen Kuppeln schreiten, von oben bis unten in lila Paramente und goldene Stickereien gehüllt, aber – »riech mal, die stinken vielleicht!« – sich nie waschen.

Leute, die keine guten Manieren haben, machen mich sehr neugierig. Zwar traue ich mich nicht, mit ihnen zu reden, versuche aber dahinterzukommen, warum sie sich nicht an die Regeln halten. Es scheint, als kämen sie bestens ohne zurecht. Aber ich beneide sie nicht, sie sind arm, und arm zu sein, ist hässlich.

Die Köchin und das Dienstmädchen reden über die Existenz Gottes. Die Köchin sagt, Gott sei »nur« reiner Geist und schere sich nicht um unseren Kram. Panik überfällt mich, aber natürlich kann ich ihr nicht mit Fragen oder Worten Luft machen.

Ich weiß nicht mehr, ob diese Verstörung dem Begriff »Geist« geschuldet war, der sogleich ein Gespenst in mir heraufbeschwor, oder ob es das winzige *nur* war, das mich erstarren ließ: Es schob den Herrgott mit der gleichen natürlichen Gelassenheit zur Seite, mit der die Köchin ihren berühmten Strudel sicheren Griffs aus dem Ofen zog. Mit der gleichen Gelassenheit des Chauffeurs, als er mir erzählt, wie er einen Cousin meines Vaters aus dem Wagen geschleudert hat, weil er das Lenkrad vor einem Kieshaufen zu brüsk herumriss. Oder wie er, ebenfalls mit unserem Wagen, auf den Gleisen zum Rigaer Hauptbahnhof fuhr. Er war betrunken – Polen sind oft betrunken – und gab es auch noch zu. Er lachte, als er sagte, er sei betrunken, und mein Vater musste wegen der Sache mit dem Hauptbahnhof eine gepfefferte Strafe zahlen; und er lachte, als er in seinem fehlerhaften Deutsch – aber das war ihm völlig schnuppe – beteuerte, der Cousin habe sich »nur« ein Bein und einen Arm gebrochen.

Eines Samstagnachmittags begleiten wir unsere Gouvernante zu deren Mutter, um ihr nach einem Umzug zur Hand zu gehen. Es gab eine rosa geblümte Tapete an die Wände eines Zimmers zu kleben, das mir recht klein vorkam. Die Mutter unserer Gouvernante war ebenfalls klein, dick und schwatzhaft. Man vermutete ferne südländische Wurzeln. Polnische eben.

In einer Schüssel befand sich der heiße Kleister. Die kleine alte Dame schwatzte und lachte die ganze Zeit. Sie freute sich über ihre Blümchentapete.

Ich war zufrieden: Ich half, die Tapete glatt zu streichen, und es war schön zu sehen, wie die Wand sich mit Blümchen bedeckte und sauber und fröhlich wurde. Wie gern wäre ich jeden Samstag tapezieren gegangen. Wie gern hätte ich eine kleine Stube ganz für mich allein gehabt, in der es, wie hier, einen Herd gab, um darauf zu kochen. Alles ordentlich verstaut um mich versammelt, so wie ich die wenigen Habseligkeiten, die ich bei meiner Flucht nach Italien mitnehmen wollte, in einer kleinen Blechkiste verstaut hatte, die man mit einem Häkchen verschließen konnte.

Wir waren Letten, weil wir in Riga geboren waren. Auch meine Mutter, die Italienerin war, besaß einen lettischen Pass, weil sie meinen Vater geheiratet hatte.

Wir sind im lettischen Pass unserer Mutter vermerkt, und im Lettischunterricht in der Schule lernen wir die Hymne *Gott, segne Lettland*.

Jedes Jahr im November wird für einen Abend eine Lichterkette zwischen die Doppelfenster gehängt: Es ist das lettische Unabhängigkeitsfest. Die Lämpchen spiegeln sich verzerrt in den Fensterscheiben der ganzen Stadt. Mein Vater knurrt, Ulmanis – Lettlands Präsident – sei ein Schwein. Mein Vater hat für Präsidenten nichts übrig. Inzwischen habe ich begriffen, dass Mussolini kein Geher ist, sondern der Präsident von Italien. Mama bringt uns ein Lied bei – den Text verstehen wir nicht –, das so beginnt: *Giovinezza, giovinezza* ... Ich singe es gern, weil es ein italienisches Lied ist.

Die Nationalhymne von Lettland ist langsam und getragen und lässt sich schwer solo singen. Ich singe gern solo, auch wenn ich die Töne nicht so gut treffe wie meine Schwester. Ich singe beim Spielen, und ich singe während der Spaziergänge im Park, wenn ich sicher bin, dass niemand mich hört. Auf der Straße zu singen, ist sehr ungehörig.

Jeden Morgen in der Schule, klassenweise in der großen Aula aufgereiht, in der zu Weihnachten das heilige Krippenspiel aufgeführt wird – ich saß immer im Publikum und hatte nie die Ehre, wenigstens ein Engel mit großen, silbrig überstäubten Flügeln zu sein –, sangen wir nach dem Gebet einen gemeinsamen Choral.

Noch in Torre Pellice sang ich diese Choräle – viele waren von Luther – und folgte den Strophen im Textheft, das ich aufgehoben hatte. Heute singe ich manche davon noch zu Weihnachten, wenn ich allein zu Hause bin.

Laut zusammen singen. Wenn du die Melodie nicht triffst, deckt dich die Schulkameradin neben dir mit ihrem richtigen Ton. Im Chor singen, aufgereiht und einstimmig.

In der Klasse sangen wir für gewöhnlich alte deutsche Lieder: Ein Jüngling stirbt im Morgenrot, und ein anderer, jung und mutig, ist ebenfalls tot, nachdem er Vater und Mutter »treulos« verlassen hat.

»O Straßburg, o Straßburg«! Aber warum stirbt man für dich? Und warum denn »treulos«? Und warum läuft der kleine Soldat nicht davon und fragt den guten Kameraden singend, ob die Kugel ihm oder dem anderen gilt?

Aber auch das »Nichtverstehen« verschafft große Befriedigung, sobald es von Musik getragen ist. Vollkommen unverständlich beispielsweise der Text des Liedes »Es ist ein Ros entsprungen aus einer Wurzel zart ...« samt dem, was folgt – wer ist überhaupt Jesse? –, ganz davon abgesehen, dass es »eine Rose« heißen müsste. Aber das ist egal, es lässt sich wunderschön singen mit seinen sinnfreien Worten, die eines aus dem anderen hervorperlen, sich aufschwingen und in Kaskaden niedergehen.

Düster dagegen die hämmernden Pianoakkorde, die dem Galopp des Vaters mit dem kranken Kind nachhasten. Im dunklen Rascheln ringsum verbirgt sich der Elfenkönig. Oder ist es der König der Erlen? Tatsächlich hat er einen geheimnisvoll klingenden Namen, etwas zwischen Elf und Erle. Ich habe noch nie einen Elf gesehen, und eine Erle womöglich ebenso wenig, aber gerade dieser Laut mit dem harten r in der Wortmitte beschwört einen bösen »Halbelf« herauf, der, im Laubwerk versteckt, kranke Kinder sterben lässt. Die Gegenwart des *Erlkönigs* stieg aus den Pianoakkorden, erfüllte allmählich das Zimmer und war sehr viel wirklicher als die des Präsidenten Ulmanis.

Und so beschwor ich singend die Wehmut der Flucht, die mich ziellos fortzog, ohne Heimat (und ohne Regeln), unter der Linde hervor, in deren Rinde ich lieb gewordene und unausgesprochene Namen eingeritzt hatte.

Unausgesprochene Namen – genau wie der Klang des Klaviers und der noch angehaltene Atem des Winterwindes, der kurz davor ist, wirbelnd über die verschneite Ebene herzufallen – ziehen mich an und tauchen mich in eine heimliche Erwartung, viel mehr als ausgesprochene Namen, über die man immer ganz genau nachdenken muss.

Die ausgesprochenen Namen sind denn auch zahlreich, und man muss sie alle kennen und gut in Ordnung halten und darf sie niemals verlieren. Genau wie den Pass. Wenn man den Pass verliert, wandert man ins Gefängnis.

Ich bin Lettin und ich bin Christin, so hieß es immer. Ich glaube daran, auch wenn ich diese Namen gut festhalten muss wie einen harten Gegenstand in meiner Hand. Es ist eine Bürde, die ich zusammen mit den anderen Regeln zu tragen habe. Ich bin Lettin, aber ich spreche Deutsch und habe nicht begriffen, wer Jesus Christus ist. Wie er von der Futterkrippe direkt am Kreuz gelandet ist, ebenfalls groß geworden in einer einzigen Nacht. Als Kind hatte er eine Mutter, Maria, als Erwachsener einen Vater – der nicht ungenannt ist, aber dessen Namen man besser nicht ausspricht –, aber wer hat ihn gekreuzigt? Vermutlich der andere Unnennbare, »der altherkömmliche böse Feind des Menschen«.

Eines Morgens betreten wir den Dom, in dem das Dunkel himmelhoch über unseren Köpfen schwebt. Von der Kanzel spricht der Pastor mit lauter Stimme und schilt mit gerecktem Zeigefinger einen Alten in der Menge, ausgerechnet neben mir, ganz tatterig stützt er sich auf seinen Stock. Ich bin hin- und hergerissen zwischen der Furcht, mit dem Alten verwechselt zu werden – glaubt der Pastor etwa, wir gehören zusammen? –, und maßlosem Mitleid. Ich begreife nicht, warum der Pastor es gerade auf ihn abgesehen hat, alt und tatterig, wie er ist, und würde am liebsten gehen.

In der Nacht, unter meinem Bett, versteckt sich der andere unnennbare »Feind des Menschen«. Ich glaube kein bisschen, dass er schwarz und gehörnt ist wie in der Geschichte »Der Teufel und seine Großmutter«, die ich als Theateraufführung für die Schule gesehen habe. Ich habe auch »Max und Moritz« gesehen, flach wie Kekse auf einem Backschieber, der aus einem riesigen Ofen kommt, und wegen ihrer wiederholten Missetaten zu diesem Ende verdammt. Alle lachen, ich lache nicht: Mich gruselt ihre zerdrückte menschliche Form. Ich lache auch nicht, als die Großmutter des Teufels Ihm ein Barthaar ausreißt, während Er schläft. So ist er nicht. Er hat weder Hörner noch einen Schwanz und ist noch viel schauerlicher, geronnen in seiner absurden Körperlichkeit, wie Elfen und Feen. Er kommt nicht, um mich zu bestrafen – das übernehmen schon die Erwachsenen und meine Albträume –, sondern weil er einen Ort finden muss, an dem er existieren kann. Ich weiß nicht, seit wann er unter meinem Bett ist, vielleicht schon immer.

Gott hilft mir nicht, ihn zu vertreiben; ich muss allein zurechtkommen. Gott ist im Himmel, und nur hie und da lächelt er mir in einem Kinderliedchen zu, in dem es heißt: Weißt du, wie viel Sternlein stehen an dem blauen Himmelszelt? Weißt du, wie viel Wolken gehen weithin über alle Welt? Gott der Herr hat sie gezählet, dass ihm auch nicht eines fehlt.« Im Bett, einen Zipfel des Schlafanzugärmels zwischen zwei Fingern zwirbelnd, wiederhole ich das Liedchen, und aus Gottes Zählung dessen, was man nicht zählen kann – das weiß ich –, überkommt mich so etwas wie Sicherheit, und ich schlafe ein. Und Er unter meinem Bett ebenfalls.

Mein lettischer Großvater und meine russische Großmutter sind Juden. Meine italienischen Großeltern – aber in Wirklichkeit sind sie auch ein bisschen französisch – sind Waldenser. Meine Mutter ist Waldenserin. Manche Letten – die dümmsten – sind Katholiken. Aber auch Tante Jo ist Katholikin, und die ist alles andere als dumm. Auch Petkevic, unser Fahrer, ist katholisch. Die Polen sind katholisch. Die Russen sind orthodox, aber meine russische Großmutter ist Jüdin. Übrigens sind die Russen an der sowjetischen Botschaft nicht orthodox. Sie sind wie mein Vater: Sie haben keine Religion. Sie sind schrecklich böse und lassen niemanden auf dem Gehsteig vor ihrem Tor entlanggehen. Sie brächten es fertig, auf einen zu schießen! Petersburg haben sie Leningrad genannt und den Zaren samt Familie umgebracht. Aber der Zar war auch nicht gerade ein Heiliger und hat alle erschossen, die nicht »Es lebe der Zar!« brüllten. Er war orthodox; unter allen Religionen ist die orthodoxe fast keine Religion.

Niemand erklärt mir den Unterschied zwischen Juden und Christen. Wieder Namen, die ich einfach hinnehmen muss. Mein Vater wurde von einem lutherischen Pastor aufgezogen – als Kind war er schrecklich lebhaft, ein Rebell, sagte mein Großpapa, und meine Großmama sah sich außerstande, ihn großzuziehen, also haben sie ihn weggegeben, was er seinen Eltern nie verziehen hat, sagte meine Mutter –, und auf seine Art hing er sogar an diesem Pastor, sagte meine Mutter. Nichtsdestoweniger gab er Mama ordentlich Zunder, als sie beschloss, uns auf die lutherische deutsche Schule zu schicken. Er sagte: »Sie sind Jüdinnen, was haben sie an der lutherischen Schule verloren?«

Er sagte das, um Mama auf die Nerven zu gehen; wir waren keine Jüdinnen, wir waren getauft worden – ich mit einem Jahr in Torre Pellice (übrigens war mein Vater bei der Feier dabei gewesen) und meine Schwester mit vier Jahren, in ihrem rosa Seidenkleid, während eines Ferienaufenthaltes am Riga-Strand. Mit unwirscher Hand hatte sie die Wassertropfen von ihrem Röckchen gefegt.

Wenn man getauft ist, ist man nicht mehr jüdisch; womöglich ist das ein Schritt nach vorn.

Ich liebe Großpapa Mose, der zu Hause Moritz gerufen wurde. Wenn ich heute von ihm spreche, sage ich »mein kleiner Großpapa«. Mama hielt dagegen, er sei gar nicht klein gewesen; vielleicht erschien er mir klein im Vergleich zu meinem Vater.

Großpapa hatte kohlschwarze Augen unter buschigen weißen Brauen. Manchmal gingen wir am Samstagnachmittag zu den Großeltern; wir spielten in Großpapas Arbeitszimmer, unter dem Schreibtisch. Abends, wenn wir zum Essen blieben, gab es weiche Eier, die Großpapa mit einem einzigen Hieb köpfte.

Großpapa erzählte uns, wie er jung gewesen war und Großmama heiraten wollte. Er war bitterarm, sie war reich und hatte ein Pensionat für »adelige« Mädchen in Wizebsk besucht. Damit er sie heiraten konnte, war Großpapa nach Sibirien gegangen, um mit Pelzen zu handeln; er war reich geworden, hatte die Gerberei gekauft und Großmama geheiratet.

Einmal bringt Großpapa uns einen Sack voller bunter Banknoten mit. »Zum Spielen«, sagt er. Und dann erzählt er uns, dass er diese wunderschönen Banknoten säckeweise auf dem Dachboden aufbewahrt. Es sind seine Ersparnisse in Rubeln des Zaren, die heute nichts mehr wert sind.

Mit Großpapa spiele ich Zählen; es macht ihm Freude, mich blitzschnell rechnen zu sehen.

In der Schule bin ich mit Abstand die Beste in Mathematik. Wenn ich die Hand hebe, um zu antworten, sitzen meine deutschen Mitschülerinnen groß, blond, dick und schweigend um mich herum. Das entschädigt mich zumindest teilweise für mein beschämendes Versagen an der Sprossenwand, an der ich, umringt von dem gleichen blonden, dicken, ungerührten Schweigen, an den untersten Sprossen hängen bleibe. Es entschädigt mich nur zu einem winzigen Teil, denn gut in der Schule zu sein, ist leider Pflicht. Mama und meine Schwester sind nicht gut in Mathematik, aber es zu sein, ist keine Stärke.

Ich hingegen kann von Zahlen gar nicht genug bekommen – was man ein wenig *unheimlich* findet –, wenn ich nicht lese oder spiele, löse ich immer längere und kniffligere Rechenaufgaben. Die Maße meines Zimmers interessieren mich nicht, ich löse Aufgaben, die bis weit jenseits der Sterne reichen, vielleicht bis zu Ihm, dessen Namen man besser nicht ausspricht. Zahlen sind eine Leiter, die emporführt und niemals endet.

Während ich mich zwischen den Nullen verliere, bedaure ich, dass es Pflicht ist, gut in der Schule zu sein, dass es nicht als Stärke gilt, in Windeseile 2340 mit 2500 zu multiplizieren; übrigens war Mama auch sehr gut in der Schule – zwar nicht in Mathematik, aber in allem anderen –, und ihr Vater, mein waldensischer Großvater mit dem schmalen, von der geraden Nase und den dünnen Lippen durchschnittenen Gesicht, setzte ihr bei den Noten zu, weil er Lehrer an Mamas Schule war, am Waldensergymnasium von Torre Pellice. Unternahm sie am Sonntag einen Ausflug in die Berge, fragte er sie am Montagmorgen als Erste ab und war noch strenger mit ihr als mit den anderen, die ihn ohnehin »die Geißel« nannten.

Mama beschloss, ihre Töchter niemals wegen ihrer Zensuren zu quälen. Zu loben auch nicht, versteht sich. Gerecht, wie sie war, wandte sie die erste Regel bei meiner Schwester an und die zweite bei mir.

Großpapa Mose lobte mich, und ich liebte ihn, jedoch vorsichtig und ohne es zu sagen, da Mama ihn kein bisschen liebte, und das legte einen Schleier zwischen ihn und mich. Einen Schleier von Fragen und Ergründungen zu seinen wahren Gefühlen für Mama. Ich glaubte nicht, dass er sie nicht mochte, wie sie behauptete. Ich hatte genau gesehen, wie er unseren Vater damals auf der Schwelle zurückgehalten hatte – wir waren alle bei den Großeltern –, um ihn daran zu hindern, Mama nachzulaufen, die etwas zu ihm gesagt und dann blitzschnell kehrtgemacht hatte und aus dem Haus gestürmt war. Großpapa hatte sich zwischen ihn und die Tür gestellt und sie hinter

Mama zugemacht. Dann hatte er unseren Vater mit lauter, harter Stimme beschimpft. Er hatte keine Angst vor ihm.

Später, in Torre Pellice, sagte meine Mutter zu mir, Großpapa habe im Scheidungsverfahren gegen sie ausgesagt, weil sie Christin sei, und »die Juden rotten sich immer gegen die Christen zusammen«. Das verstörte mich zutiefst und schmerzte mich: Meine Erinnerung an Großpapa – der 1940 wenige Monate nach Großmama an einer Krankheit starb – ging daraus geschmälert und anders hervor, als ich ihn in meiner heimlichen Zuneigung bewahrte. Ich wusste, dass er im Grunde seines Herzens »gerecht« war, und fragte mich, weshalb er mir untreu geworden war.

Als ich vierzig Jahre später zum ersten Mal das Abschlussurteil im Scheidungsverfahren meiner Eltern las – die Papiere waren zwischen den Unterlagen meiner Mutter aufbewahrt, die ich ordnete –, stieß ich auf eine Notiz, die mich tröstete: Die Großeltern, die bei der Verhandlung als Zeugen ausgesagt hatten, hatten einvernehmlich erklärt, sie hielten es für besser, wenn wir unserer Mutter anvertraut würden und nicht ihrem Sohn. So erhielt ich, wenn auch im Gewand des Zeugen Mose Gersoni, meinen lieben Großpapa zurück.

Als wir ihm unsere lutherischen Lieder vorsangen, lauschte er aufmerksam. Einmal gibt er mir recht und wird plötzlich gegen meine Schwester laut. Ich hatte gesungen, Gott sei der, der helfe, und Sisi, Gott sei der, der rette; da hatte Großpapa eingeworfen – und zwar laut und brüsk –, Gott helfe, er rette nicht.

Großpapa ist der einzige Erwachsene, der mit mir über Gott redet.

Mama hat versäumt, mich auf die Religionsprüfung zur Aufnahme an der lutherischen Schule vorzubereiten. Ich war acht

Jahre alt. Ich wurde gefragt: »Wer ist Gott?«, und vor lauter Panik hatte ich keine Antwort herausgebracht. Wie mich nicht blamieren?

Gott sei gerecht, sagt Großpapa, aber wir könnten seine Gerechtigkeit nicht verstehen. Das schmeckt mir nicht, ich kaue darauf herum, ein bisschen so wie auf der Geschichte von Mama, die ihre Kinder liebt, weil sie sie unter Schmerzen geboren hat. Das leuchtet kein bisschen ein.

Aber der Glaube ist nun einmal nicht einleuchtend, erklärt man mir in der Schule. Also stelle ich meine eigene kleine Recherche an. Eines Morgens hebe ich eine tote Maus aus dem Schnee auf. Ich verwahre sie in der Kommodenschublade meines Puppenhauses. Jeden Abend bete ich, Gott möge sie wieder zum Leben erwecken. Doch sie bleibt mausetot, und als sie wabbelig wird, muss ich sie wegwerfen. Umgekehrt – trotz meiner Gebete – will die Stiefmutter einer Schulkameradin nicht sterben, der ich dieses Wunder versprochen hatte. (Beim Beten darf man Gott getrost beim Namen nennen.)

Ich erzähle niemandem von meinen Experimenten, nur meine Schwester weiß davon, die zwar zynisch, aber loyal ist. Sie sagt mir sofort, dass die Maus nicht wieder lebendig und die Stiefmutter nicht sterben wird, aber sie bewahrt das Geheimnis.

Großpapa erzähle ich nichts davon: Großpapa glaubt nicht an Wiederauferstehung; das tut mir schrecklich leid für ihn, denn er ist alt und krank. Weniger für Großmama, mit der mich kein besonderes Gefühl verbindet. Ich sehe sie nur selten, weil sie häufig unterwegs ist, spazieren mit Tante Betty, der Schwester unseres Vaters; wenn sie zu Hause ist, sagt Großpapa in sanftem, bangem Ton zu ihr: »Bist du nicht müde, Anna, willst du dich nicht ein wenig niedertun?« Manchmal steht sie wieder auf und spielt Walzer für uns auf dem Klavier: Sisi und ich tanzen im Kreis durchs Zimmer.

Eines Nachmittags hat Großmama ein paar dick geschminkte, schmuckbehängte Damen zum Teebesuch. Angeblich ist auch die erste Frau unseres Vaters dabei; als ich am Tisch vorbeigehe, mustert sie mich aufmerksam. Ich glaube, es ist wegen meiner Haare; das dunkle Blond habe ich von Großmama Anna geerbt. Alle anderen in der Familie haben schwarzes Haar.

Großmama sagt immer: Meine Smaragde sind für die Kleinen. Ich kann mich nicht erinnern, die Smaragde je gesehen zu haben, aber es macht mich zufrieden, sie außer den Haaren zu erben, auch wenn eine Regel lautet, zu viel Schmuck zu tragen, sei geschmacklos. Genauso geschmacklos ist es, wenn Kinder Pelz tragen. Nicht einmal jüdische Kinder hatten einen Pelzmantel. Geschmacklos war auch, die Kinder im Auto zur Schule zu chauffieren; man musste lernen, allein und zu Fuß hinzugehen.

Die Verwandten meines Vaters waren im Großen und Ganzen geschmacklos. Onkel Thalrose – der Mann von Tante Betty, den Großpapa nicht ausstehen konnte – war Millionär und geizig. Das wusste ich von ihrem christlichen Dienstmädchen Marta, das sie tageweise an die Großeltern ausborgten.

In ihrem dunklen und staubigen Haus wohnte das Mädchen Marta in einem Kabuff neben der grünlichen Küche. Einmal, als Marta etwas angestellt hatte, hörte ich Großpapa sagen, die Ärmste sei Christin und deshalb dusselig. Großpapa hatte die jiddischen Begriffe *Goi* und *meschugge* und nicht Deutsch, wie sonst immer, benutzt, vermutlich, damit ich ihn nicht verstand; aber ich verstand ihn sehr wohl und fühlte mich darum verpflichtet, Marta meine christliche Solidarität zu zeigen. Ich ging zu ihr und versuchte, mich im grünlichen Schummerlicht der Küche mit ihr zu unterhalten. Sie beharrte darauf, Juden seien geizig und mein Onkel und meine Tante würden ihre Zähne nicht pflegen. Sie sagte, sie wolle zurück aufs Land, gab ein ungehöriges Stöhnen von sich und fasste sich dabei an den Bauch. Sie war eine kreuzunsympathische Christin und zweifellos ein bisschen *meschugge*. Ich kehrte ins Esszimmer zurück.

Eines Tages gingen wir mit unserem Vater zu einem Fest bei seinen Verwandten. Es war eine ellenlange Tafel für rund zwanzig Personen, entweder zu Ostern oder zur Hochzeit meines Cousins Benno. Sämtliche geschmacklosen Verwandten meines Vaters schwatzten laut durcheinander. Irgendjemand sang. Ich saß zwischen meinen angelegten Ellenbogen, und in diesem winzigen Zwischenraum ließen mich alle vollkommen in Ruhe; geradeso, als gehörte dieser Raum ohnehin mir. Ich hätte die Ellenbogen abspreizen können, und niemand hätte irgendetwas gesagt.

Die Fenster hatten bunte Scheiben. War das nun guter oder schlechter Geschmack?

Ich kannte niemanden der väterlichen Verwandten. Ich traf sie nur selten, und da ich mich kein bisschen für ihre Angelegenheiten interessierte – und sie kaum verstand –, konnte ich mir nie merken, mit wem sie verheiratet oder von wem sie geschieden waren, wessen Kinder sie waren oder gar welchem Beruf sie nachgingen. Nur Tante Betty habe ich noch genau vor Augen, gutherzig und lustig, und meine beiden Cousins Benno und Saul, die sehr viel älter waren als wir. Einmal steckte mich Benno aus Spaß – er war nett und liebevoll – in einen seiner Stiefel; er leistete gerade seinen Militärdienst. Saul bot mir mein erstes Turiner Süßgebäck in seiner Studentenbude an, ich glaube, in der Via Garibaldi. Er studierte in Turin Medizin, um dann in Lettland zu praktizieren. Ich fand die Süßigkeiten lächerlich winzig, mir jedoch sehr viel angemessener als die riesigen Teilchen aus Riga.

Meine Cousins, die Onkel und Tanten und alle anderen an der langen Tafel überlebten das Jahr 1941 nicht.

Als mein Vater und meine Mutter sich trennten, sah ich die Großeltern nicht wieder und auch sonst niemanden der Familie unseres Vaters. Von diesem Festtag ist mir der seltsame Eindruck geblieben, jemanden sagen zu hören: »Da sind die Mädchen von Sammy.« Ich war es überhaupt nicht gewohnt, mit meinem Vater in Verbindung gebracht zu werden, ohne dass auch der Name unserer Mutter fiel.

In Wirklichkeit war ich die Vorstellung nicht gewohnt, einer Familie anzugehören. Ich sagte nie »meine Eltern«, sondern »Vati« und »Mutti«, und nach der Trennung »mein Vater« und »meine Mutter«. Die Bedeutung der gerichtlichen Feststellung, die, obwohl sie uns definitiv der Mutter zusprach, erklärte, dass »beide uns gut behandelt und jeweils für unser Wohlergehen gesorgt hatten«, war meinen Empfindungen und Gedanken noch fern.

Die einzige Bindung meiner Kindheit war die mit meiner Schwester. Beständig und unangezweifelt. Meine Familie waren sie und ich: Bei ihr fragte ich mich nicht, was sie von mir hielt, und selbst meine Eifersucht gegen sie konnte meiner Anhänglichkeit nichts anhaben; denn sie betraf meine Mutter. Im Lichtkreis war meine Schwester immer bei mir, ganz selbstverständlich.

Von etlichen der geschilderten Episoden sind ihr andere Einzelheiten in Erinnerung geblieben, und von manchen hat sie, trotz des gemeinsamen Erlebnisses, sogar ein völlig widersprechendes Bild.

Von der Treppenepisode weiß sie noch, tatsächlich die oberste Schicht einer Schachtel kandierter Ananas gegessen zu haben – also leckte sie sich Zucker von der Lippe und keine Sahne –, und sie weiß noch, dass auf dem Deckel »Göttingen« stand. Und sie behauptet, auf dem Weg die Treppe hinunter nicht vor Wut, sondern vor Angst gebrüllt zu haben, weil Mama ihr mit lebenslänglichem Gefängnis drohte. Während unserer Zeit im Schloss am Waldrand hatte sie ganze einundzwanzig Zugvögel gerettet, die sie kältestarr und sterbend auf der Straße gefunden und ins Haus geholt hatte. Ohne ein helfendes Gebet hatten sich die Vögel im Warmen gereckt und waren durch die Hausflure geflattert. Sie sagt auch, sie habe mit den anderen Gutskindern schwimmen gelernt, als ich mit Scharlach im Bett lag. Sie schwammen im klaren, sauberen Flüsschen, das unterhalb des Gutshofes entlangfloss, derweil ich das Bett hütete und zum vierten Mal das *Dschungelbuch* las. Ihr ist ein gewisser lettischer Patriotismus geblieben, und sie behauptet, ich hätte nicht mit dem Briefträger geredet, weil ich ein Snob gewesen sei. Außerdem hatte ich offenbar Gefallen daran, zu Empfängen zu gehen, wo uns irgendwann einmal ein kleiner Ring geschenkt wurde. Ich erinnere mich an die leise Enttäuschung, weil der Stein rubinrot und nicht blau war; der Ring steckte auf dem Stiel des Löffels, der auf einer langen Tafel neben jeder Tasse lag.

Was unseren Vater betrifft, erzählt Sisi, habe er sie in jenen Monaten, in denen Mama inzwischen woanders lebte und ich abends bereits in meinem lutherischen Schlummer lag, regelmäßig ausgeführt. Sisi saß also im Otto Schwarz, einer der berühmten Konditoreien Rigas, und aß so viel Gebäck, wie sie wollte; unterdessen spielte unser Vater mit seinen Freunden bis zwei Uhr morgens Poker.

Und so stellte ich beim Reden über unsere Kindheit fest, dass, durch einen ungewöhnlichen, nicht literarischen Zufall, der schönste Erinnerungsmoment für uns beide die Spaziergänge am Meeresufer waren, im sommerlichen Sonnenuntergang, wenn wir barfuß Kilometer zurücklegten und Bernsteinsplitter suchten, die sich, am Wellensaum zurückgelassen, zwischen schwarzen Algenresten und Treibholz verbargen: Wir wanderten durch den weiten, leuchtenden Abend, der niemals Nacht werden wollte, und der Sand hatte die gleiche silbrig weiße Farbe des Himmels; es war, als müssten wir nie mehr umkehren, als ginge es immer weiter mit nackten Füßen am Meer entlang, in dessen Ruhe nicht einmal das Rischeln des Wassers zu hören war, das über den Strand leckte. Hin und wieder bückten wir uns, um ein orangegelbes, durchscheinendes Bröckchen aufzuheben und in eine Streichholzschachtel zu stecken.

An einem Julimorgen des Jahres 1935 verließen wir Lettland. Unser Aufbruch hatte sich verschoben, weil ich krank geworden war; die übliche, dumme und lästige Kinderkrankheit. Ich hatte Scharlach bekommen, nachdem ich einige Tage lang, hockend in einem Gebüsch hinter dem Gutshof, ein Gänseei bebrütet hatte. Die Fieberschauder hatte ich der üblichen göttlichen Bestrafung für dieses mir entfernt gotteslästerlich dünkende Unterfangen zugeschrieben. Mama pflegte mich über die langen Wochen der Bettlägerigkeit, die bei Scharlach damals noch geboten war, und mithilfe der Zeitschriften, die sie las, hatte ich Französisch lesen gelernt.

Wir mussten von einem kleinen Provinzbahnhof aufbrechen, weil unser Vater den Rigaer Hauptbahnhof durch seine Privatpolizisten bewachen ließ. Mitsamt unserem Gepäck wurden wir auf einen Ackerwagen geladen, und dann schuckelten wir durch den Wald, in dem ich wenige Tage zuvor durch mein Zimmerfenster die Fackeln der Bauern in der Johannisnacht hatte verschwinden sehen.

Während wir in die wandelnden Schatten des Waldes eintauchten, erblickte ich neben dem Wagen die zwei Wochen zuvor geschlüpften Entenküken. Sie watschelten ein paar Schritte neben uns her, dann blieben sie stehen. Ich fing an zu weinen, ein langes, verzweifeltes Weinen. Ich ließ sie in ihren gelben, flaumigen Federn zurück und würde sie niemals heranwachsen und im Bach schwimmen sehen.

Hinter mir, wie in einem nun für immer in seinen Bewegungen erstarrten Spiel, blieb mit ihnen meine Kindheit am lichten Saum des Waldes stehen.

DAS MITLEID UND
DIE WUT

*Für Cecilia,
die wahres Mitleid kennt*

In diesen letzten Jahren, während mich nach und nach die verblüffende Erkenntnis beschleicht, dass auch ich altere, träume ich noch immer – fast wie zum Ausgleich – wunderschöne, bunte, ununterbrochene Träume, als würde ich schreiben, statt zu träumen, und das in jenen raren Momenten, in denen mich eine Seite sofort überzeugt. Dann erwache ich zufrieden, aber mehr noch als zufrieden – das Wort könnte nach Genugtuung klingen, die ich gar nicht empfinde –, erwache ich beruhigt, weil diese Träume, die mich selbst im Wachzustand durchschweifen und mir sehr viel deutlicher vor Augen stehen als so manche tatsächliche Begebenheit, etwas Abgeschlossenes an sich tragen, etwas Unabänderliches, doch schwingt darin kein Bedauern mit; es ist eher, als würde man sagen: So ist es nun einmal, es kann nicht anders sein, der Kreis schließt sich, und in diesem Kreis steht dein Leben in all seinen Farben, nicht mehr und nicht weniger.

So habe ich geträumt, mit namenlosen Freunden die Straßen einer gotischen Stadt zu durchwandern; der Sturz der Portale war wie aus Holz gehauen, und ebenso die Fensterrahmen und sogar die Bordsteine. Von den farbigen Skulpturen erinnere ich mich vor allem an ein Karminrot, das ich im Traum wunderschön fand.

Ein anderes Mal betrat ich einen Hof, von dem ich tatsächlich einmal einen Blick erhascht hatte, als ich auf der Suche nach einem geeigneten Ort für die Verfilmung eines meiner Bücher die Turiner Viertel durchstreifte. Im ganzen Hof blühten Blumen mit durchscheinenden Blütenblättern an vollen, üppigen Rispen, und jemand sagte, ich dürfe sie pflücken; während ich einen riesigen Strauß davon pflückte, hörte ich die Geräusche der fahrenden Autos jenseits der schadhaften Mauern, die den Hof auf drei Seiten umschlossen (auf der vierten Seite stand eine Palme), und aus den verwitterten Häusern drang vielfaches Stimmengewirr. Sowohl das Geräusch der Autos – vielleicht führte hinter der Palme eine Autobahn entlang – als auch die Stimmen der Menschen klangen fröhlich; außerdem – und das war das vorherrschende Gefühl des Traums – wuchsen die Blumen wild, ich konnte so viele davon pflücken, wie ich wollte, und den Hof einfach wieder verlassen.

Auch träumte ich mehrmals, ich wäre nach Torre Pellice zurückgekehrt, in das Haus meiner waldensischen Großeltern, in dem ich nach der Scheidung meiner Eltern von meinem zehnten bis zu meinem zwanzigsten Lebensjahr in der Obhut meiner Großmutter mütterlicherseits wohnte. Der Traum führt mich in einem fort vom Haus zur Wiese und von der Wiese zum Haus. Das Haus steht immer offen, sonnendurchflutet und ohne ein einziges Möbelstück, weder im Esszimmer im Erdgeschoss noch in dem Zimmer meiner Mutter im ersten Stock, das sie während ihrer Aufenthalte bei uns bewohnte. Ich bin mein heutiges Ich, und deshalb weiß ich manchmal, dass ich ein Kind oder alle Kinder oder sogar meinen Enkel bei mir habe, die ich im Traum aber nicht sehe. Ich gehe vom Haus zur Wiese und durchquere den Garten, den ich ebenfalls nicht sehe.

Auf der Wiese passiert immer irgendetwas: einmal ist sie überschwemmt, ein anderes Mal ragt auf der einen Seite ein langes Überdach aus grünem Plastik hervor, das sich von der hinteren Umfriedungsmauer bis zum Hühnerstall über die vom Großvater gepflanzten Weinstöcke spannt. Manchmal fällt mir auf, dass die Obstbäume ausgerissen wurden, aber das stört mich nicht, weil ich weiß, dass das zu den Arbeiten gehört, die auf der Wiese durchgeführt werden. Unterhalb des Mäuerchens rechter Hand, an dem ein Weg durch die Wiesen direkt zum Pellice hinunterführte, ist, wie auch jenseits der Grenzmauer, nie etwas zu sehen.

Manchmal, wenn ich von der Wiese zum Haus zurückkehre, stehe ich unversehens in der Küche, die, anders als die anderen Zimmer, wegen der angelehnten Fensterläden schummrig und voller Möbel ist, voller Töpfe und Teller, die sich ringsum auf Tischen und Borden stapeln. Auch voller Speisen, die überall herumstehen und von denen ich esse und sie köstlich finde, obwohl ich sie nicht kenne.

So gehe ich hin und her und plaudere mit Großmama – auch wenn ich weiß, dass sie meine Mutter ist, sieht sie aus und spricht wie Großmama – und spreche über meinen Aufbruch nach Turin. Großmama sagt, ich solle doch noch ein paar Tage bleiben, das Wetter sei schön und ich hätte noch gar nicht bei meinen alten Freunden vorbeigeschaut. Sie erwähnt eine enge Freundin, die ich seit zwanzig Jahren nicht mehr gesehen habe. Mir fallen auch die Namen von Schulkameraden ein, die mir nie besonders wichtig waren und an die ich nicht mehr gedacht habe. Aber ja, sage ich mir und bleibe noch. Und mich überkommt ein einzigartiges Gefühl von Sicherheit: Aber ja, ich bleibe zu Hause, in meinem Zuhause. Und ich esse die guten

Speisen ohne Form und Geschmack, die Sonne fällt zur Tür und zu den offenen Fenstern herein, Septembersonne, warm und golden. Ich werde auf die Wiese hinausgehen und dann zum Haus zurückkehren.

Und so hat mein Traum eine Vergangenheit erschaffen, die es nicht gab, und eine Begegnung – mit Großmama und meiner Mutter, die es ebenfalls nicht gab. Worte, die nicht gesagt wurden oder die nicht in diesem heiteren, goldenen Licht gesagt wurden, in diesem offenen, leicht verlotterten Haus. Einmal träumte ich auch von langen, zerfransten Vorhängen aus gestreiftem Markisenstoff, auch sie durchstrahlt vom Tageslicht vor den Esszimmerfenstern, die sehr viel größer sind als in Wirklichkeit.

Diese farbigen Träume, die mich vom Erwachsenenleben ins Alter begleiten, scheinen mir eine gemeinsame Bedeutung zu haben, obgleich die Bilder, aus denen sie sich zusammensetzen, unterschiedlichen Quellen entstammen. Doch ganz gleich, aus welchem psychologischen und fantasievollen Material sie bestehen – von endlosen Grübeleien und Erkenntnissen zurechtgeschliffen, könnte ich es fast Punkt für Punkt benennen –, sie alle geben vor, ich hätte die Dinge gelöst und hingenommen. Ich fürchtete keine Begegnung mehr. Ich wüsste, alle Farben des Lebens genießend, dem Ende entgegenzusehen.

Oder sie verkündigen etwas, das eine Engelsbotschaft sein – oder gewesen sein – könnte, die den Traum gewählt hat, um zu mir zu gelangen, weil Träume weder Raum noch Zeit kennen und sich der Erzengel Gabriel mit erhobenem Zeigefinger ganz bestimmt im Traum offenbart. Es ist nicht gesagt, dass auch geschieht, worauf sein erhobener Zeigefinger deutet, oder zumindest nicht, dass es im Leben dessen geschieht, der seine Botschaft erhält.

Tatsächlich sind meine Träume frei von der Monotonie des Schicksals und laden fast dazu ein, die Begebenheiten in ihrer farblosen Eintönigkeit aus dem Gedächtnis zu tilgen, ihre Umrisse auszuradieren, sie der Zeit zu unterschlagen und nur die unmerkliche Veränderung darin zu erfassen, die wie vibrierende Libellenflügel über schillerndem Wasser auf der Stelle verharrt.

Die Zeit trat in mein Leben, als ich mit meiner Schwester nach Torre Pellice kam. Zum ersten Mal gab sie mir eine Vergangenheit, eine Tiefe, in die ich eintauchen konnte, um Befragungen und Bedrängungen zu entgehen; die Geschichte meiner Kindheit war alles, was mir von meiner vorherigen Existenz blieb, denn binnen weniger Wochen wechselte ich das Land, die Sprache und die Familienverhältnisse.

Das häusliche Leben schien vom Wechsel der Jahreszeiten bestimmt und folgte alten bäuerlichen Bräuchen, obwohl diese nicht einmal mehr zu Großmamas unmittelbarer Vergangenheit gehörten, die eine Tochter aus gutbürgerlichem Hause war.

Doch in ihrem Nutzgarten sprießten noch immer Jahr für Jahr die Kräuter, die ihre Mutter, eine Hugenottin aus der Provence, aus ihrem Garten unweit von Nîmes in den waldensischen Garten ihres Ehemannes mitgebracht hatte, und von dort waren sie, ebenso wie die schönen, schlichten provenzalischen Möbel aus hellem Walnussholz, die von einem Haus in das andere wechselten, in Großmamas Garten hinübergewandert, als sie geheiratet hatte.

Der Sauerklee, den man unter den Spinat mischte.

Der Borretsch für Eierkuchen und Krapfen.

Der Kerbel, der sich nicht nur gut im Eierkuchen machte, sondern auch in Gemüsesuppen. Auch eine Prise Sauerklee tat Großmama in die Eierkuchen.

Der Schnittlauch.

Der Quendel.

Das Erbsenkraut, das ausschließlich dazu diente, zusammen mit Petersilie die Erbsen zu würzen, für die kurze Zeit, in der sie einmal im Jahr in unserem Garten wuchsen und gegessen werden konnten.

All diese Kräuter hatten einen französischen Namen, ebenso wie der Rhabarber, den Großmama für eine ihrer Variationen der *tartes aux fruits* verwendete, und der *cren*, den man in die Sauce für gekochtes Rindfleisch rieb; auch die Haushaltsgeräte hatten französische Namen, die Möbel und Kleidungsstücke, das Obst aus dem Obstgarten, die Weinbeeren, die man zum Trocknen auf Dachbodendielen auslegte, der herbe Kastanienhonig.

Französisch war auch das kleine Neue Testament mit dem schwarzglänzenden Einband und den hauchdünnen Seiten, das man mir gleich nach meiner Ankunft in Torre Pellice kaufte. Das Büchlein gefiel mir, man musste die Seiten behutsam umblättern, um sie nicht zu zerreißen, und da ich Bücher inbrünstig liebte, kann ich mich noch genau an seinen Geruch erinnern. Mit diesem Neuen Testament gingen wir in die Sonntagsschule, und das erste nicht alltäglich im Haushalt gebrauchte Französisch, das ich sprach, waren die von Sonntag zu Sonntag auswendig gelernten Verse.

Rings um das Haus stehen Berge. Großmama erzählt mir, dass man mich, als ich ein Jahr alt war und an den Sommerabenden nicht schlafen wollte, auf den Balkon hinaustrug, um sie anzusehen. Und ich, die ich aus der endlos weiten Ebene gekommen war, zeigte staunend mit dem Finger darauf.

Ganz hinten, rechts des Tales, der Monte Granero, in der Mitte der Monte Palavas, hinten links der Monte Boucie und genau gegenüber unserem Haus, jenseits der Wiesen und des Pellice, der Hügel, der nach Rorà aufwärtsführt. Hinter dem Haus – man muss sich ans äußerste Balkonende stellen, um ihn zu sehen – erhebt sich der Monte Vandalino mit dem Castelluzzo. Die Berge schließen das Tal nicht ein: Über jeden Hügel und entlang der steinigen Betten der Wildbäche führen Pfade, öffnen sich Pässe, über die man zu anderen Bergen fliehen kann.

In der Familie wurden die Orte häufig genannt, und auch sie trugen die Zeit in ihrem Schoß. Die Butter, eingewickelt in große grüne Blätter, und der Seiras in frischem Heu, wie von einem Toupet bekrönt, wurden uns von der Sella Veja durch das Angrognatal heruntergebracht, das Großpapa als Kind tagtäglich durchwandert hatte – fünf Kilometer hin und fünf zurück –, um zur Schule zu kommen. Sonntags spazierten wir manchmal bis zu den Ruinen der von Viktor Amadeus II. erbauten Festung hinauf. Darunter lag das alte katholische Viertel. Auch die Katholiken waren Raum und Zeit, unterschiedslos und unausgesetzt. Sie waren eine Mauer, von der man so gut wie nie sprach, sie aber nie vergaß.

Nicht weit von unserem Haus liegt das Collegio Valdese, das Waldensergymnasium, das meine Schwester und ich besuchen. Ich habe ein Heft dabei, in dessen Umschlag ich eine Fotografie meiner Mutter hineingeklebt habe – ihr klares, strenges Gesicht, darunter die ordentliche Jacke mit dem kleinen faschistischen Abzeichen im Knopfloch – die ich während der Unterrichtsstunden heimlich betrachte. Ich bin noch immer die Beste in Mathematik, und nach ein paar Monaten finde ich heraus, dass meine Aufsätze die besten der Klasse sind.

Mathematikhausaufgaben zu lösen, gibt mir Sicherheit und Ruhe. Ich mache sie zusammen mit einer Schulkameradin in einem uralten Haus am Dorfrand Richtung Villar. Auf der einen Seite lag der von Gemüsegärten bedeckte Hang, der zum Friedhof abfiel, auf der anderen Seite schlängelte sich die alte Via Bouissa bergan. Wir saßen in der kleinen, ofenbeheizten Küche, vor uns, auf dem aufgeräumten Tisch mit der Wachstuchdecke, unsere Blätter, die gespitzten Stifte, das saubere Radiergummi. Jener von Zahlen und Zeichnungen erfüllte Nachmittag war warm und unbeschwert geborgen.

Draußen aber muss ich mich ständig anpassen: Irgendetwas ist kaputtgegangen in meiner Zeit, die fortan einem wirren Lauf folgt; wie eine alte Uhr rast sie entweder voran oder tickt nur weiter, wenn man sie schüttelt.

Ich muss mich zusammenreißen, um mein Knie nicht zum Knicks zu beugen – die Metamorphose hatte mich beim Wechsel vom Kinderknicks zum Jungmädchenknicks überrascht –, ich muss meine Zunge lösen, zuerst in Französisch, dann in Italienisch; ich muss mich daran gewöhnen, meinen Nachnamen falsch auszusprechen, monatelang kämpfe ich damit und verbessere »Ghersoni«, dann gebe ich auf.

Eines Morgens sitze ich in der damaligen Turnhalle des Gymnasiums, in der sich auch die kleine Schulbühne befand. Ich lausche der Montagspredigt; normalerweise gingen wir dafür in einen Klassenraum, doch an dem Tag gab es wohl einen besonderen Anlass. Ich saß auf der Bank und lauschte dem

Pastor mit der üblichen Aufmerksamkeit, als plötzlich die Jahrtausende über mir hereinbrachen und ich hinter ihm für einen Wimpernschlag sämtliche Völker der Erde in ihren Häusern und Hütten erblickte, in Wüsten und Ozeanen – von Ewigkeit zu Ewigkeit – Amen – und ebenso auf den Felsen der Berge, aus denen wir Waldenser »geholt worden waren«, und ich fragte mich: »Wie kann es sein, dass Gott unter all den Völkern der Erde ausgerechnet die Christen bevorzugt hat?« Und antwortete mir in einer jähen, rationalen Erleuchtung: »Es kann nicht sein.«

Wenn ich das Adjektiv rational neben das Substantiv Erleuchtung stelle, dann, um es zu verkleinern. Diese auch zu anderen Gelegenheiten wiederkehrenden Augenblicke haben sich für immer in mir eingebrannt, diese in ihrer Winzigkeit klar begrenzten, tiefen Nadelstiche waren keine wundersamen Hinweise, sie folgten keinem deutend erhobenen Zeigefinger, wie ich ihn mir gern in meinen Träumen vorstelle, sondern drückten, einer Unterhaltung am Marktstand gleich, in wenigen, kodierten Worten Gedanken und Gefühle – Gedanken zu Gefühlen – aus weit zurückliegenden Zeiten aus. Wie auch aus weit vorausliegenden Zeiten, denn obwohl sie in ihrem winzigen, nadelkopfkleinen Flimmern fest in mir verankert waren, fuhr ich fort, über diese Gefühle und die Gedanken, die sie hervorgebracht hatten, nachzugrübeln, sie zu verdünnen und abzuwandeln; selbst die Umstände, die sie ausgelöst hatten, mochten früher oder später eintreten, und nur in diesem Sinne können sie als Erleuchtungen gelten.

In der Mittelschule hatten wir mit Geschichtsunterricht begonnen, ich hatte ein hervorragendes Gedächtnis, und obwohl ich noch schrecklich schüchtern war, fielen die Hemmungen von mir ab, wenn es galt, die Verkettung der Ereignisse, der Ursachen und Wirkungen, und das harmonische Ineinandergreifen von Zeit und Raum darzulegen. An der Geschichte faszinierte und beruhigte mich ihre Begrenztheit, das bereits Geschehene, das bereits Gesagte, die Möglichkeit also, alles zu wissen.

Schon immer hatte ich historische Erzählungen gemocht. Anfangs waren mir die Protagonisten wie verpuppt in ein dichtes Spinnennetz aus Taten und Beweggründen erschienen, die ich noch nicht vollständig zu erfassen vermochte. Nackt, mit wenigen Merkmalen, ohne Kleider und Trachten – die Jahrhunderte hatten mich noch nicht übermannt –, häufig auf eine einzige, verblüffende Besonderheit beschränkt oder nur auf das Gefühl, das sie in mir geweckt hatten.

In Waltershof hatte ich zwei Bücher gelesen: Das eine schilderte die letzten Tage und die Hinrichtung Marie Antoinettes, das andere die Abenteuer des Arminius. An der Erzählung über Marie Antoinette schlug mich sofort das Bild des »blutenden Kopfes, den der Henker in die Höhe hielt und dem Volk präsentierte«, in den Bann. Alles andere – einschließlich des angekleideten und enthaupteten Körpers der unglückseligen Königin –, das lärmende Volk und sogar der Scharfrichter, verblasste neben dem grauenerregenden Kopf; nur in ihn fühlte ich mich gleichsam hinein. Während ich las, umspielte der kreisende Schauder einer Narbe meinen Hals. Auch den inbrünstigen, fanatischen Ton der Erzählung erinnere ich noch sehr genau, und da ich gelernt hatte, sämtliche Übertreibungen für »unaufrichtig« zu halten, argwöhnte ich, dass mir nicht alles gesagt wurde. Ich war zu der wenn auch grausamen »Angemessenheit« von Bestrafungen erzogen worden.

Doch die Abenteuer des Arminius (und der Seinen) rissen mich vollständig mit. Ich las das Buch in einem Atemzug, und als ich damit fertig war und aufblickte, loderte der Wald jenseits der Felder im Sonnenuntergang und verbrannte den an die Bäume gefesselten Arminius (und die Seinen). Auch das Buch verbrannte samt seinen Geschichten, von denen ich nichts mehr erinnere, denn das, was mir davon blieb, war stärker und farbiger als die Schicksalsschläge des Arminius, nämlich der Hass auf die »Römer« und ihre Schandtaten.

Als wir Waltershof verließen, ließ ich Arminius (und die Seinen) für immer dort zurück; Arminius mit seinem deutschen Namen, in seinem deutschen Wald mit den Bäumen und Blumen, an die ich noch lange mit ihren deutschen Bezeichnungen zurückdachte (und diese Bäume und Blumen waren anders als die italienischen), und mir kam gar nicht in den Sinn, nachzuforschen, wer diese hassenswerten »Römer« waren. Ich brachte sie kein bisschen mit den Römern aus meinen lausigen Schulbüchern der faschistischen *Italietta* zusammen; der Gegensatz war zu groß und der Teutoburger Wald zu fern. Erst sehr viel später, als ich Mommsens *Römische Geschichte* auf Deutsch las, ging mir mit einem Mal auf, dass ich, ohne es zu merken, auf die andere Seite gewechselt war.

Doch während ich mich in Ursachen und Wirkungen und Begebenheiten vertiefte, nachdem die Jahrtausende an jenem Morgen in der Turnhalle über mir hereingebrochen waren und die Jahrhunderte begonnen hatten, mich wie eine Sturmflut zu bedrängen, die Stück für Stück den Strand verschlingt, wuchs in mir die Angst vor der Geschichte. Die Geschichte gab keine Sicherheit, ganz im Gegenteil, sie verharrte nicht hinter unüberwindlichen Mauern in der Vergangenheit, sondern überschwemmte die Welt mit Toten und mit Lebenden und wieder mit Toten, und in ihrem Tun war sie blind wie ein Samenkorn.

Ich blickte durch die Fenster des Klassenzimmers auf den Hügel von Rorà, die Nordseite weiß beschneit und von schwarzen Baumreihen geädert.

Auf demselben Hügel ein Stück weiter drüben konnte man noch das Haus von Janavel besichtigen, dem waldensischen Partisanenführer aus dem siebzehnten Jahrhundert. Wenn die Eiseskälte sich aus den Bergen zurückzog, kamen die Katholiken von Luserna herauf, die Burgfrauen und Soldaten, um entlang der Pfade, die sich in erddunkle, steinige Furchen verwandelt hatten, nach ihm zu suchen. Er mit seinen Leuten oder auch allein mit der Hilfe eines kleinen Jungen schoss mit seiner eigenhändig perfektionierten Feldschlange auf sie. Um den Glauben zu bewahren und den guten Kampf zu kämpfen. Selig sind, die da hungert und dürstet nach Gerechtigkeit, denn sie sollen satt werden.

Unterdessen wurde im Unterricht die Bibel gelesen – von der Schöpfungsgeschichte in der sechsten bis zur Offenbarung in der zehnten Klasse –, die Seiten raschelten hektisch, wenn der Lehrer uns aufforderte, ein paar Kapitel zu überspringen, und weil wir anstößige Stellen vermuteten, machten wir uns sogleich gierig daran, sie zu lesen.

Lot lag also bei seinen Töchtern, und Salomon verglich die Brüste seiner Geliebten mit zwei Kitzlein, die unter den Lilien weiden. Der unpassende und krude Vergleich stieß mich ab, ich fand diese Brüste, die inmitten der Heiligen Schrift weideten, unanständig; himmelweit entfernt vom schüchternen Kribbeln meiner wachsenden Brustwarzen unter dem schwarzen Schulkittel.

Übrigens las ich die Bibel auch für mich allein, wieder und wieder las ich die Stellen, wo geschrieben steht, dass der nahende Gott nicht der Sturm ist und nicht das Feuer, sondern am Ende ein stilles, sanftes Säuseln. Oder von Moses und dem flammenden Dornbusch, der lodert, aber nicht verbrennt. Und dann, wo geschrieben steht (das Wortpaar »steht geschrieben« beruhigt mich), »Der Wind weht, wo er will«. Dennoch treibt mich die Bibel häufig um, ihre Geschichten sind kein bisschen einleuchtend oder stimmig, Ursachen und Wirkungen rätselhaft, doch weil ich die Bibel las wie Victor Hugo, erschienen mir Josua, der den Mond anhält, und Jesus, der über Wasser geht, als Bilder, nicht als Gedanken. Dass sich hinter diesen Bildern auf unergründlichen Wegen eine andere Geschichte zutrug, machte die nochmalige Lektüre umso fesselnder. Aber schon damals hatte ich keine Geduld für doktrinäre und theologische Fragen, und der Text ergriff mich nur, wenn sich darin auf poetische und dramatische Weise jener einzige Punkt offenbarte, der mir unmittelbar am Herzen lag, jener nämlich, der sich auf mein Verhältnis zu Gott bezog. Das ganze Neue Testament schien mir von Jesu letztem, entsetzlichem Schrei am Kreuz durchdröhnt: »Mein Gott, mein Gott, warum hast du mich verlassen?« Wenn der Herrgott kein Mitleid mit ihm gehabt hatte, wieso sollte er welches mit mir haben?

Es war ein schrecklicher Gott, der sich nicht mehr hinter den schraffierten Wolken meines lutherischen Religionsbuches aus dem siebzehnten Jahrhundert versteckte und die Sterne zählte, sondern er war dort, gleich dort, über dem Monte Granero, dem Boucie, dem Roux und dem Guinivert, und wie oft war er im Nebel herabgestiegen, um einen Ahnen samt seiner Hakenbüchse zu verstecken, der hinter einem Felsen oder Mäuerchen einem Franzosen oder einem Piemonteser auflauerte, einem Papisten jedenfalls. Manchmal war Er nicht herabgestiegen, doch war es Seine Entscheidung. Man kann keine Verträge schließen mit Ihm, dem Gott der Barben, dem Gott der waldensischen Vorfahren meiner Mutter.

Man kann ihm keine Werke darbringen, denn so oder so steckt in den Werken letztlich immer irgendein Gewinn, irgendetwas, das man zu Markte tragen kann, ob Butter oder Seiras oder Kalb. Werke lehnt er ab, doch muss man emsig sein, die Steine von den Feldern klauben, den Mist in der Kiepe auf die Weiden tragen, der Witwe und dem Greis helfen und sonntags der Predigt des Pastors lauschen. Nicht nur um Lehren zu empfangen, sondern um zu beanstanden, was der Pastor zu viel gesagt hat oder hätte sagen sollen und nicht gesagt hat. Und wehe ihm, sollte er, aus lauter Erschöpfung von seinen Wanderungen über die steilen Saumpfade, bei sich selbst abgeschrieben und heimlich den Schluss einer früheren Predigt angefügt haben. Die Gemeinde hat schließlich ein Anrecht auf frische Predigten, und weder muss der »Gottesdiener« pflügen noch melken oder hacken.

Der schreckliche Gott der Vorfahren meiner Mutter ist derselbe, der Abraham befahl, seinen Sohn zu opfern, und der die Rute seines Zorns züchtigt, die Er selbst erwählte. Und wenn er uns friedliche Zeiten gönnt – die üblichen dreißig Jahre, sollten es mehr sein, schickt er uns zwischendurch eine Plage –, müssen wir den Papisten die Stirn bieten und uns Wettstreite in Tugend liefern, um zu beweisen, dass wir besser sind.

Auf den ersten Blick erscheint das gar nicht so schwer, denn die Katholiken sind reichlich ignorant. Hatte ein katholisches

Mädchen (nicht aus den Waldensertälern) mich nicht sogar gefragt, ob die Waldenser Christen seien? Selbst was die Existenz der Bibel betraf, hatte sie sich skeptisch gezeigt. Für mich waren die Katholiken allenfalls Brüder auf Abwegen.

Großvater nannte seine schlimmsten Schüler »Philister«. Sie waren fast durch die Bank katholisch, und er musste ihnen das Französisch von Grund auf beibringen, was er zwar mit einer gewissen Ungeduld, aber mit Gerechtigkeitssinn tat; nicht umsonst wurde er neben *le fléau*, die Geißel, auch *le juste*, der Gerechte, genannt.

Die Katholiken – »seht euch vor!« – gehen mit unlauteren Mitteln auf Seelenfang. Lautere Mittel, die man unter der üblichen »klugen Besonnenheit« zusammenfassen kann, sind bei den Katholiken wirkungslos. Sicher, es wäre schön, einen Katholiken zu finden, den man zu kluger Besonnenheit bringen könnte, doch leider ist ihre Ignoranz wie eine Mauer, die kein Versuch und keine Versuchung des vernünftigen Denkens zu durchbrechen vermag.

Uns hingegen hat der Barbengott diese unmögliche Aufgabe gegeben, zusammen mit diesen zu bestellenden Tälern. Er sorgt für Hagel auf den Feldern der Bösen und lässt die Weinstöcke der Guten gedeihen, es sei denn, er kommt eines schönen Tages dahinter, dass sie sich irgendeiner ihm allein bekannten Übertretung schuldig gemacht haben. Aber schrecklich, wie er ist, muss man von Du zu Du mit ihm reden, und vielleicht fürchtet man den Fürsten – »unseren natürlichen Fürsten« – deshalb weniger, den man sehr wohl daran erinnern kann, dass er nach uns gekommen ist, schließlich sind wir seit unvordenklichen Zeiten hier. Der Fürst steht mit beiden Beinen fest auf dem Boden, mag es auch der steinige, abschüssige, buschige Boden der Täler sein. Ihm hat man zu gehorchen und ihn zu respektieren, so wie man den Wechsel der Jahreszeiten zum Säen und Ernten respektiert, oder den Leib der Schwangeren, der man allzu schwere Lasten abnimmt; nicht alle, denn irgendeine Last muss jeder tragen.

Übrigens ist der Teufel ebenso natürlich wie der Fürst. Fleischig und füllig ist der Teufel, auf den man laut Janavel schießen kann wie auf jeden beliebigen Papisten. »So sollen denn alle – doch vor allem die besten Schützen – ein paar bronzene oder gusseiserne Kugeln haben, um den Teufel zu züchtigen, sollte er sich zeigen.«

Was wundert es also, wenn Er, unwürdiger Stellvertreter des lutherischen Teufels, für immer von unter meinem Bett verschwunden ist, fortgejagt durch die Knoblauch- und Rosmarindüfte von Großmamas Braten, die mit einem ausgesuchten Schützen durchaus mithalten konnte?

Während ich mich auf den Weg zu meiner Erstkommunion machte, gekleidet in waldensische Tracht, mit einer handgewebten Schürze, die zusammen mit der Haube aus dem Angrognatal, *que dicitur Engrogna*, herabgekommen war, begleitete mich der Klang der Orgel, und ich war ergriffen. Während ich das Stückchen Brot schluckte und den Wein aus dem kleinen Glas trank, gab ich Gott das allgemeine Versprechen, gut zu sein und stumm zu leiden, was mir zunehmend schwerer fiel, auch weil niemand sich darum scherte, ob ich stumm litt, und mir das Publikum fehlte, das jedem stumm leidenden Erwachsenen zustand.

Ich dachte nicht an Jesus Christus, sondern versuchte vielmehr, den Gedanken an seinen Tod zu verdrängen. Die Angst vor dem Tod verfolgte mich, ich träumte, lebend unter der Wiese auf Großvaters Weinberg begraben zu sein, und versuchte mich mit der Hoffnung auf die Wiederauferstehung zu trösten. Trotz der winzigen, an jenem Morgen in der Turnhalle erlangten Gewissheit hielt ich mich weiterhin für eine Christin.

Meine Schwester, die sich ein Jahr nach mir weigerte, die Erstkommunion zu nehmen, hielt mir meine Doppelzüngigkeit vor: Ich sei von Natur aus ungläubig, meine Versagungen seien nicht entschlossen genug, meine Bekenntnisse wackelig. Sisi hatte den Katechismus besucht, der, so sagt sie, um sieben Uhr morgens stattfand, noch vor der Schule. Sie war hingegangen, so behauptet sie, um zu zeigen, dass sie nicht so faul war, wie alle behaupteten. Ihre endgültige Absage wurde nicht als skandalös empfunden, faul zu sein, war skandalöser.

Was mich betraf, so hatten mich nicht nur meine Doppelzüngigkeit – die sich mitunter in weit mehr als nur zwei Beweggründe spaltete – und meine Liebe für symbolträchtige Zeremonien (mir gefiel es sogar, in der Uniform der *Giovani Italiane* durchs Stadion zu marschieren und den Wimpel zu tragen) dazu gebracht, sondern das übliche widersprüchliche Verlangen, genauso wie alle anderen und zugleich besser zu sein. Ich hatte eine Schwäche für Institutionen und lehnte sie nicht grundsätzlich ab, doch ich brauchte Zeit, um mich irgendwo einzuleben, und fiel, ohne es zu wollen, in den unpassendsten Momenten aus dem Rahmen.

Wenn der Turnlehrer von der Sportplatztribüne zu den sämtlichen in ihren schwarz-weißen Streifen nahezu perfekt aufgereihten Schulen – wir waren auf dem Land, dort konnte man das »nahezu« durchgehen lassen – hinunterbrüllte: »Wer hat den Kopf gehoben und sich umgeschaut? Natürlich Gersoni!« Gersoni war leider ich und nicht meine Schwester.

Nicht ich lehnte die Institutionen ab, die Institutionen lehnten mich ab.

Einmal, ich glaube, wir waren schon auf dem Gymnasium, machten wir einen Ausflug durch das Angrognatal hinauf zu den Dreizehn Seen. Man folgt einem der jahrhundertealten Überwege vom Val Pellice ins Val San Martino, es ist eine lange Wanderung.

Das Tal wird sofort eng, und zunächst säumt der Weg dem Lauf der Angrogna. Links, jenseits des Baches, ist der Hang steil und waldig. Rechts steigt man über kleine Plateaus mit Ortschaften bergan. Tief im anderen Tal liegt der Hauptort Pra del Torno. Wie in den anderen, hoch oben gelegenen, engen Waldensertälern besteht ein krasser Gegensatz zwischen der sonnenbeschienenen, besiedelten und der dicht bewaldeten gegenüberliegenden Seite.

Wir waren am Nachmittag aufgebrochen, und als wir bei Sonnenuntergang kurz hinter dem Vaccera-Hügel anlangten, baten wir einen vierschrötigen, kastanienbraunen Bergbauern, der seine Kühe zurück in den Stall trieb, um eine Unterkunft für die Nacht. Er fragte uns, woher wir kämen, wie wir hießen, und wies uns den Heuschober. Als wir eintraten, blickte er mich an und sagte einen knappen Satz (den ich nicht verstand) in seinem Dialekt mit den sperrangelweiten A und den zusammengedrückten E. Dann übersetzte er ins Französische: »Nous sommes cousins, le professeur Coïsson était mon cousin.« Ohne noch etwas hinzuzufügen, führte er uns in den Stall.

Als wir in die Täler gekommen waren, lebte in Angrogna kein direkter Verwandter von Großvater mehr. Tante Catherine war bereits gestorben, und kurz darauf sollte Tante Madeleine sterben, die in Frankreich lebte und die Großvater »vergötterte«, behauptete meine Großmutter, die nicht bereit war, andere vergötternswerte Frauen in der Familie zu dulden.

Während ich im Halbschlaf die Kühe im Stall unter uns schnauben, rempeln und pinkeln hörte und den warmen Viehgeruch roch, der mich an Milch erinnerte – die ich manchmal frisch gemolken trank –, fragte ich mich, wie dieser Cousin (ein Odin?) bei meinem fremden Nachnamen auf unsere Verwandtschaft kommen konnte und weshalb er mich mit seiner schlichten, von seltsamen Vokalen gespickten Bemerkung darüber in Kenntnis gesetzt hatte.

Auch am nächsten Tag sann ich darüber nach, während wir nach einem eiskalten Morgen unter der brennenden Sonne das geröllige *Ciaplé* zu den Dreizehn Seen hinaufwanderten, die wie winzige Pfützen vor mir auftauchten. Wie weit weg war doch der See, auf dem ich Seerosen gepflückt hatte. Hier war alles von Felsen umschlossen, und auch das sorgsam gehortete Wasser hatte, obwohl tief und kristallklar, eher das grünliche, am Abend fast schwarze Grau der Felsen statt die Farbe des Himmels.

Neben der Überraschung – wie konnte ich die Cousine dieses vierschrötigen, kastanienbraunen Bergbauern sein, dessen archaischen Dialekt ich kaum verstand? – und dem Unbehagen, rein gar nichts darauf erwidern zu können, rief dieses Wiedererkennen ein wirres Echo in mir hervor. Ich setzte die Nagelstiefel auf die glühenden Steine – immer nur Steine – und sagte mir, dass vor Jahrhunderten alle Talbewohner wie dieser Cousin gewesen waren, bis hin zu denen, die im Jahr 1332 auf dem Platz von Pra del Torno den Dorfpfarrer ermordet hatten, den man für einen Spitzel des Inquisitors hielt. Und das erfüllte mich mit wirrem Stolz. Dennoch sagte meine Mutter über Großpapa: »Was ich nicht an ihm ausstehen konnte, war sein waldensischer Chauvinismus.«

Einmal im Jahr, am 17. Februar, dem Feiertag der bürgerlichen Emanzipation der Waldenser durch König Karl Albert im Jahr 1848, wurde in dem kleinen Schultheater ein historisches Drama aufgeführt, das eine Episode der Heldentaten von *Nos Pères* zum Thema hatte. Die Schauspieler waren hauptsächlich Schüler des Gymnasiums, an den Namen der Verfasser erinnere ich mich nicht mehr.

Die Stücke wurden in Kostümen gespielt, der Text war italienisch. Die Waldenser waren tugendhaft, die Katholiken böse, der Prinz so halb und halb. Doch soweit ich mich erinnere, waren die Katholiken ausnahmslos Würdenträger: Priester, Bischöfe, boshafte Ratsherren und Befehlshaber, die (mit Gottes Hilfe) besiegt wurden. Es gab keine gewöhnlichen Leute, allenfalls stumme Büttel.

Ich war ganz verrückt nach diesen Aufführungen und machte die Mittelmäßigkeit des Textes und der theatralischen Darbietung innerlich wett. Wenn ich in dem vor Menschen wimmelnden Saal saß und darauf wartete, dass der Vorhang sich hob, erwartete mich auf der kleinen Bühne hinter dem roten Stoff das Ereignis des Jahres.

Noch tagelang schlich ich wie eine Schlafwandlerin durchs Haus: Plötzlich fand ich mich im Klosett auf halber Treppe wieder, mit dem Butterteller in der Hand, den ich in den Keller hatte bringen sollen. Immer wieder dachte ich über das Gesehene nach, mischte und ergänzte es mit meinen Tagträumen, und wenn ich auf dem Dachboden eine Theateraufführung mit meinen Puppen vor spärlichem Publikum veranstaltete –

meine Schwester und eine Handvoll Freundinnen –, spürte ich die Unzulänglichkeit meiner Darbietung, die Kluft zwischen dem, was es hätte sein sollen, und dem, was es war.

In jenen Jahren gewöhnte ich mir an, stundenlang große, schwarzweiße Skizzen von Skulpturen und einzelnen Figuren aus Gemälden anzufertigen. Im Malunterricht, den ich wegen eines Aktes der Gerechtigkeit meiner Mutter besuchte – meine Schwester ging zum Gesangsunterricht –, brachte man mir bei, scheußliche kleine Gefäße zu bemalen. Ich hätte gern gelernt, den Menschen in seinen Bewegungen darzustellen.

Eine Aufführung zum 17. Februar lieferte übrigens den Auslöser für die schlimmste Strafe, die ich in meiner Jugend erfuhr; schlimmer noch als die Ohrfeigen, die mich zutiefst demütigten, schlimmer als die verletzenden Anspielungen auf meine physischen und moralischen Makel.

In einem Jahr, wenige Tage vor dem 17. Februar, während einer Diskussion mit meiner Großmutter – unsere Streitigkeiten wurden immer häufiger –, »widersprach« ich ihr. Die Waldenser hatten jahrhundertelang »widersprochen«, doch in der Familie war Widerspruch verboten, genauso wie in den katholischen Nachbartälern, bei Fiat oder der Polizei gegenüber.

Meine Widerworte wurden von Jahr zu Jahr besser, ich führte immer schlagfertigere Antworten ins Feld; die Grausamkeit meiner Großmutter spornte mich an sowie eine gewisse Beißgier, die sich in mir bemerkbar machte, während ich mich mit leicht hochgezogenen Schultern langmachte, aber bereitwillig zu essen anfing. In mir streckte sich eine närrische Lust, ihr meine Unterlegenheit aufzuzwingen, sie zu verändern, und wieder sprangen mir die Worte bei, die mir schon als Kind bei meinen wunderschönen Lügen geholfen hatten.

Diesmal war mir offensichtlich die perfekte Antwort gelungen, denn Großmama war dermaßen sprachlos, dass sie sich in ihr Zimmer zurückzog und auf Frankoprovenzalisch zu jammern anfing. Sie jammerte in den höchsten Tönen – sogar das Fenster hatte sie geöffnet, trotz der Jahreszeit –, und ich war hinter den Hühnerstall geflüchtet, zutiefst erschrocken über mein gelungenes Widerwort. Ich hörte ihre Klage durch den vom Vollmond erhellten Gemüsegarten hallen, jedoch ohne mich überhaupt zu fragen, ob es ihr wirklich schlecht ging; mir war klar, dass sie Theater spielte und den Vollmond als Scheinwerfer nutzte, um mich, versteckt und schuldig, hinter dem Hühnerstall aufzuspüren.

Nach diesem Widerwort untersagte Großmama mir, die Aufführung am 17. Februar zu sehen. Ich war am Boden zerstört und musste mich dazu erniedrigen, sie anzuflehen und unter den verächtlichen Blicken meiner Schwester nicht nur fragliche Antwort, sondern sämtliche gewesenen und künftigen Widerworte zurückzunehmen. Großmama blieb unerbittlich. Doch bot dieser tragische 17. Februar – dem Herrgott sei Dank – auch die Gelegenheit für die einzige und grundlegende pädagogische Eingebung, die meine Großmutter mir gegenüber hatte. Auch sie verzichtete auf die Aufführung, die sie ebenfalls so gern mochte, und wanderte mit mir zwischen den Menschen, die zum Theater hasteten, auf der Via Beckwith auf und ab. Durch den Tränenschleier – ich ließ meinen Tränen auf offener Straße freien Lauf – betrachtete ich die lodernden Feuer auf dem Monte Vandalino und dem Hügel von Rorà und spürte, dass nichts die an diesem Abend verpasste Aufführung je würde ersetzen können. Doch die Entscheidung meiner Großmutter beeindruckte mich tief, und ich werde sie nie vergessen: Indem sie bei mir blieb, fühlte sie sich als Teil meiner Schuld, sie rächte sich nicht an mir, wie ich häufig gern glauben wollte, sondern half mir, meine Bürde zu tragen.

Für gewöhnlich war sie eine launenhafte und autoritäre Erzieherin, die wohl eher ihre Person denn eine allgemeine Verhaltensregel durchzusetzen suchte. Und sie war mitleidlos, von seltenen und unverhofften Gelegenheiten abgesehen.

Sie liebte es, von dem ihr widerfahrenen Unrecht zu erzählen. Wenn sie von ihrer großen Liebe erzählte – ein bildschöner junger Katholik, den zu heiraten ihre Mutter, eine Hugenottin, ihr nicht erlaubt hatte; später war er Bahnhofsvorsteher in Bricherasio geworden, und beim Vorbeifahren sah sie ihn durchs Zugfenster – und sich die Beleidigungen der Schwägerinnen in Agrogna ins Gedächtnis rief, füllten sich ihre Augen mit Tränen, doch gleich darauf wiederholte sie eine besonders schlagfertige Bemerkung, die sie gemacht hatte, und lachte wieder. Sie war immer kurz vorm Lachen oder vorm Weinen, weshalb beides flüchtig erschien, und machte den Eindruck, als wäre sie zwischen Lachen und Weinen eine ihrer selbst stets gegenwärtige und überaus selbstsichere Frau.

Vom Großvater sprach sie stets mit Tränen in den Augen: »Tu sais, moi j'étais gaie e lui était toujours triste!«* Oder wenn sie auf seine ehelichen Ansprüche anspielte (er war rund zehn Jahre älter als sie), als beide nicht mehr jung waren, sagte sie mit einem flüchtigen Weinen zu mir: »C'était dur, tu sais!«**

Als ich zum ersten Mal meine Menstruation bekam – ich war von der kleinen Mauer am Ende der Wiese gesprungen

---

* »Weißt du, ich war fröhlich und er war immer traurig.«
** »Es war schwer, weißt du!«

und hatte sogleich bemerkt, dass ich Blut in der Unterhose hatte –, war ich hinauf ins Haus gerannt. Sie war in ihrem Schlafzimmer, ich erklärte ihr – hochzufrieden –, was passiert war, und sie öffnete den Schrank, nahm eine Leinenbinde von einem offensichtlich schon bereitgelegten Stapel, gab sie mir, zeigte mir, wie man sie mit Sicherheitsnadeln befestigte, und sagte dann mit plötzlich tränennassen Augen: »Et bien, ma pauvre, ça commence!«*

Mit Hingabe hegte sie ihren Garten und ihren Nutzgarten. Noch mit achtzig Jahren stand sie um sechs Uhr morgens auf, um Unkraut zu jäten. Sie liebte Blumen ebenso wie Spargel, in jeder Ecke des Wohnzimmers standen Vasen voller Blumen, wie nebenbei und fast absichtslos hingestellt. Im Winter gab es nichts. Ich kann mich an keinen einzigen gekauften Blumenstrauß erinnern, von einem Weihnachtsbaum oder einem Kiefernzweig ganz zu schweigen.

Mit der Einkaufstasche und einem an den Krallen zusammengebundenen lebenden Huhn kehrte sie vom Markt zurück. Am Bach schnitt sie ihm eigenhändig die Gurgel durch – ich erinnere mich noch an den winzigen, kehligen Schrei des Vogels – wie sie auch den Kaninchen das Fell über die Ohren zog. Sie war eine wunderbare Krankenpflegerin; sehr versiert pflegte sie Großvater während seiner letzten, schweren Krankheit. Ich kann mich nicht erinnern, sie je ängstlich gesehen zu haben. Deshalb erkannte ich sie im Sarg nicht wieder: Auf ihrem Gesicht lag ein Ausdruck von Angst und Überraschung. Großmutter hatte nicht daran geglaubt, sterben zu müssen.

---

* »Tja, mein armes Mädchen, jetzt geht's los.«

Sie liebte es zu reisen. Mit dem Witwenschleier am Hut war sie uns in Riga besuchen gekommen. Sie ging gern aus und verpasste keine Sonntagspredigt, auch weil man sich danach zu Hause beim Essen ihres köstlichen Bratens über den Sermon auslassen konnte; ihr entging kein einziges vergessenes Wort, kein Stottern, keine Wiederholung. Bei ihrer Beerdigung erinnerte der Pastor an den »esprit un peu sec de notre chère paroissienne«.*

Doch Großmamas Witz war alles andere als trocken. Zu Großpapa, der Eier liebte, aber Hühner hasste und bloß keines zu Gesicht bekommen wollte, sagte sie: »Toi, tu voudrais que les poules ne fussent que leur trou!«**

Was Großpapa betraf, bereitete es ihr großes Vergnügen, von der Frau aus Angrogna zu erzählen, die ihm hin und wieder auf der Straße begegnete und dabei Beschwörungen murmelte. Von Großmama zur Rede gestellt, hatte sie verraten, dass Großpapa – Gymnasiallehrer, Herausgeber der Lokalzeitung *Èco des vallées*, Friedensrichter, Mitglied eines Vereins zum Erhalt der französischen Sprache – einer Hexerfamilie angehörte. »Ils sont nés en grognant«***, sagte Großmama über die Leute aus Angrogna, wo *grogner* sowohl murren als knurren bedeutet.

Wenn sie nicht in der Küche stand, wo sie mit einer unglaublichen Anzahl von Töpfen und Tiegeln, die dann jemand anders spülte, hervorragend kochte, saß Großmama in einem Armstuhl an ihrem Arbeitstischchen, das ebenfalls aus dem Haus der Urgroßmutter stammte und dessen Schubladen vor

---

* »den leicht trockenen Witz unseres lieben Gemeindemitglieds.«
** »Du hättest doch am liebsten, wenn die Hühner nichts weiter wären, als ihr Loch!«
*** »Sie sind schon murrend zur Welt gekommen.«

Garnen überquollen; hier, in der sommerlichen Hitze, nickte sie zuweilen mit der Brille auf der Nasenspitze ein, dann wachte sie wieder auf und strickte oder stopfte und las dabei Romane. Sie war eine glühende Leserin von Liebesromanen.

Sie war schon fünfundsechzig, als wir nach Torre Pellice kamen, doch erschien sie mir nie alt – bis zu ihrem Tod versorgte sie sich selbst –, denn wenn sie sich etwas vorgenommen hatte, gab es nichts, was sie nicht bewerkstelligte. Auch nahm sie nie ein Blatt vor den Mund; wenn sie ein Buch nicht richtig verstand, lag es am Buch, das entweder *bête* oder *drôle** war.

»Sie war eine Ikonoklastin«, pflegte meine Mutter zu sagen, die ihr nicht verzieh, den Wert ihrer erlesenen Mitbringsel nicht zu würdigen. Großmama stellte alles auf die gleiche Ebene, das Kattunkleid und den kostbaren Schal. Sie hatte sogar die Orden ihres Vaters, eines Freiwilligen Garibaldis, und das herrliche, von den Eltern geerbte Nussbaumbett an den Trödler verkauft. Für sie waren das alles *vieilleries*, alter Plunder. Sie hatte sogar – behauptete meine Mutter – etliche Bücher aus Großvaters Bibliothek im Ofen verbrannt.

Was sollte ich erst sagen, die ich mit sechzehn Jahren meine Bibel Seite für Seite im holzbetriebenen Badeofen verheizt hatte? Eingetaucht in das Bad all dieser Bibelverse wie in brodelndes Höllenfeuer, hörte ich Großmama hinter der Tür rufen: »Mais es-tu folle, Mina?« – »C'est fini«**, antwortete ich und bereute es in Wahrheit schon, nicht wegen der unserem häuslichen Theater so angemessenen Tat, sondern eher wegen des unwiederbringlichen Verlustes meiner Bibel.

---

* dumm oder komisch
** »Bist du verrückt, Mina?« – »Schon geschehen.«

Meine Kämpfe mit ihr – Konterpart meiner Jugend und gewiss nicht freiwilliger Blitzableiter meiner Mutter – waren keine Schlachten mit einem Engel, einem überirdischen Wesen, das dich im Halbschlaf eines zögerlichen Morgengrauens heimsucht, und du weißt nicht, ob mit einem lodernden Schwert von außen oder in deinem Inneren mit einem versteckten Stilett.

Großmama war ein Mensch aus einem Guss – fleischig und füllig wie der Barbenteufel –, und anders als Jakob ging ich nicht versehrt aus dem Kampf hervor, sondern gestärkt sogar, als hätten unsere kleinen häuslichen Dramen mich, ohne dass ich es damals bemerkt hätte, von manch bitteren Säften und giftigen Schlacken befreit. Wenn ich alt bin, würde ich gern einen Gemüsegarten haben, wo ich meine Tomaten pflücken und sie noch sonnenwarm genießen kann, direkt am Stielansatz, wo sie wie Obst und Gemüse zugleich schmecken. Und dazu Brot, das gute, krustige Brot von Torre Pellice, das beste der Welt.

Ich bin nur selten auf den Friedhof gegangen, wo die Grabstätte meiner Familie mütterlicherseits liegt, gleich neben dem Eingangstor.

Mit Großmama brachte ich hin und wieder Blumen hin, vor allem, damit sich die *catholiques*, die vorbeikämen, nicht über unser schmuckloses Grab auslassen konnten. Offenbar gehörte zu den uralten waldensischen Bräuchen eine ostentative Gleichgültigkeit – vielleicht eines der zahlreichen Dinge, an denen sich die Katholiken ein Beispiel nehmen können – gegenüber dem Totenkult. Jedenfalls brachten wir unsere Blumen immer leicht verstohlen auf den Friedhof: Wenn nötig hatte Großmama keine Angst davor, als heterodox zu gelten.

Während ich die Vase reinigte und das Wasser wechselte, zitterte ich, weil der Geruch der fauligen Blumen mich an jene denken ließ, die ringsum unter der Erde lagen, und außerdem fürchtete ich, auf dem Komposthaufen hinter der Mauer irgendwann auf ein Skelett zu stoßen. Waren die Blumen arrangiert, schlenderten wir zwischen den Gräbern umher; hin und wieder blieb Großmama stehen und ließ eine Bemerkung fallen: Wer darin oder nicht darin lag, was sie gesagt oder getan hatten. Ich merkte mir nichts davon, zum einen, weil mir Verwandtschaften, Ehen und Zwistigkeiten wie immer gleichgültig waren, zum anderen, weil ich mich fürchtete. Ich erinnere mich nur an die Erzählung von der Verlegung des alten Friedhofs, der sich früher gegenüber dem Kino befand, dort, wo heute der öffentliche Park ist.

Und ganz besonders an die Anekdote eines alten Fräuleins – ich glaube, sie hieß Gonnet –, die mithilfe ihrer Magd die Familiengruft ausräumte: »Tiens«, sagte sie und griff nach einem Oberschenkelknochen, »ça doit être l'oncle Eugène«, und warf ihn in die aufgehaltene Schürze der Frau. »Et ça c'est certeinement la tête de la pauvre Marie. Elle avait une si petite tête.«*

Von unseren Friedhofsbesuchen blieb mir lange Zeit eine Abneigung gegen Marmorböden und eine vollkommene Gleichgültigkeit für das Schicksal der Leichname. Ich brachte den toten Menschen nicht mit dem lebenden in Verbindung, der er gewesen war, vielmehr fand ich ihn irgendwie aufdringlich, störend, mit einem leicht hämischen Ausdruck im Gesicht, fast so, als hätte er dem anderen, dem lebenden, gerade eins ausgewischt und sich durch einen hinterhältigen Schachzug an seine Stelle gesetzt. Als würde unsere eigene tote Person

---

* »Hier, das muss Onkel Eugene sein.« »Und das ist sicher der Schädel der armen Marie. Sie hatte einen so kleinen Kopf.«

zu unseren Lebzeiten mit uns wachsen, um uns hinterrücks zu überrumpeln und sich unserer zu bemächtigen.

Fantasien, die meiner Großmutter bestimmt nicht gefallen hätten. Sie sagte oft, der alte katholische Friedhof hinter der Kirche, an der Straße zur Festung hinauf, sei ihr der liebste. Am Eingang, so erinnerte sie sich, stand geschrieben: »Hier gibt es weder Arme noch Reiche.« Sie war furchtbar stolz, am 14. Juli geboren zu sein, und versäumte nie, es zu erwähnen.

Trotz ihres nachsichtigen Wohlwollens war sie den anderen Protestanten gegenüber kritisch, hielt sie häufig für ein wenig »übertrieben« und nannte die Heilsarmee, die in Torre Pellice einen florierenden Ableger betrieb, *l'armée du chahut*, mit einem Wortspiel zwischen *chahut*, Radau, und *salut*, Erlösung.

Als ihr Sohn, der jüngere Bruder meiner Mutter und ihr Augapfel – sie hielt ihn für braver als die Tochter, was vor allem fügsamer bedeutete –, in Amsterdam, wo er am italienischen Konsulat arbeitete, eine holländische Katholikin geheiratet hatte, hatte sich Großmama über diese Ehe gefreut und die Schwiegertochter willkommen geheißen. Doch sie legte Wert drauf, dass ihr Enkel waldensisch getauft würde (vielleicht vor allem, um Großvaters Andenken in Ehren zu halten), genau wie ich, die Tochter eines Juden. Und sie habe, so erzählte sie mir später, ihren Sohn auf die Familienbibel schwören lassen, sich niemals dem Feind zu ergeben. Die Bibel, die auf einem Tischchen im Wohnzimmer lag, wurde nur selten zur Hand genommen; einmal, als der Pastor auf Besuch – Großvater war bereits tot – darum gebeten hatte, war eine aufgeschreckte Spinne zwischen den Seiten hervorgekrabbelt, in denen Großmama nur blätterte, wenn sie sich nicht wohlfühlte (etwa bei einer Magenverstimmung), was nicht häufig vorkam. Ein Schwur galt gleichwohl als äußerst schwerwiegend, als verwerflich geradezu, und es muss einen wirklich triftigen Grund gegeben haben, der Großmama zu dieser Entscheidung bewog. Als sich die katholische Schwiegertochter als erwartungsgemäß hinterhältig und falsch erwies, vermachte meine Großmutter die kleine Wiese – »meine« Wiese –, die ihr von ihrer Mitgift geblieben war, ihrer Tochter und sorgte damit für eine Reihe juristischer Verwicklungen, deren Entwirrung gut dreißig Jahre später an mir hängen blieb.

Mochte uns auch die Geschichte gemeinsam sein, die uns von den Bergen herab betrachtete, die Erbschaften wurden peinlich genau aufgeteilt; aus einer Erbteilung besitze ich noch ein großes, handgewebtes Laken, dessen unmögliche kalvinistische, gebirglerische Maße weder auf ein Einzelbett noch auf ein Doppelbett und auch nicht auf ein französisches Bett passen.

Was Onkel Roberto betrifft, so musste er sich entscheiden, wem er sich ergeben sollte, und am Ende wurde sein kleiner Sohn katholisch getauft. Als er erwachsen war, bemerkte jemand in Torre Pellice: »Ein katholischer Coïsson!«, und fügte nichts weiter hinzu.

Schonungslos in ihren Kritiken und Spitzen und kämpferisch in ihren Taten, war Großmama jedoch außerordentlich tolerant gegenüber unseren Freundschaften. Tatsächlich hatte sie einen unfehlbaren Riecher für meine Schwärmereien, die sie bei Tisch wirkungsvoll und bissig kommentierte, uns aber die Freiheit ließ, stundenlang vor dem Tor und auf den Wiesen unten am Pellice zu spielen, den wir im Sommer, hüpfend von Stein zu Stein, überquerten. Als wir größer waren, unternahmen wir Bergwanderungen, und mit dem Fahrrad (ich war mit Abstand die Letzte, die Radfahren lernte) radelten wir zu mehreren das Tal Richtung Bricherasio und Pinerolo hinunter. Altersgenossen und -genossinnen gingen bei uns ein und aus.

In meinen Freundschaften übernahm ich je nach Gelegenheit die Rolle der Vermittlerin oder der Dorfhexe. Ich hegte eine leidenschaftliche, wenn auch argwöhnische Treue – in meinem Tagebuch finde ich zahlreiche Namen wieder – und fühlte mich leicht hintergangen. Dann ließ ich den Freund fallen und zog mich enttäuscht in meinen Schmollwinkel zurück.

Von meiner Schwester löste ich mich nach und nach. Sie machte keinen Hehl daraus, dass sie meine sogenannten Faxen nicht ausstehen konnte, die schräge, verstiegene Art, mit der ich die Dinge anging, meine donquichottesken, von Feigheit und Schüchternheit gebremsten Anwandlungen, und ich war verletzt von ihren schonungslosen Kommentaren vor allem zu meinem Aussehen. Immer häufiger wurde ihre erblühende Schönheit gelobt, und wenn ein Junge mir gefiel, schnappte sie ihn mir allein kraft ihrer Gegenwart weg, ohne einen Finger zu rühren. Es war diese unerschütterliche Reglosigkeit – ich rackerte mich unermüdlich ab –, die mich fertigmachte. Mit träger Grausamkeit frönte sie ihrem Charme, die Augen starr und glänzend, voll erhabener Herzlosigkeit.

Wie in meiner Kindheit konnte meine Eifersucht der Solidarität nichts anhaben, die ich für sie empfand, sie bezog sich nicht allein auf sie, die das Gesicht meiner Mutter kommentarlos zum Strahlen brachte, sondern war ein gleichsam schicksalhaftes, tief verwurzeltes Gefühl. Meine Niederlagen stürzten mich in eine Urschwermut, und jahrelang erfüllte mich jedwede Anspielung auf ihre Schönheit oder Eleganz – aber auch auf den Erfolg irgendeines anderen – bis zum Rand mit tödlicher Traurigkeit, die mich im ersten Moment dazu trieb, aufzugeben und abermals unter dem Eis des winterlichen Rigaer Meeres zu versinken. Dann tauchte ich wieder auf und nahm die Dinge erneut in die Hand.

Freunden erteilte ich Ratschläge, hörte mir heimliche Geständnisse an (die enttäuschten Verehrer meiner Schwester, die nicht leicht zufriedenzustellen war, kamen zu mir und beichteten mir ihren Liebeskummer), gab manchmal eines gegen ein anderes preis, aber vor allem stellte ich Erkundungen über mich selbst an, darüber, was man von mir hielt.

Heimlich las ich die Briefe, die zu Hause geschrieben wurden, und versuchte Unterhaltungen zu belauschen. Sobald ich einen Brief unbeobachtet auf dem Tisch liegen sah, war ich mir jedes Mal sicher, Schmeichelhaftes über mich darin zu entdecken. Fand ich statt Lob Missbilligungen, was meistens der Fall war, freute ich mich auch darüber und gab meinem Verhalten als »heitere Außenseiterin« damit Nahrung. Das Zitat stammt aus meinem Tagebuch, wo es bereits zwischen ironischen Anführungszeichen steht.

Ich war bereits zwanzig, als ich eines Tages das Zimmer meiner Mutter betrat und auf dem Sekretär einen schon mit Grüßen und Unterschrift versehenen Brief entdeckte, verfasst in ihrer schönen, klaren Handschrift. Noch immer berührt es mich, sobald mein Blick auf etwas von ihr Geschriebenes fällt, geradeso, als hätte ich mit ihrer Schrift ein innigeres Verhältnis als mit ihr selbst.

In jener Zeit nach Kriegsende hatte man den Brauch der Theateraufführungen wieder aufleben lassen. In einer Komödie hatte ich eine wichtige Rolle bekommen, eine rührselig komische Figur. Nachdem ich das Lampenfieber überwunden hatte, war es mir gelungen, einen echten Erfolg davonzutragen. Am nächsten Tag hatte mich sogar jemand auf der Straße angesprochen und mir gratuliert.

Dieser Brief lag also auf dem Sekretär, voll des begeisterten Lobes für mich; als ich anfing, ihn zu lesen, fand ich indes eine lange und nachdrückliche – gut eine halbe Seite lange – Beschreibung meiner Schwester, die bei einer anderen Aufführung als Komparsin in weißer Perücke und Goldoni-Kostüm über die Bühne gehuscht war, den Kopf linkisch zum Publikum gedreht und mit ihrem leicht gelispeltem S gefragt hatte: »Wo mag die Baroness bloß sein?«

Ich stand vor dem Sekretär, den Brief in der Hand, überwältigt von Enttäuschung, Triumph (ich habe dich in der Hand, blöde Kuh, dich und deine stets verleugnete Vorliebe), aber vor allem von Fassungslosigkeit. Der schwärmerische Ton, in dem meine Mutter über meine Schwester schrieb, die Ausführlichkeit, die ihrer üblichen schweigsamen Zurückhaltung so fremd war, erschienen mir unnatürlich und beängstigend. Mit keinem Optimismus der Welt würde ich diese gnadenlose Bestätigung verwinden können.

Ihr üblicher Geiz, mit dem sie mir ihr Lob verweigerte – zu meiner Erziehung –, war ganz natürlich, aber die grausame Arglosigkeit, mit der sie mich von ihrer Seite strich und sich jedwede Hoffnung in mich versagte, war ungeheuerlich.

Während ich das Zimmer verließ – wem von der Sache erzählen, ohne meine Indiskretion zu verraten? –, überkam mich urplötzlich ein in Anführungszeichen gesetztes, höhnisches Grinsen, ein freudiger Schauder geradezu: In anderen Seelen und Herzen gibt es immer irgendein Geheimnis zu entdecken. Leider.

Nach und nach hörte ich auf, heimlich fremde Briefe zu lesen. Briefsammlungen und Tagebücher mag ich nach wie vor; vielleicht, um damit einen Rest voyeuristischer Neugier zu befriedigen.

Zurückgezogen, um meine »heitere Einsamkeit« zu genießen, las und tagträumte ich viel. Manchmal kam es vor, dass ich während der Ferien wochenlang keinen Fuß vor das Gartentor setzte. Im Sommer durfte ich allein in dem Kämmerchen unter dem Firstbalken wohnen. Während ich mich mit meinen Büchern in dem warmen, staubigen Geruch der Holzwände einrichtete, war ich hin- und hergerissen zwischen der Zufriedenheit, mich dort einschließen zu können, und der Abscheu vor den Mauerseglern, die überall ringsum nisteten. Ich hörte sie heranflattern und mit einem weichen Plumps landen und überlegte, ob es nicht besser wäre, den täglichen Zank mit Sisi in unserem gemeinsamen Zimmer zu ertragen. Doch die Nächte, duftend nach Heu, funkelnd vor Sternen, die so gewaltig waren über meinem aus der Dachluke gestreckten Kopf, erfüllten mich mit Inbrunst; ich spürte ungeheure Energien in mir, zwar noch gefangen im Klammergriff meines Willens, noch nicht zergangen und im Fluss eines echten Vorgefühls gesänftigt, aber bereit zum Flug.

Stundenlang tigerte ich auf dem Balkon auf und ab – im Winter auf dem Treppenabsatz im ersten Stock – und hing meinen Tagträumen nach, und die Heldin meiner Fantasien war wunderschön. Wunderschön war auch der Held, in den ich mich ebenso leidenschaftlich hineinversetzte.

Doch das, was mich in den Sommernächten über die dunkle Wand der Berge und das unablässige Murmeln des Baches hinaus mit sich riss, war die nahende Wirklichkeit, die ich gleichwohl fürchtete und vor der ich mich abzuschotten versuchte. Ich schrieb in mein Tagebuch: »Ich habe Angst vor der Frau, die ich werde, die unabwendbar aus mir wird, wenn nichts die notwendige Entwicklung meines geistigen Lebens unterbricht. Ich spüre sie lebendig in mir, und jeden Tag wird sie erwachsener und vollständiger.«

Auch die Ausflüge in die Berge gaben mir dieses Gefühl, von Furcht und Gier zugleich berauscht zu sein. Nachdem ich die letzten Almen überquert hatte, setzte ich die von den Wanderschuhen befreiten nackten Füße in das kurze, harte, duftende Gras der Rast. Wir stiegen zu langen, steinigen Graten auf, trocken vor Sonne und Eis. Es waren unsere Gipfel, und sie ähnelten sich alle. Unter unseren Schritten kollerten die Steine in die Rinnen hinab. Normalerweise war ich mit als Erste am Ziel und eine der Letzten beim Abstieg: Meine langen Beine waren wackelig auf den vom Schaft der Wanderschuhe kaum gestützten Fesseln, und bergab knickte ich andauernd um.

Mir war jedes Ziel recht; während der Wanderung trieben mich heftige Gedanken um, die mitunter in Gefühle umschlugen: Unter den Ersten anzukommen, unter den Letzten abzusteigen, mit dem Jungen zu reden, den ich liebte, aber vor allem das Leben mit seinem Werden und Sterben, und was ich darin verloren hatte. Als wäre das sonnenbeschienene Geröll, das unter meinen Wanderschuhen in immer kleinere Splitter zerbrach, während wir uns allmählich dem Gipfel näherten, eines dieser Symbole, die schauspielernd wiederzufinden mich faszinierte.

Als meine Mutter alt war, habe ich mit ihrer Hilfe versucht, die Wege dieser Ausflüge nachzuzeichnen, bis auf die Berge erkannte ich die Orte, Dörfer, Almen und den kleinen See nicht wieder. Sie dagegen war wie in ihrem Element, dieser Flecken hieß Soundso, in dem anderen hatte sie mit dem Vater Rast gemacht, der sie auf seine Wanderungen mitnahm und ihr beigebracht hatte, mit dem Stock auf die Erde zu schlagen, um die Bergvipern zu vertreiben. Nicht nur zitierte sie die Namen mit unfehlbarer geografischer Genauigkeit (und der exakten Aussprache der angrognischen Vokale), sondern wies sie Orten, Straßen und Brücken zu, jeder war anders als der andere, und jeder barg eine andere Erinnerung.

Für mich gab es nur eine Erinnerung, nackt und hart wie das Geröll: Wie dringend ich die anderen brauchte – um sie beim Wandern zu überholen, um ihnen die Hand zu reichen, um mit ihnen zu reden, um sie zu berühren, und wie unterlegen ich mich ihnen fühlte.

Ich schrieb in mein Tagebuch: »Ich muss meinen Charakter an den anderen schulen, entweder in Abwehr, wenn es mir nicht gelingt, die Oberhand zu haben, oder in Freundschaftsbeziehungen, in denen ich die Stärkere bin.«

Ich kehrte von den Wanderungen zurück wie von einem echten Abenteuer, und während ich die schmerzenden Füße über die letzten Kilometer Landstraße schleppte, verfiel ich häufig in abgrundtiefe Schwermut: Wieder einmal war es mir nicht gelungen, sie einzuholen.

Ehrlich gesagt, gab es keine Kluft zwischen meinen Fantasien und dem Eintreten dieser gefürchteten und zugleich ersehnten Wirklichkeit, sondern allenfalls einen Gegensatz zwischen meinen Ambitionen und der Unerbittlichkeit, die ihr Gelingen bedingte.

Doch davon abgesehen waren die Kraft und die Intensität, mit der ich mir das Leben vorstellte (und ich genoss die Vorstellungen vom Leben), und die Kraft und Intensität, mit der ich lebte und mich zu behaupten versuchte, zwei Triebfedern meines Ichs, die einander nicht bekämpften, sondern ohne jede schizoide Qual oder siamesische Verwachsung friedlich koexistierten. Wie schon als Kind überwältigte mich die Schönheit der Lügen, die ich mir ausdachte, ohne sie je mit der Wirklichkeit durcheinanderzubringen, und auch weiterhin lebte ich mit meinen verschiedenen Paar Stiefeln an den Füßen, wanderte mal sieben Meilen und mal nur zwei Zoll; doch litt der gewaltige Sprung meiner sieben Meilen nicht unter der ewigen Geduld meiner zwei Zoll.

Das parallele, mir wesensnahe Nebeneinander von Praxis und Vorstellung hat meine zwischenmenschlichen Beziehungen verkompliziert; ich wäre gern in meiner Gesamtheit akzeptiert worden, und immer wieder wunderte ich mich – und kapselte mich deshalb ab –, dass ich mich, um angenommen zu werden, vermindern, verschließen, beschneiden musste. Vielleicht kam es mir deshalb so vor, zur Einheit zu finden, wenn ich schauspielerte. Und endlich durchweg sympathisch zu sein.

Dass mich jedoch hin und wieder eine Sehnsucht nach Aussöhnung ergriff (nach »Rückkehr«, wie ich es für mich nenne, und wieder wird dieses Gefühl zu einer liturgischen Sehnsucht nach Rückkehr an den leuchtenden, weiten Strand der Kindheit) und ich dieser ersehnten Waffenruhe die Form eines Privilegs, eines Wahlnamens gab, war nur folgerichtig.

Mit dem Schreiben begann ich erst relativ spät. Anfangs schrieb ich ein paar Gedichte, von denen ich nur zwei aufgehoben habe. Ich führte Tagebuch, um mir von mir selbst zu erzählen. Als ich achtzehn war, galt es als unschicklich, aus ganz gleich welchen Gründen seelische Probleme zu haben (das Wort benutzte man nicht, in einem Brief an meine Mutter finde ich »psychisch«); ganz zu schweigen von Leuten, die zufälligerweise am berüchtigten »Nervenzusammenbruch« litten. Schlimmer als Syphilis. Sich mit sich selbst zu beschäftigen, über die eigenen Widersprüche nachzudenken, war ein Zeichen für einen zweifelhaften und natürlich schwachen Charakter.

Ebenfalls mit achtzehn Jahren hatte ich angefangen, gemeinsam mit einer Freundin ein Theaterstück zu schreiben. Zu der Zeit war ich des Lesens insgesamt überdrüssig. In den Jahren zuvor hatte ich Großvaters Bibliothek gelesen – fast ausnahmslos französische Texte – und dazu jedes Buch und jede Seite, die ich in die Finger bekam. Großmama, die Zola, den sie für gefährlich hielt, auf das oberste Regal verbannt hatte, (weil ich noch nicht darauf gekommen war, für die verbotenen Bücher nachts unter der Bettdecke die Taschenlampe zu benutzen, las ich *Nanà* stehend auf der Türschwelle), erlaubte mir Liebesschmonzetten, die meine Mutter wiederum abstoßend fand. Sie ließ mich jedes Buch lesen, solang es von einem namhaften Autor stammte, ein »gutes« Buch war. Ich erinnere mich, dass ich, während eines ihrer Weihnachtsbesuche in ihrem Zimmer vor den Ofen gekuschelt, Brantômes *Les femmes galantes* von Anfang bis Ende las. Als ich nach der Lektüre Zahnschmerzen bekam, nahm ich sie als verdiente göttliche Bestrafung hin.

Zwischen den Verboten der einen und denen der anderen las ich also jeden lesbaren Text, der im Haus zu finden war, mit Ausnahme der zahlreichen Geografiebände. So erfuhr ich lesend, dass Don Carlos einen Buckel hatte, eine unerfreuliche Feststellung, denn ich ertrug die Buckel der Geschichte noch nicht. Im Autopsiebericht Napoleons entdeckte ich, dass Napoleon kleine Genitalien hatte. Von alldem hatte ich keine Ahnung, hatte ich doch wegen des weit zurückliegenden Verrats meines finnischen Spielkameraden die Gelegenheit verpasst, mich schlauzumachen, aber dafür wusste ich aus den *Femmes galantes* alles über die Maße der weiblichen Geschlechtsorgane. Doch streifte mich bei der Feststellung, dass ein so großer Mann kleine Genitalien hatte, dass er also nicht »schön« war, so etwas wie Enttäuschung und Verwunderung. Ich mochte Napoleon sowieso nicht – ich mochte Athos –, genauso wenig wie Ludwig XIV. oder Alexander den Großen.

Mich faszinierte das Tohuwabohu der Völker, die Fanfaren, der Galopp der Kavallerie in der Nacht, die im Dom versammelte, das *Te Deum* singende Menge, der Tumult, der ihr Auftauchen begleitete und umgab, das *remue-ménage*, wie Großmama es genannt hätte, die mit Vergnügen jeden herabwürdigte, vor allem aber die großen Männer. Ich hatte nichts dagegen, sie in Nachtmütze zu sehen, solange man mir beweisen konnte, dass sie auch in Nachtmütze Fanfaren und Verbeugungen verdienten. Und ich war zwiegespalten zwischen dem Hass auf die vom russischen Schnee verschluckte *Grande Armée* und der Bewunderung für die französischen Brückenbaupioniere, die den Kameraden durch ihre unermüdlichen Reparaturarbeiten in der eisigen Beresina die Flucht über die hölzerne Brücke ermöglicht hatten. Es gelang mir nie, eindeutig auf einer Seite zu sein, denn schon bald wurden die Sieger zu Besiegten, und ich musste zur anderen Fahne überlaufen.

Ich las Jules Verne, doch Geografie interessierte mich nicht, vielleicht aus der Überzeugung heraus, man könne sie ganz leicht erfinden. Hatte ich mich nicht immer mit topografischem Instinkt durch unbekannte Städte bewegt, als hätte ich sie selbst geplant und erbaut?

Das Rattern von Zugrädern in der Nacht versetzt mich bis heute in Kindheitsgefühle: Da sind Ebenen, Berge, Flüsse, da sind die Lichter der Bahnhöfe, wo das Geräusch der Reise pausiert. Die Städte, in denen ich eintreffe oder aus denen ich aufbreche, sind immer ein Bahnhof; während der Zug vorüberfährt, werden die Berge, Flüsse, Ebenen namenlos, und dort unten, hinter den erleuchteten Fenstern, sind andere in ihrer unbeständigen und trügerischen Reglosigkeit, denn auch sie sitzen im Zug und reisen mit mir.

Nein, Landkarten waren mir egal, kümmerlicher Fantasieersatz. Einfacher ausgedrückt, leugnete ich die Veränderung, die Verwandlung, aus einer Art Faulheit, die mich schon beim Erlernen einer Sprache nach der anderen erfasst und daran gehindert hatte, das Wort »Römer« mit seiner fast gleichlautenden italienischen Entsprechung in Verbindung zu bringen.

Jede Sprache hatte ihre unübersetzbaren und unverwechselbaren Eigenschaften. In jeder Sprache war ich anders. Jede Sprache hat ihre Zeit.

Ich erinnere mich an das entsetzliche Ohnmachtsgefühl, das ich in den ersten Monaten in Torre Pellice empfand, als ich im Erdgeschoss einem Arbeiter begegnete, der mich nach Großmama fragte; ich begriff den Sinn der Frage, war aber unfähig, ihm zu erklären, dass Großmama oben in ihrem Zimmer war. Die Worte lagen tot auf meiner Zunge, ich war gelähmt zwischen einem Leben und dem anderen.

Einige Jahre lang erschien mir keine Sprache besonders schön; alle Sprachen waren nützlich. Auch als ich mich später an den Schulgebrauch des Italienischen gewöhnt hatte und anfing, an meinen Aufsätzen Spaß zu haben (wiewohl mir einige orthografische und syntaktische Unsicherheiten geblieben sind, da ich Französisch und Italienisch fast gleichzeitig lernte), war ich wie durch eine mangelnde Verinnerlichung der technischen Sprachmittel eingeschränkt: So konnte ich ein italienisches Gedicht trotz meines guten Gedächtnisses nicht völlig fehlerfrei rezitieren. Manchmal fiel mir auf, dass ein Satz flüssiger gelang als ein anderer, doch wusste ich nicht, weshalb.

Ich erinnere mich noch ganz genau, wie mir auffiel, dass bestimmte – einer unabdingbaren Notwendigkeit folgende – Wortreihungen schön waren. Als ich zum hundertsten Mal *Don Carlos* las (Bücher, die mich beeindruckten, las ich immer wieder, schleppte sie überall mit mir herum, die Namen ihrer Verfasser waren mir egal, rüde übersprang ich die Seiten, die mich nicht interessierten), in der Schulausgabe, mit der meine Mutter sich auf ihren Lehrberuf vorbereitet hatte, kam ich zu der Stelle, wo der Prinz Elisabeth zum letzten Mal sieht und »So sehen wir uns wieder« zu ihr sagt. Ich wiederholte den Satz und war ergriffen. Ich empfand eine kleine Pause zwischen dem *So* und dem Sichhinstrecken zum Tod des abschließenden *wieder*. Ich war nicht ergriffen, weil der Prinz sterben würde – so etwas passierte in Dramen nun einmal –, sondern wegen der Unvermeidlichkeit, mit der die Worte getrennt oder verbunden waren, *diese* Worte, auf *diese* Weise.

Dann kam die Zeit des Italienischen, spät, wie gesagt. Ich weiß noch, dass ich von den in der Schule gelesenen Texten das Duell zwischen Tankred und Clorinde sowie das Ende des *Fürsten* mehrmals las. Erst an der Universität, nachdem ich Francesco Pastonchi den XXVI. Gesang der Hölle hatte deklamieren hören, ging mir zu Dante ein Licht auf.

Immer wieder las ich Leopardis Gesänge, das Geschenk eines jungen Studenten, der uns während der Mittelschule Nachhilfeunterricht in Latein gegeben hatte, weil meine Mutter fürchtete, wir könnten nicht Schritt halten. Dieser Junge, der sehr viel älter war als ich, ein junger Mann bereits, als ich erst zwölf war, schrieb mir noch über Jahre ellenlange Briefe, die ich in den Ofen warf. Er hegte eine treue Bewunderung für mich, doch obwohl ich mich danach verzehrte, bewundert zu werden, bereitete sie mir großes Unbehagen, denn wie immer stürzte mich allein der Verdacht, jemand könnte sich unerwidert in mich verlieben, in Entsetzen und Verlegenheit, geradeso, als müsste ich einem Inzest beiwohnen.

Italienisch war also das Esperanto, in dem ich zu schreiben begann. Dieses erste Theaterstück war historisch, genau wie die Aufführungen am 17. Februar, wie Schillers Dramen. Es spielte im Spanien der Inquisition unter Protestanten und Katholiken. Es gab viel Dialog, alle waren ziemlich geistreich, sogar die Häscher, und die Protestanten ein bisschen mehr als die Katholiken.

Unterdessen hatte ich angefangen, jeden Sonntagnachmittag ins Kino zu gehen, was meine Leidenschaft für das Schauspiel endgültig entfachte. Das Kino hinterließ nicht nur seine Spuren, sondern schien den Grund meiner Fantasien aufzurühren und die Wechselbeziehungen und Bilder, die dort begraben lagen, ans Licht zu bringen. Es versetzte meine Traumwelt in Bewegung, eröffnete Wege, unerwartete Perspektiven, Querverbindungen, an die ich bis dahin nicht gedacht hatte.

Als das Theaterstück fertig war, kam mir deshalb die Idee zu einem Waldenser-Film. Auch eine gewisse Streitlust trieb mich auf diese Insel zu, deren Enge und Kleinkariertheit ich hasste, ich wollte mich ein bisschen mit den Vätern anlegen, widersprechen, sie von ihrem hohen Ross herunterholen. Andererseits reizte mich die Vollkommenheit ihrer Geschichte, eine Vollkommenheit, in der sich ein uneingestandenes inneres Bedürfnis widerzuspiegeln schien.

Die Idee zu meinem Projekt kam mir nach der Lektüre eines Textes der »Gesellschaft für Waldenser-Studien« über die »Glorreiche Rückkehr«; unter anderem war ich darin auf die Namen zweier Opfer von 1686 gestoßen, sie hießen Madeleine und Catherine Coïsson, wie Großvaters Schwestern. Dieses bei der Begrüßung meines Cousins wiedererweckte Echo spielte bei meiner Inspiration gewiss eine Rolle. Der Film sollte ein Western sein, in dem die Guten am Ende über die Bösen siegen, doch es blieb bei den wenigen Notizen von damals, und als ich die Täler mit einundzwanzig Jahren verließ, dachte ich nicht mehr daran, bis er mir dreißig Jahre später während eines Abendessens mit Freunden am Po, bei dem die Sprache auf die Waldenser kam, ganz unvermutet wieder einfiel.

Während ich von den Ahnen erzählte, die, auf allen vieren und an den Hosenboden des Vordermannes geklammert, nachts aus der feindlichen Umzingelung der Festung Balsiglia entkamen und flüsternd auf den jungen Koch schimpften, dem der große Topf aus den Händen gerutscht und zwischen den Nachtlagern der schlafenden Franzosen von Felsen zu Felsen gepoltert war, ging mir auf, dass ich nichts vergessen hatte. Als hätte sich der Barbengott unbemerkt aus dem Angrognatal herabgeschwungen und sich in mein Herz gekauert, um wie Wein in Fässern darin zu reifen. Jedes Bild war noch da, frisch und unversehrt, wie soeben erdacht.

Ich war nicht mehr nach Torre Pellice zurückgekehrt, abgesehen von kurzen Aufenthalten unmittelbar nach meiner Hochzeit und späteren, sporadischen Besuchen. In dem zwischen meiner Mutter und meinem Onkel aufgeteilten Haus war der Teil meiner Mutter unbewohnt geblieben. Die Wiese hatte ein paar Birn- und Apfelbäume verloren, den großen Kirschbaum neben dem Gartentor – ein Stück daneben stand ein kleinerer –, den Feigenbaum, in dessen Krone ich gelesen und mir vorgestellt hatte, ich wäre auf dem Deck eines Segelschiffes und das Gras unter mir der wogende Ozean. Ringsherum waren Häuser entstanden, und gleich hinter der Umfriedungsmauer verlief die laute Umgehungsstraße, wo sich einst die Wiesen bis zum Pellice erstreckten.

Überhaupt hatte ich nur noch sehr selten, wenn es einen konkreten Auslöser gab, an meine Pubertät und Jugendzeit zurückgedacht; meine Kindheit aber – die Geschichte geworden und inzwischen ganz von mir losgelöst zu sein schien – war mir weiterhin nachgegangen, während ich selbst Kinder bekam und sie großzog. Das sich überstürzende Wirrwarr der Zeiten danach hatte ich beiseitegeschoben wie einen konturlosen Haufen, in dem ich allenfalls mein Hochzeitsdatum, die Geburt der Kinder und unsere Umzüge ausmachen konnte. Geschweige die Jahre, in denen ich in dieser oder jener Schule unterrichtet hatte; jedes Mal wenn ich irgendwelche Papiere beantragen musste, fing ich mit dem Nachrechnen und Nachsehen von vorn an. Mein ausgezeichnetes Gedächtnis half nur beim Schreiben, beim gesehenen und erdachten Bild.

Wenn ich mein Tagebuch oder die Briefe an meine Mutter, die ich wieder in meinen Besitz hatte bringen können, gelegentlich noch einmal las, war mir, als nähme ich über meinem heranwachsenden Ich ein verstohlenes Blinzeln wahr, als stünden sich zwischen den Zeilen zwei Komplizinnen gegenüber; beide wussten vom anderen etwas, das sie bloßstellen könnte, und jede schwieg zu ihrem eigenen Besten.

Mag sein, dass es in mir das Gefühl gab, Begebenheiten, kommentiertes und festgehaltenes Glück und Unglück, würden in den Grenzen des Unwesentlichen verharren; das Wesentliche müsste sich erst im Nachhinein zeigen. War das das Geheimnis, über das sich die beiden Komplizinnen zublinzelten?

Ich weiß noch, wie ich das erste Mal zu mir sagte: Ich bin glücklich. Ich war siebzehn Jahre alt und stürmte die Wiese hinunter; es war Mai oder Anfang Juni – das Gras war entweder noch kurz oder bereits gemäht –, und ganz plötzlich erfüllte mich zum ersten Mal die Zukunft: Aldo sollte aus Rom zurückkehren, heute würde man sagen, mein Freund, doch damals gab es noch keine Bezeichnung, um seinen Liebsten laut zu benennen. Der Sommer erwartete mich, lang, unendlich; in Großmamas Garten küsste ich manchmal heimlich die Rosen in ihren weichen, duftenden Schoß.

Doch sowohl das Glück als auch das Unglück waren nicht mehr als ein Kratzer auf einer glatten Oberfläche: In Wirklichkeit drang nichts bis ins innerste der Amöbe durch, die sich darunter befand. Die Ereignisse pressten sich dagegen, wurden aufgesogen, verwandelt, verdaut, sodass sich die formlosen Innerlichkeiten nach ihren eigenen Regeln und Bedürfnissen ausdehnten und zusammenzogen.

Aus der Kriegszeit erinnere ich die Herbsttage in Torre, die Abende, an denen die Hunde über das dunkle Land bellten, und den Nebel, der nach dem Ofenfeuer in den Häusern roch. Oder die kristallklaren Märztage, die schattenlos über dem

Garten lagen, und, am Ende des Tals, den Himmel, bewegt von Sonne und Wind, über den Bergen.

In meinem ganzen Tagebuch gibt es nur zwei Einträge, die sich auf die Ereignisse jener Jahre beziehen; vielleicht besteht das Unbehagen, das ich beim erneuten Lesen empfinde, das Widerstreben, mich zu erinnern, in dieser Begrenztheit meiner Erinnerung, in dieser Auflösung im Warten auf die Wirklichkeit, auf jede Empfindung, die nicht die Empfindung des eigenen Ich wäre. Ich verharrte auf der Schwelle zu mir selbst.

Wirklich bis ins Innerste erschüttern konnten mich nur die Wut und das Mitleid, beides unpassende Scheinfüßchen besagter Amöbe.

Ich empfand ein wachsames, aber schwaches Mitleid – spärlich wie die Sympathie, die ich für mich hegte, und genährt von meinem Minderwertigkeitsgefühl – für jeden, der aus ganz gleich welchem Grund von den anderen, den Stärkeren, gehänselt und verfolgt wurde. Nur selten wagte ich mein Mitleid zu zeigen.

Wie für den jungen Vertretungslehrer in Italienisch, ein Katholik und Enkel des Bischofs von Pinerolo, der an das Gymnasium von Torre Pellice geholt worden war, um uns – in Ermangelung eines Besseren – in der Mittelstufe zu unterrichten. Mager, blass, mit leicht geröteten Lidern.

Eines Morgens hatte er eine meiner Klassenkameradinnen, ein stämmiges, kräftiges Bauernmädchen aus San Giovanni, das schon damals sagte, es wolle Hebamme werden, gefragt, was ihr zu dem Foto der Dresdner Madonna einfalle, die in unserer Anthologie abgebildet war. Und sie war ruhig aufgestanden und hatte mit voller, klarer Stimme geantwortet: »Ein Götze.«

Im schallenden Gelächter, das auf diese Antwort folgte – und von dem man hätte meinen können, es gälte dem einfältigen Bauernmädchen, dabei bezog es sich auf ihn, den Papisten, der geglaubt hatte, uns provozieren zu können, doch er war abgeschossen worden –, meinte ich hinter seinen geröteten Lidern zwei Tränen zu erhaschen, und, oh, wie gerne hätte ich eine tröstende Antwort gefunden und den Mut gehabt, sie auszusprechen, doch erstens fiel mir zu der Dresdner Madonna nichts ein, und zweitens empfand ich neben dem Mitleid einen leisen Ekel vor dem Enkel des Bischofs von Pinerolo, hässlich, mager und bleich, wie er war.

Vor den Menschen, für die ich Mitleid empfand, ekelte ich mich oft ein bisschen. Wie vor dem armen Kerl mit dem waldensischen Nachnamen, einem Bauern vom Hügel von Torre Pellice, der meinen Klassenkameraden Zigaretten im Tausch für »Verabredungen« versprach.

Das hatte mir einer von ihnen verraten; sie erzählten mir auch, wie sie zu mehreren in ein Freudenhaus nach Pinerolo radelten, und brüsteten sich, sie seien auf der Rückfahrt »so schwach, dass sie kaum den Lenker halten konnten«.

Ich hörte mir diese Vertraulichkeiten an, ohne mit der Wimper zu zucken. Ich fand es schäbig, dass sie sich von diesem armen Teufel im Voraus Zigaretten zustecken ließen und ihn, kaum hatte er sie herausgerückt und wartete hinter einem Gebüsch auf sie – auch dorthin gingen sie zu mehreren –, mit Schmähungen und Steinwürfen bis nach Hause verfolgten. Er floh und flehte um Gnade, voller Furcht, ein Angehöriger könnte sie hören. Was den Dienst betraf, den sie ihm hätten erweisen sollen – und ihm gemeinerweise verweigerten –, hatte ich nicht genau verstanden, worum es dabei ging. Trotz meiner Neugier traute ich mich ohnehin nicht, die Sache zu klären: Sex war etwas Versautes, ein klebrig feuchtes, schleimiges Sichanfassen, ein Ausstoßen und Aufnehmen von Flüssigkeiten, ein Sichbeschimpfen und Sich-steinigen-Lassen. Mir war, als hätte noch nichts, was mir widerfuhr, etwas damit zu tun. Weder der kleine, von meiner Schwester erfundene Trick, der in unserer Geheimsprache den deutschen Namen *das Schöne* trug, nicht das jähe Kribbeln in meinem Unterleib, wenn der Junge, der aus Spaß hinter mir her war, mich plötzlich packte, und auch nicht meine endlosen Fantastereien.

Meine Sinne schliefen nicht, sie träumten, von der überbordenden Intensität meiner Träume noch stärker zurückgehalten als von den Zwängen der Erziehung oder der Zeiten. Manchmal erwachten sie unverhofft bei der warmen Berührung selbst eines fremden Armes oder bei einem plötzlichen, unverwandten Blick eines Menschen, den ich nie beachtet hatte. Doch hing ich zu sehr an absoluten Bedürfnissen nach Schönheit – Schönheit des Handelns –, um solchen Lockungen nachzugeben.

Drei Jahre lang wiederholt sich in meinem Tagebuch das Datum 20. Juni, an dem ich mich 1943 in den Jungen verliebte, der danach nur noch mit dem Kürzel A erwähnt ist.

Ich war schon vorher verliebt gewesen und sollte es wieder sein; doch diese an drei Daten wiederholte Liebe war von besonderer Bedeutung, weil sie mich zum ersten Mal dazu brachte, mich mit mir selbst auseinanderzusetzen. Das war der eigentliche Anlass, regelmäßig Tagebuch zu führen. Sicher, so formuliert, schließt es ihn, meinen A, an erster Stelle aus und stürzt ihn in die körperlose Welt meiner Gespenster, und erst recht gibt es nicht den herben Duft der Winterluft an einem strahlenden Dezembertag wieder, an dem wir uns zur Mittagszeit auf dem Dach einer eingeschneiten Hütte in der Sonne ausruhten. Dennoch löste sich diese Liebe ebenso vollständig von mir, wie Sand nach einem heftigen Sommergewitter trocknet. Nicht weil sie nicht überaus stark und schmerzhaft gewesen wäre – lang und unerwidert –, sondern weil sie in meinem Innersten nichts anderes freisetzte als die linkischen und zuweilen hellsichtigen Zeilen meines Tagebuchs. Sie gehörte noch ganz zum inneren Erzählen, das mich länger als üblich in meiner Jugend zurückhielt, ehe ich zu schreiben anfing. Sie war eher der Geruch der Winterluft und der Klang einer von Giuseppe gespielten Nocturne von Chopin denn eine eingestandene Aufwallung der Gefühle, und als solche warf auch sie mich stets auf mich selbst zurück. Vielleicht könnte ich sagen, dass es der erste, ein wenig frigide Versuch war, mich selbst zu lieben.

Ich zitierte: »Ce n'est pas un amour, l'amour trouve sa fin dans un acte; c'est une nostalgie, c'est avoir le mal d'un être comme on a le mal d'un pays. Et ceci est sans remède.«*

Am 5. Juni 1944 schrieb ich in mein Tagebuch: »Rom ist gefallen. Und die deutschen Soldaten haben es verteidigt!« Es folgen weitere vier Ausrufungszeichen und ein lateinisches Zitat (ich las gerade sämtliche Werke von Horaz für die Prüfung in lateinischer Literatur), dann: »wo sind die Italiener? Auf den Schlachtfeldern in Afrika, in Russland, in Griechenland. Die Italiener Italiens haben ihr Vaterland verraten. Nur die Toten waren wahre Italiener«.

---

* »Das ist keine Liebe, die Liebe endet in einem Akt; es ist Nostalgie, es ist Heimweh nach einem Wesen, wie man Heimweh nach einem Land empfindet. Und dafür gibt es kein Heilmittel.«

Zwei Wochen später radelte ich mit meinem Freund Giorgio von Pinerolo zurück, wo wir hingefahren waren, um die Pläne der im Städtchen ansässigen Kasernen zu holen. Giorgio hatte sich die großformatigen Pläne in die Tasche gesteckt. Ich begleitete ihn auf dem Fahrrad, weil meine Gegenwart ihn an den verschiedenen Kontrollstellen, die wir passieren mussten, unverfänglicher aussehen lassen sollte. Das Dokument, das ihn als waldensischen Theologiestudenten vom Militärdienst befreite, trug er bei sich.

Mir war nicht klar, was ich eigentlich dort sollte. Aber das beunruhigte mich nicht. Giorgio und ich konnten über eine Menge Dinge reden, und es machte mir Spaß, ihn ein bisschen zu sticheln.

Zu Hause waren wir zu tief in unsere inneren Konflikte verstrickt, um uns mit den äußeren zu befassen. Großmama hielt Kriege für den nutzlosen und schädlichen Zeitvertreib großer Männer. Der witzelnde Antifaschismus meiner Mutter irritierte mich; ich wusste, dass sie 1920 Faschistin gewesen war, sie war der Partei als eine der Ersten in Genua beigetreten, wo sie damals unterrichtete, und für mich lag eine gewisse Frivolität darin. Ich hatte keine Ahnung von der früheren Geschichte des Antifaschismus; Großmama erzählte mir, wie Großpapa hastig um die nächste Ecke bog, sobald er einen Trupp faschistischer Milchbärte auftauchen sah, nicht nur weil er den Faschismus verabscheute, sondern um diese bewaffneten *morveux* (Rotznasen) nicht grüßen zu müssen.

Sie hatte mir auch erzählt, dass er beim Waffenstillstand 1918, als das Dienstmädchen ins Haus gestürzt war und schrie, der Krieg sei zu Ende, und alle auf den Platz strömten, um zu feiern, das Haus nicht verlassen wollte: Er hatte den Krieg nicht gewollt und hatte nun nicht die Absicht, seinen blutigen Sieg zu feiern.

Großmama war natürlich Republikanerin; ich war zwiegespalten zwischen meiner heimlichen Liebe für Peter von Jugoslawien (fotografiert in weißer Uniform hinter dem Sarg des Vaters) und der Abscheu gegen die unbegreifliche Verehrung zahlreicher Waldenser für die stillosen Savoyer. Sie brüsteten sich sogar, der königlichen Familie seien waldensische Kammerzofen die allerliebsten.

Der Faschismus und seine Rituale – der faschistische Samstag, Aufsätze über den Duce, körperliche Ertüchtigung –, hatte mich mit den aufdringlichen und allgegenwärtigen Klängen von *Faccetta nera* in Italien empfangen. Und mit ihnen eine ganze Reihe ebenso vollkommen neuer Bräuche, die sich für mich von den faschistischen in nichts unterschieden. Für mich waren sie alle »italienisch«. Aber weil die Feste des 17. Februar und des 15. August, an dem man zur Feier der *Glorieuse Rentrée* einen großen gemeinsamen Spaziergang unternahm, in der waldensischen Welt nun einmal nach wie vor Gewicht hatten, bekamen diese Jahrestage für mich eine sehr viel größere Bedeutung als der importierte 28. Oktober.

Doch die Massenveranstaltungen, vor allem die auf der Leinwand gezeigten, sprachen meinen Sinn fürs Theatralische an. Je näher mir Autorität kam, desto ungerechter erschien sie mir, rückte sie in die Ferne, gewann sie die Würde und Geltung einer moralischen Instanz. Ich war bereit zu gehorchen und hielt diesen Gehorsam für nichts weiter als einen der Preise, die die Erwachsenen mir seit jeher abnötigten, damit ich mich – war meine Pflicht erst erfüllt – in ein Eckchen zurückziehen und meinem eigenen Kram nachgehen konnte. Ich fühlte mich ein bisschen schuldig – ein bisschen feige –, wenn ich mich in meine Ecken zurückzog, und hielt es deshalb für einen Akt der Tugend, mich zu einem Fackelzug zur Eroberung von Barcelona mitschleifen zu lassen oder zu den Versammlungen am Samstagnachmittag zu gehen.

Mussolini war in meinen Augen also nichts weiter als der Staat, ihm galten Fanfaren und Verbeugungen; ein Staat, der leider einen Schmerbauch hatte und viele Grimassen schnitt, die während der »Luce«-Wochenschau im Kino mitunter für unterdrücktes Kichern sorgten. Das störte mich, genau wie mich die Witze meiner Mutter störten, auch wenn ich die im Stechschritt paradierenden Italiener im Grunde meines Herzens völlig lächerlich fand.

Für den noch ferneren Hitler empfand ich so etwas wie Abscheu, seine geplärrten Reden, seine Art des Deutschseins hatten nichts mit dem zu tun, wie ich erzogen worden war.

Einmal, ich war fünfzehn, gewann ich mit ich weiß nicht mehr welchem Aufsatz zufällig die *Ludi juveniles* in Torre Pellice. Ich ging zum örtlichen Sitz des Fascio, der, glaube ich, in der Grundschule untergebracht war, um meinen Preis abzuholen: *Das Buch von San Michele* von Axel Munthe. Man führte mich in eine schmucklose Stube, wo der junge Faschistenführer von Torre Pellice mir das Buch überreichen sollte. Er war eigentlich noch ein Kind, blass, mit sehr hellen wasserblauen Augen im weißen Gesicht. Als überzeugter Faschist bekannt. Er nahm das Buch in die Hand, musterte mich mit seinen abwesenden Augen, lobte mich kurz für den Aufsatz und fragte mich dann brüsk nach meinem faschistischen Glauben. Genau so: mein faschistischer Glaube. Wie gesagt, versuchte ich mich weitestgehend anzupassen (sofern mich nicht einer meiner Wutanfälle packte), jetzt aber rang ich verzweifelt um eine triftige Antwort, doch weil mir nichts einfiel, blieb ich stumm. Er zuckte die Achseln und kniff die Lippen zu einer bitteren Miene zusammen. Mit der gleichen bitteren Miene – stelle ich mir vor – starb er, von der Menge zermalmt, in den letzten Apriltagen des Jahres 1945 vor der Stazione Porta Nuova.

Von dieser Begegnung blieb mir ein leises Gefühl von Mitleid in Erinnerung, wenn auch nicht von der Sorte, die mich aus der Fassung brachte: In seinen dürren Stiefeln stand er, obwohl ich ihn enttäuscht hatte, dennoch auf der Seite der Stärkeren. Das gleiche leise Gefühl hatte ich auch für den äußerst schüchternen und gebildeten stellvertretenden Rektor des Waldensergymnasiums empfunden, dem ich qua Gesetz einen Mischlings- oder Nichtarier-Nachweis hatte vorlegen müssen – an die genauen Bezeichnungen erinnere ich mich nicht –, den er, rot im Gesicht und sehr verlegen (ich glaube, er war ein Schüler von Großvater gewesen), qua Gesetz hatte entgegennehmen müssen.

Am Morgen des 25. Juli 1943 war ich früh aufgewacht und ins Wohnzimmer hinuntergegangen, um heimlich Radio zu hören. Deshalb war ich die Erste im Haus, die von Mussolinis Sturz erfuhr; doch als ich meiner Großmutter und meiner Mutter die Neuigkeit verkündete, glaubten sie mir nicht: Ich hätte es sogar fertiggebracht, mir das Ende der Welt auszudenken. Wenige Minuten später wiederholte das Radio die Nachricht, und ich hatte meine Revanche. Meine Mutter stürzte in Nachthemd und Pantoffeln auf die Straße und schrie: »Es ist vorbei, es ist vorbei. Er ist gestürzt!«

Ich war empört und fassungslos und ebenso empört, als die Bevölkerung zwei Monate später, am 8. September, die Kaserne plünderte und ich einem bekanntermaßen gut betuchten –

und waldensischen – Mädchen mit einem Paar Skiern auf der Schulter auf der kleinen Straße begegnete, die von der Kaserne ins Dorf hinunterführte. Hinter ihr schob Sergio Toja, der später als erster Partisan zu Tode kam, einen Schubkarren voller Waffen.

Diesen Schubkarren schob er in der Nacht zu unserem Haus, und heimlich, hinter Großmamas Rücken, verbuddelten wir die Waffen im Keller. Ich bekomme nicht mehr zusammen, über welche Mittelsleute wir diese Aktion vereinbarten; ich kannte Sergio kaum, er war zwei Jahre älter als ich. Außerdem hatten wir unter den Dachziegeln mehrere Ausgaben der *Giustizia e Libertà* von Alberto versteckt, an denen er offenbar sehr hing und in die ich nie einen Blick warf.

Für mich passte das alles nicht zusammen, ich sah keinen Zusammenhang zwischen den Ereignissen, die meinen gewohnten Begegnungen mit der Geschichte völlig zuwiderliefen, ganz im Gegensatz zu den jubelnden Mengen und den Truppen in Reih und Glied.

Wieder fand ich es höchst befremdlich und – unnötig zu sagen – skandalös, dass Großmama an besagtem 8. September ein paar »fahnenflüchtige« Soldaten mit ziviler Kleidung meines Großvaters und meines Onkels ausstaffierte. Obendrein nicht im Haus. Auf dem kleinen Treppenabsatz hinter der Klematis drückte sie ihnen die Sachen in die Hand und ließ sie sich bis auf die Unterhosen ausziehen.

In der Zwischenzeit hatte ich einen Antifaschisten kennengelernt, meinen Italienischlehrer, den Pastor Francesco Lo Bue, den ich damals noch nicht mit seinem freundschaftlichen Spitznamen »Franchi« anredete. Wir wussten, dass er überwacht wurde.

Ich musterte ihn aufmerksam, wenn er der Klasse ganz langsam den Rücken zuwandte und hinaussah während das Radio pflichtgemäß die Sondermeldungen übertrug.

Mit der gleichen Ungerührtheit, dem langen Bart, dem abwesenden, ob von einer nächtlichen Zecherei (die man manchmal noch riechen konnte) oder seinen theologischen Studien verschatteten Blick betrat er die Klasse und schritt bedächtig unter unseren zum faschistischen Gruß gereckten Armen entlang.

Mich irritierte die Langsamkeit, mit der wir im Lehrplan vorankamen – im Februar, in der neunten Klasse, waren wir noch immer beim heiligen Franziskus und schrieben mit, was Lo Bue uns zu sagen hatte –, doch zugleich empfand ich für diese Langsamkeit eine Art Respekt: Zum ersten Mal erfuhr ich den Wert des Lernens und die Unerheblichkeit der Zeit. Auch nahm ich bei ihm, ohne dass er es irgendwie zu erkennen gegeben hätte, eine besondere Aufmerksamkeit für mich wahr. In einem langen, der Zensur unter einen Aufsatz über Cecco Angiolieri angehängten Kommentar, in dem er hervorhob, mein Urteil sei, wenn auch mit größerer kritischer Beschlagenheit, ebenso schon von Flora dargelegt worden (den wir nicht kannten), ersetzte »Beschlagenheit« das Wort »Sensibilität«, das er zuerst hingeschrieben und dann ausgestrichen hatte. Diese Ausstreichung war die erste literarische Anerkennung, die mir zuteilwurde.

Unterdessen hatte in unseren Tälern der Widerstand begonnen. Einer der Gründungsgruppen hatte sich rein zufällig bei uns gebildet, im Vicolo Dagotti.

Wir vermieteten ein Zimmer an den jungen Verlobten unserer Nachbarin und Altersgenossin Marisa. Er war bereits ein

Mann – deshalb fand ich Marisas Wahl bemerkenswert –, ein Offizier der Alpini. Als ich mit dem Teetablett in sein Zimmer trat, waren noch zwei Leute bei ihm; sie hatten eine große Landkarte des Tals auf dem Bett ausgebreitet und markierten darauf Punkte mit Bleistift. Ich zog eine Verbindung zwischen der mit Kringeln versehenen Karte und ihren Gesprächen und Bemerkungen und erlebte in diesem zigarettenverqualmten Zimmer zum ersten Mal – ungläubig und unbeteiligt –, wie Erwachsene den Gehorsam verweigerten.

Mit dem gleichen Befremden und als ginge mich die Sache nichts an, begegnete ich eines Morgens einige Monate später Lo Bue, der taumelnd vom Dorf heraufkam. Ich glaubte, er wäre betrunken. Er hielt mich an und sagte:

»Weißt du, dass Sergio tot ist?«

»Ich weiß«, sagte ich. Mir war leicht mulmig wegen der im Keller vergrabenen Waffen. Die holländische Tante – die gar nichts von der Sache wusste – drohte jeden Tag, uns anzuzeigen, wegen unseres jüdischen Vaters und wegen unseres Umgangs. Ich fragte mich, wer die Waffen wohl abholen käme, jetzt, da Sergio tot war. Sein Tod löste keinen Schmerz in mir aus, sondern das verblüffte Schuldgefühl, das man als junger Mensch empfindet, wenn ein Altersgenosse stirbt.

Ich wusste nicht, was ich zu Lo Bue sagen sollte, deshalb verabschiedete ich mich und machte mich auf den Weg ins Dorf. Während ich weiterging, brach sich langsam eine Ahnung in mir Bahn: Franchi war nicht betrunken; er taumelte vor Verzweiflung. Er machte sich Vorwürfe, weil er Sergio mit seinen Lehren in den Tod geschickt hatte. Was für absurde Vorwürfe, sagte ich mir, jeder ist in jedem Alter für sich selbst verantwortlich. Doch wieder empfand ich für Franchi, der taumelte, als wäre er mit Sergio getroffen worden, eine Art Respekt. In seinem Schwanken erahnte ich die Verzweiflung wahren Mitleids, das mir weiterhin versagt blieb, weil ich noch immer nur diejenigen bemitleidete, in die ich mich hineinversetzen konnte.

Ich missbilligte den Wahnsinn des Unterfangens, in dem Sergio sein Leben verloren hatte. Ich missbilligte fast alle Unterfangen der Partisanen in unserem Tal. Zumindest die, von denen ich wusste. Ich fand sie unorganisiert, schlampig, unnötig gefährlich. Als Franchi mir erklärte, sie hätten dennoch die Absicht, die Deutschen an einer anderen Front aufzuhalten, dachte ich – und sagte es – an das Missverhältnis zwischen der Effizienz und Anzahl der Deutschen und der chaotischen Handvoll Partisanen.

In Torre Pellice ging das Gerücht, die Einzigen, die gut vorbereitet seien und genügend Waffen besäßen, seien die Garibaldini aus Luserna – die Kommunisten. Ich weiß nicht, ob das tatsächlich der Realität entsprach oder ob der Vergleich mit »Giustizia e Libertà« sie so dastehen ließ. Weil meine Freunde ausnahmslos Gruppen dieser Bewegung angehörten, wusste ich über die Garibaldini aus Luserna nicht viel. Man sprach über sie wie von Menschen, die keine Skrupel kannten, es waren Arbeiter aus der Stofffabrik, russische Deserteure und Soldaten aus dem Süden, die in Piemont hängen geblieben waren, doch das schockierte mich nicht; Skrupel behinderten das Handeln, das für mich freilich Theorie blieb. Ich fand die Hinrichtung einer Faschistenfamilie von Torre Pellice entsetzlich – es hieß, dahinter stecke »Giustizia e Libertà« –, die das ganze Dorf empörte. Doch obwohl mich die Grausamkeit der Tat anwiderte, erschien es mir beinahe folgerichtig, dass die Frau, die vielleicht die Namen der Täter hätte nennen können, von unbekannten Meuchelmördern in ihrem Krankenhausbett getötet wurde.

Dass das gut betuchte Mädchen sich die Skier geschnappt hatte, fand ich genauso verwerflich wie unnötiges Risiko oder verschwendetes Leben; wenn ich im Flur einer Entbindungsstation einen Rollwagen voller Neugeborener vorbeikommen sehe, bin ich ebenso beglückt wie vor dem Ladenfenster einer Bäckerei. Niemals wäre mir auch nur im Traum eingefallen, abzutreiben.

Als die Deutschen (in Gestalt österreichischer Alpenjäger) in Torre Pellice eintrafen und ich sie auf dem Dachboden von Marisas Haus von der Dachluke aus die Straße im Tal heraufkommen sah – auf Lastwagen für eine Säuberungsaktion, reglos nebeneinandersitzend, das Maschinengewehr zwischen den Knien –, erschienen sie mir ungeheuer weit weg. Mit hängenden Schultern hockten sie auf den offenen Lastern, teilnahmslos wie graue Zementsäcke. Ich kannte die Welt nicht, aus der sie kamen, gewiss war es nicht die von Arminius und dem hässlichen Entlein – doch ich wusste, wohin sie unterwegs waren. Sie waren unterwegs zu den Bergen, auf denen ich mit meinen Freunden und Altersgenossen gewandert war, während die Steine unter unseren Bergschuhen bröckelten. Teilnahmslos und bewaffnet waren sie dorthin unterwegs. Ich konnte sie nicht begleiten. Also hielt ich mich an die anderen – wie immer nicht absolut treu. Das Absolute verharrte in mir, es war die Erfahrung, die – wie später noch oft – über mein Handeln entschied, und nicht das Absolute, das ich in mir trug.

An jenem Junimorgen 1944 radelte ich also neben Giorgio her, dessen Taschen sich vor Unterlagen beulten. Ich hatte den Auftrag, die Hinweise, die seine Informanten – zwei Krämerinnen und ein rotbärtiger junger Kerl – ihm zuspielten, auswendig zu lernen. Er konnte sich nichts merken, und ich prahlte mit meinem eisernen Gedächtnis. Doch hatte ich so wenig Sinn für praktische Details – zu Hause wurde ich mit den gröbsten Arbeiten betraut, Geschirr spülen und die Kartoffeln am Wiesensaum wässern –, dass ich höllisch aufpassen musste, um die Anzahl der Maschinenpistolen und Maschinengewehre nicht durcheinanderzubringen, schließlich erkannte ich sowieso nur den dumpfen Knall des Mörsers; alle anderen Schüsse klangen in meinen Ohren gleich.

An der Brücke von Bibiana hielten uns italienische Soldaten an, sie waren recht jung. Giorgio sagte, sie gehörten zur »roten SS«.

Sie verlangten unsere Ausweispapiere, und der Gefreite, der sich Giorgios Freistellung durchlas, wirkte nicht überzeugt.

»Theologie? Was heißt das?«, fragte er mit italienischem Akzent.

»Ich studiere, um Pastor zu werden«, sagte Giorgio.

»Und was heißt das?«

»Waldenserpfarrer.«

»Und da gondelst du mit einem Mädchen durch die Gegend? Was ist denn das für ein Pfarrer!«

Also führten sie ihn ab. Ich sah, wie er zwischen zwei Soldaten über die Brücke davonging und das Rad neben sich herschob. Sie brachten ihn in das rund zwei Kilometer entfernte Bibiana, wo es ein deutsches Kommando gab. Während er die Brücke überquerte, erschienen mir seine Taschen furchtbar auffällig ausgebeult.

Ich lehnte das Fahrrad an eine Bank und setzte mich. Über mir und den roten SS wölbte sich, gleich neben der Brückenmündung, eine riesige Rosskastanie. Darunter stand ein langer Tisch mit Bänken, und gleich daneben lag die Feldküche.

Der Junitag war schön und klar, es war Mittagszeit. Meine Füße fühlten sich federleicht an, wie ich es seither nie mehr empfunden habe. Tatsächlich trugen wir acht Monate lang Bergstiefel, und manchmal, wenn wir in behelfsmäßigen Schutzhütten schliefen, konnten wir sie nicht einmal nachts ausziehen. In den ersten Wochen, die man wieder in Schuhen herumlaufen konnte, kündigten unsere federleichten Füße den Frühling an.

Es wurde gerade Bohnensuppe gekocht, deren Geruch zu den Kastanienwipfeln emporstieg, und bei mir machte sich Mittagshunger bemerkbar. Die Soldaten kamen und gingen und deckten den Tisch. Ich begann, Speichel zu schlucken; immer dichter und verlockender umfing mich der Suppenduft. Seit man Giorgio abgeführt hatte, war mehr als eine Stunde vergangen, und als sie schließlich den riesigen Topf an den Tisch schleppten und sich setzten, fragte ich:

»Könnte ich auch einen Teller bekommen? Ich habe Hunger.«

Sie ließen mich Platz nehmen und füllten einen tiefen Blechteller. Wir waren fast mit der Suppe fertig, als ich Giorgio auf der Brücke auftauchen sah: Noch immer flankiert von den beiden, schob er sein Fahrrad neben sich her. Seine Taschen sahen noch immer ausgebeult aus. Als er an den Tisch kam, sagte er zu mir:

»Lass uns fahren. Es ist alles in Ordnung.«

Also fuhren wir auf unseren Rädern davon. Er radelte schweigend, und ich versuchte vergeblich in Erfahrung zu bringen, was passiert war.

Später erzählte er es, allerdings nicht mir: Nachdem er nach Bibiana in die Kaserne gebracht worden war, hatte man ihn warten lassen und dann verhört: Wer er sei, wohin er wolle und was es mit diesem Freistellungspapier auf sich habe. Sie wollten gerade laut werden – man hatte ihn noch nicht durchsucht –, da tauchte ein deutscher Offizier auf – als Giorgio sich Jahre später entschloss, mir die Episode zu schildern, führte er aus, es sei »ein blendend aussehender Offizier« gewesen –, der, als er das Wort »Theologie« in seinen Papieren las, lachend sagte: »Ach ja, natürlich, Theologie: ja, ja, Theologie!«
Und mit einem Schulterklopfen hatte er ihn entlassen.

Als er dann zur Brücke zurückkehrte und die Angst allmählich nachließ, war ich ihm wieder eingefallen – er las viel Dostojewski, außerdem war er ein bisschen in mich verliebt –, ich allein mit diesen roten SS, im Stich gelassen und verängstigt.

Während er die Brücke überquerte, hatte er mich am Tisch sitzen sehen, wo – so sagt er – »sie wie üblich das große Wort führte, vor all diesen Soldaten!«.

Noch heute hält er mir diesen Teller Bohnensuppe vor, als handelte es sich um Esaus Linsengericht. Ich könnte ihm sagen, dass die Unterhaltung mir die Angst vertrieb; das würde ihm gefallen, denn er weiß, dass ich, wenn ich bedrückt bin, aus dem Haus gehe, um mich zu unterhalten; ich unterhalte mich mit der Bäckerin oder dem Metzger oder der vor einem Schaufenster getroffenen Dame, erteile dem jungen Verkäufer im Bekleidungsgeschäft Ratschläge und diskutiere mit dem Pförtner über Politik.

Es entspräche nicht genau der Wahrheit; ich unterhielt mich, weil es nun einmal schön ist, über einem Teller Bohnensuppe zu plaudern; ich kann mich nicht im Geringsten erinnern, ob meine »roten SS« so blendend aussahen wie sein deutscher Offizier, ich erinnere mich nur an die Suppe. Ohnehin war ich mir sicher, dass er zurückkommen würde. Meinem Optimismus mangelte es nicht an Gespür für die Realität, die in jenen Zeiten vom Augenblick abhing, unvorhersehbar war und sich an diesem Morgen auf das klar umgrenzte Stück mit dem großen Tisch und dem Kochtopf unter der riesenhaften Kastanie beschränkte. War es überhaupt eine Kastanie?

Zwei Wochen darauf wurde Giorgio verpfiffen und in Pinerolo gefasst. Weil ich wegen einer Prüfung nach Turin gefahren war, hatte ich ihn nicht begleitet. Ich besuchte, wenn man es so nennen will, die geisteswissenschaftliche Fakultät – gerade einmal fünf Vorlesungen in ständig wechselnden Räumlichkeiten, weil die Universität bombardiert worden war – und nahm die beschwerliche Reise nur auf mich (der Bahnhof Porta Nuova wurde ständig bombardiert, und man riskierte, kilometerweit zu Fuß gehen zu müssen), wenn Prüfungen anstanden.

Am selben Abend erfuhr ich, was passiert war, also musste ich nach Pinerolo und sämtliche Kasernen nach Giorgio abklappern. Dass die rassische Ungereimtheit, die sich in meinem Nachweis versteckte, eine Gefahr darstellen könnte, kam niemandem und mir erst recht nicht in den Sinn. Ich war stocksauer auf ihn, weil er sich auf so dämliche Weise in dem Haus (in das er mich nur einmal mitgenommen hatte) hatte schnappen lassen, in dem er sich jedes Mal unnötigen Gefahren aussetzte. Außerdem musste ich mich dem Wachmann als seine – wie peinlich! – Verlobte vorstellen, um herauszubekommen, wo man ihn festhielt. Ich fand ihn nicht, denn sie hatten ihn bereits nach Turin gebracht, und von dort wurde er nach Deutschland deportiert.

Ich schrieb ihm einen Brief in die Haft; er endete mit den Worten »... aber trotzdem (ich hatte nicht versäumt, ihm meinen Parcours durch die Kasernen von Pinerolo vorzuhalten), ich habe Dich lieb«.

Mein Brief war auf hauchdünnem, festem Papier geschrieben. Er nahm ihn mit nach Deutschland und rauchte ihn dort vollständig auf – er hatte gelernt, sich Zigaretten zu drehen, und dreht bis heute –, nur die Worte »ich habe Dich lieb« ließ er übrig. Dann rauchte er auch die.

Redend, lachend, weinend, bei jeder sich bietenden Gelegenheit möglichst viel essend, Briefe schreibend und in meinen Bergstiefeln umherwandernd, verbrachte ich also, verliebt und unglücklich, die Kriegsjahre wie x-beliebige andere Jahre. Nur selten schreckten oder schmerzten mich die Ereignisse.

Einmal wurde ich in Turin von Panik erfasst. Ich überquerte gerade die Brücke am Corso Vittorio, als der Voralarm und gleich darauf der Alarm losbrach.

Ich ging nicht gern in die Luftschutzräume – ich erinnerte mich noch an die grauenvollen Geschichten der ersten Luftangriffe auf Turin, deren rotes Flackern am blitzblanken Himmel wir hinter bebenden Fensterscheiben gesehen hatten – und blieb immer so lange wie möglich im Freien. Irgendwann sah ich meist jemanden losrennen, wie auch dieses Mal, und rannte hinterher. Zusammen mit anderen erreichte ich einen unter dem Monte dei Cappuccini gegrabenen Schutzraum, während von Mirafiori das Dröhnen der ersten Bomben herüberhallte. Beim Anblick des schwarzen Lochs, das in den Schutzraum führte, versuchte ich mich sofort aus der Menge zu stehlen. Doch die von allen Seiten drängelnden Menschen rissen mich von den Füßen und schoben mich, bis in meine Bergschuhe nass vor Angst, hinein.

Normalerweise war ich ein vorsichtiges, unbeteiligtes und nicht selten feiges Mädchen. Nur bei jähen Wutanfällen verließ mich meine Vorsicht schlagartig. Während mein Mitleid vor allem Menschen galt, in denen ich mich wiedererkannte, richtete sich meine aufschäumende, blinde Wut gegen die Unterdrücker, ganz egal welche, und plötzlich kam mir jedes Gefühl für Distanz und Prioritäten abhanden. Die Wut brodelte in mir, während ich mit einer vorsätzlich umgeleiteten Straßenbahn an den Erhängten im Corso Vinzaglio vorbeifuhr; sie war umso heftiger, je ohnmächtiger ich mich fühlte, und entzündete sich in diesem Fall vor allem an den schändlichen Schildern, die über den Erhängten festgemacht waren, mehr als am Anblick ihrer wächsernen Marionettengesichter.

Schon damals war mir völlig klar, dass meine unvermittelten Zornesausbrüche nichts mit einem sich seiner möglichen Folgen bewussten Mut zu tun hatten; kaum waren sie verraucht, bereute ich ihre Wirkung und war nicht stolz darauf, konnte mich aber nur schwerlich beherrschen.

Weil ich mit meinem Zorn gegen meinen Italienischlehrer, der sich über meine Freundin Evi lustig gemacht hatte, über die Stränge geschlagen hatte, suspendierte man mich in der zehnten Klasse von der Schule, ich war das erste Mädchen, das mit einem Verweis belegt worden war. Und in einer sehr viel ernsteren Situation riskierte ich sogar mein Leben und das anderer.

Einer der faschistischen Soldaten von Torre Pellice war ermordet worden, und die Beisetzung war – mit einem Aufruf zur Teilnahme an die Bevölkerung – für drei Uhr nachmittags festgesetzt. Kurz davor war mir etwas eingefallen, das ich einer

Freundin sagen wollte, die in den »Neubauten« wohnte, wo auch die Lehrer des Gymnasiums lebten. Hastig machte ich mich auf den Weg zu ihr, die Straße war menschenleer, und die Fensterläden waren verrammelt. Als ich die »Neubauten« wieder verließ, sah ich am Ende der Straße, direkt neben dem Arnaud-Denkmal, den Trauerzug für den Faschisten auftauchen, ein verlorenes Grüppchen uniformierter Männer mit dem Sarg auf den Schultern. Hastig machte ich kehrt und schlüpfte ins Haus zurück, doch fünf Minuten später verkündete lautes Hämmern von Fäusten, dass die Faschisten vor der Tür standen. Sie führten meine Freundin, ihre Mutter und mich hinaus, wo ein fuchtelndes schwarz gekleidetes Männchen uns befahl, dem Sarg des gefallenen Kameraden den faschistischen Gruß zu erweisen: »Ich habe dich gesehen, du Aas, wie du ins Haus geflohen bist, um der Beisetzung nicht die Ehre zu erweisen. Du bist genauso ein Aas wie alle anderen hier im Dorf.«

Wie ich vor dem kleinen Faschisten stand, wallte in mir die altbekannte Hitze auf. Ich dachte: »Nie und nimmer mache ich deinen Gruß.« Dann sah ich aus dem Augenwinkel die beiden Frauen neben mir, meine Freundin und ihre Mutter, die kreidebleich – sogar grün in meiner Erinnerung – den zitternden Arm hoben. Dieses unübersehbare Zittern weckte urplötzlich meine Scham – noch vor der Angst –, und ich hob den Arm zum letzten faschistischen Gruß meines Lebens.

Kaum waren die Faschisten die Straße hinauf Richtung Friedhof verschwunden, fingen die beiden Frauen an – wie erstarrt standen wir noch immer vor dem Haus –, mich zu beschimpfen. Das traf mich sehr viel heftiger als die vorangegangene Szene, denn ich ertrug es nicht, als »verrückt« bezeichnet zu werden.

Sobald mir, ganz gleich wie, bewusst wurde (oder ich befürchtete), dass ich mich unmöglich machte, rückten die Werte in den Hintergrund, und nur ich blieb samt meinen linkischen Gesten und meinem uncharmanten Aussehen auf der Bühne zurück; ich, die es zu retten oder zu verteidigen galt.

Im letzten Kriegswinter arbeitete ich in Turin, wo Franchi mich damit betraut hatte, mich (zusammen mit einer Untergrundeinrichtung, die mit dem üblichen, für mich unerträglichen Leichtsinn vor aller Augen in einem Patrizierpalast agierte, der, ich glaube, in der Via Maria Vittoria lag) um französische Flüchtlinge zu kümmern, die in den Kasernenbaracken von San Paolo untergebracht waren. Mit den fünfhundert Lire monatlich, die ich dabei verdiente, bestritt ich mein Leben in Turin, wohin ich nicht wegen der Flüchtlinge oder gar wegen der Untergrundeinrichtung in der Via Maria Vittoria gekommen war, sondern aus Liebe zu meinem A.

Während dieser Besuche in den Baracken – es war ein lausig kalter Winter, und ich hatte Frostbeulen bis in die Kniekehlen –, bei denen mich Franchi hin und wieder mit falschem Bart und falschen Papieren begleitete, hatten wir ein nicht mehr junges französisches Paar kennengelernt. Ihre drei Monate alte Tochter, ein graues, schwächliches kleines Ding, das die Mutter nicht stillen konnte, mickerte vor sich hin, weil es die Kuhmilch nicht vertrug. Einmal, als wir bei der Mutter standen und zuhörten, wie sie uns in knappen Worten – sie war eine Frau aus den Bergen, verschlossen und stolz – von der Kleinen erzählte, der sie das Fläschchen gab, brach sie plötzlich in Tränen aus. Die Tränen rannen über ihre Wangen, und sie konnte sie nicht fortwischen, weil sie mit der einen Hand das Fläschchen und mit der anderen das Kind hielt. Mit einer sachten, unendlich behutsamen Geste griff Franchi nach dem Fläschchen und hielt es fest – er war der Älteste einer kinderreichen Familie –, damit sich die Mutter, während die Kleine nuckelte, die Tränen trocknen konnte. Wieder einmal überraschte mich seine Geste, ich fand die ranzig muffelnde Kleine alles andere als appetitlich. Sie starb kurz darauf an einer Lungenentzündung, trotz der verträglichen Pulvermilch, die Franchi für sie hatte auftreiben können. Er trug mir auf, zur Beerdigung ein riesiges, sperriges Blumengesteck mitzubringen. Ich schäumte vor Wut, weil ich mit diesem absurden Ding in die Straßenbahn steigen und an einer unverständlichen katholischen Beisetzung teilnehmen musste, mit den schluchzenden Eltern, die dem winzigen Sarg des blässlichen Kindes folgten.

Als sie fortgingen, vertrauten sie mir ein wenig Geld an, dass in der Kollekte gesammelt worden war, damit ich für die Grabpflege sorgen konnte. Nachdem ich Tage hatte verstreichen lassen, gab ich das Geld schließlich nachlässig für mich selbst aus. Ich ging nie auf den Friedhof, denn dort hätte ich – und bestimmt hätte ich mich dabei lächerlich gemacht – zwischen den zahllosen Gräbern (die Kleine hatte eine eigene Nummer) nach dem Friedhofswärter suchen und ihn fragen müssen, was zu tun war.

Ich schrieb in mein Tagebuch: »… sie halten mich für einfühlsam; aber das stimmt nicht, ich habe nur einen höllischen Stolz.«

Ich war fünfzehn, als ich am 10. Juni auf den Platz ging, um Mussolinis Rede zu hören, und zwanzig, als ich die Deutschen aus Torre Pellice abziehen sah. Die Jahre, die man gemeinhin die besten des Lebens nennt, liegen für mich zwischen diesen beiden Daten. Der Krieg und der Partisanenkampf gehörten genauso zu meinem Alltag wie der Geruch der Winterluft und das Jaulen der Hunde an dunklen Novemberabenden.

Und plötzlich war ich erwachsen, galt als erwachsen, geradeso, als hätten mich die vorangegangenen Ereignisse – die Geschehnisse – schneller reifen lassen. Ob es wohl, frage ich mich nun, eine künstliche Reifung war? Nicht mehr und nicht weniger als die der Halbstarken, die heute in den Vorstädten Randale machen. Der Tod der Altersgenossen, die man mit hängendem, blau angelaufenem Gesicht am Galgen baumeln sieht, kann einem den makabren Optimismus von Hundertjährigen und ein trügerisches Machtgefühl verleihen, fast so, als hätte man seine Schlüsse bereits gezogen, als gäbe es nichts weiter hinzuzufügen. Und so erhält man eine Freiheit, die erobert, aber nicht erfahren ist, ein nicht von den Eltern, sondern von den Großeltern ererbtes Gut, mit dem viele von uns nicht umzugehen wussten und das folglich in den Händen der Eltern blieb.

Wir lebten wie der Erbprinz, der grau und dick wird, während der unsterbliche alte Souverän weiter herrscht und seine Gegner aufknüpfen lässt. Wir kokettierten mit den Anführern der Verschwörung und erzählten ihnen, wir hätten die Republik verteidigt und seien ebenfalls Rebellen gewesen. Aber wir hatten ein Faible für Zigarren und Ferien in Biarritz. Also ließen sie uns machen, auch wenn wir allzu kinderreich waren.

Welche Widersprüche und spätreife Gedanken der Krieg und der Widerstand in mir gesät haben, lässt sich vielleicht anhand der folgenden kleinen Episode erahnen.

1946 schwelgten wir in einer Theaterorgie. Wir spielten alle und alles, manche besser und manche schlechter, in zusammengewürfelten Truppen und mit notdürftigen Mitteln. Ich spielte nicht nur gern, sondern inszenierte auch. Und so brachte ich in Torre Pellice zwar nicht *Hedda Gabler*, aber *Der Mond ging unter* auf die Bühne.

Nach der Aufführung kehrten wir um Mitternacht nach Hause zurück, die Schauspieler noch in ihren deutschen Uniformen, und während wir im Marschschritt das inzwischen verwaiste, dunkle Dorf durchquerten, stimmten wir, von einem lästerlich schwermütigen Gefühl ergriffen, aus voller Kehle ein deutsches Kriegslied an, als wollten wir das soeben gespielte Stück auf der Straße fortführen. Singend marschierten wir zur Kaserne neben der Grundschule. Damals stand die Kaserne leer, und das Tor war weit geöffnet. Wir betraten den Hof, setzten uns auf die Stufen, verstummten nach und nach und betrachteten den Mond. Erst in dem Moment ging mir auf, dass der Krieg wirklich vorbei war und dass dieser feindliche Gesang, mit dem wir unsere verflossenen Lieben und toten Freunde zu betrauern verurteilt waren, ihn in uns wieder aufleben ließ wie unsere Jugend selbst.

Torre Pellice war soeben befreit worden; die Deutschen waren auf ihren Lastern abgezogen; ein paar Faschisten rannten hinter dem letzten Laster her und versuchten sich an die Bordwände zu klammern. Als die Partisanen unsere Straße erreichten, waren meine Schwester und Marisa ihnen entgegengegangen, die Arme voller Typ-91-Maschinengewehre von den Jungs der faschistischen 2. Infanteriedivision Littorio, die sie überredet hatten, sich in den Kellern zu verstecken und sich dann in Kriegsgefangenschaft zu begeben.

Kaum waren die Deutschen fort, war das ganze Dorf auf die Straßen geströmt, und bereits wenige Stunden später hörte man aus dem öffentlichen Park dumpfes Trommelschlagen. Es wurde getanzt und gesungen. Niemand achtete auf ein Grüppchen Franzosen, das, die Marseillaise singend, die große Straße von Villar herabkamen und uns anbot, die Chance zu nutzen und uns in einem Handstreich von der italienischen Herrschaft zu befreien.

In den Stunden nach dem Abzug der Deutschen hatte ich zum ersten Mal entsetzliche Angst verspürt. Ich war mir sicher, sie würden zurückkommen und sich rächen – hätte ich es nicht genauso gemacht? –, außerdem stand dort, wo unsere Gasse auf die Hauptstraße stieß, ein hoher, mit Munition beladener Karren, dessen eigentümliche Form an ein Käppi erinnerte. Der Karren war von den Soldaten der Littorio zurückgelassen worden, die in den letzten beiden Tagen unser Haus besetzt, das Klo verstopft und unablässig Radio gehört hatten. Ich hatte meine in eine Decke gewickelten Bücher in den Keller getragen und dort friedlich auf einem Strohsack geschlafen. Doch jetzt fürchtete ich, ein einzelner Schuss könnte den Karren treffen und uns mitsamt unserem Haus in die Luft jagen.

Die Deutschen kehrten tatsächlich zurück, doch besagter einzelner Schuss, wohl aus einem Granatwerfer, traf nicht den Karren, sondern zerfetzte den ersten, mit Flammenwerfern beladenen Laster der Kolonne am Dorfeingang. Am nächsten Tag deuteten die Leute auf Reste von Gehirn, die am Straßenrand auf dem Pflaster klebten.

Nachdem mir die Angst vergangen war, war ich in die gleiche Schwermut gestürzt, die die Rückkehr von meinen Bergwanderungen begleitete. Wieder einmal war das Abenteuer an mir vorübergezogen, und ich war unfähig gewesen, es zu ergreifen und auszukosten; es gelang mir nicht, in die allgemeine

Freude einzufallen, und die vergangenen Jahre, die mit ihrem erfolgreichen Ende Geschichte geworden waren – o Gutes, das du über das Böse gesiegt hast! –, kamen mir abermals wie ein gewaltiger, sinnloser Leichenberg vor.

Ich ging allein auf den Friedhof. Direkt am Eingangstor traf ich auf den Arzt und den Totengräber, die neben ein paar offenen Särgen standen. Darin starre Leichname in der Uniform der Littorio.

Zu Hause schrieb ich in mein Tagebuch:

»Torre – 26. April 1945, Abend.

Heute Nacht schlaft ihr, dort auf dem Friedhof, ohne Blumen, in den groben Särgen, ohne Tränen, Deutsche und junge Männer der Littorio. Ich habe dich heute gesehen, Unbekannter, wie du rücklings im Sarg liegst, das Gesicht verdreckt von Blut und Erde, der Mund wie zum Schrei geöffnet, deine Hände hingestreckt am Körper, wehrlose Kinderhände. Die anderen Gräber, die Partisanengräber, waren von Blumen bedeckt. Auf den Dorfstraßen flattern die Fahnen. Brüder, verzeiht diese Freude, Brüder, verzeiht das Lächeln der Mütter und Bräute, Brüder, verzeiht den toten Partisanen das, was von ihnen auf Erden geblieben ist, ihr, die ihr einsam auf einem fremden Friedhof nichts zurücklasst.«

Beim Datum 3. Juli 1945 (im Rahmen einer Filmvorführung in Turin hatte ich zufällig den ersten Dokumentarfilm über die Konzentrationslager gesehen) steht am Seitenrand:

»Konzentrationslager Buchenwald. Brüder, ich hätte gern das ›Recht‹, euch zu verzeihen.«

Nur ein einziger Schrei aus den Jahren zuvor traf mich bis ins Innerste, durchbrach die Barriere des mitwissenden Mitleids und der ohnmächtigen Wut und durchbohrte mich, vage noch wie ein Vorgefühl. Womöglich hätte ich diesen Schrei nicht geschrien, doch jemand schrie ihn mir entgegen.

Eines Nachts hängten die Deutschen zwischen Evis Gasthof und der öffentlichen Waage einen kleinen Jungen von fünfzehn Jahren – ich glaube, er stammte aus dem Veneto –, den man oben in den Bergen vor Erschöpfung schlafend neben seiner Parabellumpistole gefunden hatte. Im Morgengrauen hatte Evi den Radau gehört, war aufgestanden und hatte das Fenster geöffnet. Durch das sich lichtende Dunkel hatte sie den Jungen nach seiner Mutter rufen hören. Als sie mir am folgenden Tag davon erzählte, fing ich unvermittelt an zu weinen, doch die Tränen, die mir übers Gesicht rannen, stammten nicht aus meinen Büchern und Fantastereien oder aus der noch weiter zurückliegenden, nunmehr versteinerten Kindheit, sie entströmten meinem sich zum ersten Mal seiner selbst bewussten Körper, in dem ich den unbekannten Jungen hätte bergen und beschützen wollen.

Vom Ende meines Vaters erfuhren wir erst zehn Jahre später Genaueres, dank einer zufälligen Begegnung meiner Schwester mit einem entfernten Cousin, der in den Vereinigten Staaten lebte.

Nach ihrer endgültigen Trennung hatten meine Eltern in Riga zuletzt jeder für sich gelebt, verbunden allerdings durch ein zähes Gerichtsverfahren, weil beide das Sorgerecht für sich beanspruchten. In der Wohnzimmerkredenz hatte ich eine achtlos verräumte Kopie des erstinstanzlichen Scheidungsurteils gefunden; sie war auf Deutsch, und bestimmt wusste Großmama nicht, was drinstand. Überraschenderweise war mein Vater der Geschädigte; die Liste gegenseitiger Anschuldigungen der streitenden Parteien umfasste eine Aufzählung der Liebhaber, die der Ehemann der Ehefrau unterstellte – unbekannte Namen, darunter leider auch der wohlbekannte Spanier –, die Geschlechtskrankheit, die sich die Beklagte beim Kläger zugezogen hatte, das vom Hausmädchen bezeugte blaue Auge als Beweis für die Schläge, die der »gnädige Herr« der »gnädigen Frau« zugefügt hatte, und die uneheliche Geburt einer Tochter meines Vaters.

Meiner Schwester hatte ich von den Unterlagen nichts erzählt; sie, die nach mir im Wohnzimmer befragt worden war und mir eindeutig widersprochen hatte, hätte mich ganz bestimmt der Abtrünnigkeit bezichtigt: Immerhin war ich schuldig, weil ich geraten und betrogen hatte. Doch vor allem schwieg ich aus Scham. Scham für die beiden elterlichen Parteien, die hier jenen Verlierern so ähnlich waren, für die ich Ekel und Mitleid zugleich empfand.

Trotzdem hielt mich die Lektüre des Urteils nicht davon ab, tieferes Mitleid für meine Mutter zu empfinden. Mitgefühl für sie, die bei ihren unbesonnenen Lügen ertappt worden war, mit denen sie versuchte, ihren Stolz zu wahren. Dies war tatsächlich das einzige Mitleid, das ich für sie als alte Frau verspürte, wenn sie in ihrem adretten beigerosa Kleid mit der Brosche an der Schulter aufrecht dasaß, den Unterhaltungen aufmerksam zugewandt, um keine Antwort verlegen, das Gedächtnis lückenlos.

Ihr Unglück stand wie eine ferne Wolke über mir, hoch oben, aber düster. Sie schrieb uns unendlich zärtliche Briefe; brachte uns Berge von Geschenken. In den Kriegsjahren kam sie aus Bulgarien, wo sie ein italienisches Kulturinstitut leitete, nachdem sie während der sowjetischen Belagerung auf abenteuerliche Weise aus Lettland geflohen war. Sie reiste mit

Militärtransporten und brachte Koffer voller Zucker, Schinken, Schokolade und sogar Eier mit. Doch kaum war sie da – ungeduldig erwartet und herbeigesehnt –, flüchtete sie sich in ihren Verdruss und schien immer kurz vor einer Enttäuschung zu stehen. Nur hin und wieder, bei zufälligen Gelegenheiten, hörte ich wieder den kräftigen, forschen Ton in ihrer Stimme. Sie verbrachte Stunden in ihrem Zimmer, rauchte in einem fort, las, gab Großmama gereizte Antworten, die sogar einen gewissen Respekt vor ihr hatte, und zeigte sich weder mir noch meiner Schwester gegenüber ansatzweise liebevoll.

Immer hatten Dritte zwischen ihr und mir als Schutzschilde gedient. Zuerst die Gouvernanten, die mich aufgezogen hatten, dann meine Großmutter und schließlich Sisi, der es noch immer gelang, sie hin und wieder zum Lachen zu bringen.

Einmal, ich war ungefähr fünfzehn, fand meine Mutter mich weinend auf der Gartenbank und fragte, was los sei. Kurz zuvor war ich mit einem neuen Kleid aus dem Haus gegangen und in den spöttischen Blicken einiger Schulkameraden, denen ich auf dem Platz begegnet war, hatte ich die Bestätigung gefunden, dass der Saum des Kleides – ausgesucht von meiner Mutter, weil es (freute sie sich) dem Gewand von Botticellis *Frühling* ähnele – eindeutig zu lang war. Ich hatte mich nicht getraut, auf einem kürzeren Saum zu bestehen, und deshalb antwortete ich ihr, ich sei unglücklich, weil ich hässlich sei.

Über ihr Gesicht huschte ein schüchternes, fast entschuldigendes Bedauern, und mir ging auf, dass sie nach tröstenden Worten suchte. Am Ende sagte sie: »Aber nein, du hast so schönes Haar!«

Mit sechzehn ging ich eines Nachmittags zum Friseur und ließ mir die Zöpfe abschneiden, die in einer so vollendeten

Locke mündeten, dass meine Klassenkameradinnen mir unterstellten, ich würde Lockenwickler hineindrehen. Als ich mit kurzen Haaren nach Hause kam, bemerkte meine Mutter nur, ebenso sanft wie damals im Wohnzimmer mit meinem Vater: »Ein Jammer, bei deinen schönen Haaren!«

Manchmal aber hatte sie jähe, zerstörerische Ausbrüche, als müsste sie unterdrückten Unwettern Luft machen, begleitet von einer heftigen, ja, unflätigen Ausdrucksweise, in der einen Hand die Bibel, in der anderen den Vorderlader. Wenn ich Widerworte gab, zog sie sich überrascht zurück, verletzt von meiner Wut.

Streit gab es zwischen uns allerdings äußerst selten (ich wagte es nicht, sie im Klammergriff ihres Unglücks anzugehen) und entlud sich häufig in Briefen, die wir einander auf dem Tisch hinterließen. Wenn ich verspätet aus den Ferien zurückkehrte – für gewöhnlich ertrug sie es nicht, dass ich Ferien machte –, schrieb sie mir wütende Postkarten und erinnerte mich an meine Pflichten. Sie traute der Schnelligkeit nicht, mit der ich lernte, und löcherte mich mit meinen Prüfungsfristen, denen ich kein Stück hinterherhinkte.

In meinem Tagebuch finde ich sie zweimal erwähnt, auf einer halben Seite voller Klagen über das Familienleben: »selbst eine Katze liebt ihre Jungen und macht ihnen die gegebene Milch nicht zum Vorwurf«, und kurz an einer anderen Stelle dagegen: »meine Mutter ist eine liebe Frau«.

Über unseren Vater sprach sie nie mit uns. Hin und wieder berichtete Großmama von ihm.

Ein Bekannter – so erzählte sie – sei bei uns zu Hause gewesen, wo unser Vater mit seiner kleinen Tochter lebte, die die deutsche Mutter – eine Krankenschwester – ihm überlassen hatte, um mit einem sauberen Ahnenpass nach Deutschland zurückzukehren. Weil er nach einem Bankrott Geld auftreiben musste, verkaufte er Möbel und Einrichtungsgegenstände, und als er den Käufer durch die Wohnung führte, hatte er gefragt – so behauptete Großmama –, ob er vielleicht auch Irene haben wolle, sein kleines Mädchen, das ihm überallhin folgte und sich (ich sah es genau vor mir) an seinen Morgenmantel klammerte.

An dieses Bild musste ich häufig denken, es war das einzige, was aus einer gelebten, abgeschlossenen und in der Erwartung einer heilenden Zukunft untergegangenen Vergangenheit wiederauftauchte; als ich bereits Mutter war und mein erstes Buch schrieb, widmete ich es Irene, die mit sechs Jahren zusammen mit meinem Vater starb.

Es ist, als wäre die Erinnerung an diesen Tod und die nie gehörte Stimme der kleinen Irene das Einzige, was mich mit ihm verbindet.

Sein Tod blieb wie ein verborgener Samen in meinem Leben, und während ich mein Leben lebte und alterte, ist er in der Erinnerung gewachsen wie eine lange Liebe; genährt von der Zärtlichkeit für die jungen Körper meiner Kinder, für ihre Gesten und ihr Lachen, für die Gliedmaßen, Gesten und das Lachen ihrer Altersgenossen. Hieraus ist spät, wie es meine Art ist, mein erwachsenes Mitleid entsprungen – wie die Wurzeln des rankenden Jasmins, die zu der Erde zurückkehren, die sie hervorgebracht hat. Die einzigen Wurzeln, die ich als meine erkenne.

ALS FRAU

Von all meinen Freunden
für Lalla

Früher hatte ich die Daten sämtlicher Schlachten im Kopf, die Anzahl der Männer und Pferde, die Namen meiner Schüler von vor zehn Jahren. Ich hätte ein Veteranenbataillon Revue passieren lassen können und jeden Einzelnen erkannt. Heute will ich mir die Namen aus dem Fell schütteln wie ein Hund den Regen.

Ich werde dasitzen und tagträumen: Ich werden den Geruch des Abendwindes atmen, rein und kristallen, nachdem er Tausende Kilometer über die Wüste geweht ist.

Ich will auf der Piazza San Marco sterben, den Kopf auf den Knien.

Unbequem und auffällig allerdings, so ein Sterben mitten auf einem Platz; außerdem käme garantiert irgendjemand daher, der mich loswerden wollte und in ein Krankenhaus verfrachten würde, wo man in den hygienischen Grenzen eines Bettes hinter dem grünen Wandschirm stirbt.

Es fühlt sich entfernt unerlaubt an, meinen Tagträumen nachzuhängen – in meinem Alter –, einem müßigen Vor-sich-hin-Träumen, bei dem nichts herumkommt, weder eine geschriebene Seite noch eine Hoffnung auf Greifbarkeit. Diese Traumverlorenheit hat einen lästerlichen Beigeschmack, als wollte man einen Glaubensakt ersetzen, der per se Selbstzweck ist.

Möge mir immerhin vergönnt sein, zu sterben wie Fuffi, der Siamkater, der sich nach dem Umzug in einen alten Wäscheschrank verkroch und sich dort, schlafend zwischen gestapelten Bettbezügen, aufs Sterben vorbereitete. Er fraß nicht mehr, pinkelte nicht mehr; öffnete miauend die trüben Augen, wenn sein Besitzer die tägliche Spritze zückte, die heutzutage sogar Katzen bekommen, aber was soll's, irgendeine Befriedigung muss man dem, der einen überlebt, schon lassen. Das Fell verlor seinen Glanz, und darunter magerte Fuffi ab, fraglos entschlossen, irgendwann gänzlich und für immer im Wäscheschrank zu verschwinden. Am Ende die Grabinschrift mit Namen und Datum – ebenfalls am Schrank, versteht sich –, auch das, um den, der einen überlebt, zufriedenzustellen.

In meinen Tagträumen hält sich stets etwas klarsichtig Gewöhnliches, überlagert von der Alltäglichkeit der Gedankenbilder; am Ende werde ich Wüsten und Höhen in meiner Fantasie wohl als Gruppenreisende besuchen. Alles in allem eine günstige, fast zulässige Tagträumerei, bescheiden auf ihre Art wie blühende kleine Balkone und Wäscheschränke.

Im Fernsehen entscheide ich mich gern für Programme, die mich weder rühren noch zum Nachdenken anregen. Wenn ich ausnahmsweise doch einmal nachgebe – seien es Filme oder Ballett oder Konzerte oder Oper –, muss ich manchmal heulen. Das Gleiche passiert mir, wenn ich mehrfach dieselben Bücher, gar dieselben Seiten – zumeist Prosa – lese und wiederlese, unsicher, ob ich wirklich lese oder mich erinnere. Dichtung rührt mich selten, nicht einmal die deutsche. Allerdings fange ich an, Verse von Leopardi oder von Petrarca auf die übliche verhunzte Weise vor mich hin zu deklamieren. Vielleicht ist es bald so weit, und ich werde unter Tränen sagen: »Süß und klar ist die Nacht und ohne Wind.« Nicht wissend, ob ich aus wehmütigem Neid weine oder weil mich die Schönheit dessen, was so vollkommen ist, dass ich es niemals nachzubilden wüsste, den nahenden Abschied spüren lässt.

Aber selbst meine Tränen sind klarsichtig gewöhnlich, denn inzwischen lockere ich den endgültigen Humus meiner verbleibenden Jahre nur an der Oberfläche. Allerdings erscheint mir die Ausbeute spärlich, weshalb meine Neugier für mich selbst – nachdem die Frauenverblendungen abgelegt sind, bleibt mir nur, mich in den verhärteten Sedimenten zu entdecken, auf denen das Alter wachsen wird – eine leicht erschrockene Neugier ist: Wie kann es sein, dass ich mir wirklich nichts anderes wünsche außer ein Leben für meine Kinder und die Verschonung von Schmerzen für mich? An welchem Punkt und auf welche Weise – wieso habe ich es nicht bemerkt – und von welchem Strudel ist die Fülle an Empfindungen verschluckt worden?

In den Monaten nach der Hysterektomie träumte ich, mir würde ein riesiger, kerngesunder weißer Zahn ausfallen; das verwirrte und beunruhigte mich, doch im Traum sagte ich mir immer wieder: Das macht nichts, dann lasse ich mir eben einen falschen einsetzen!

Also habe ich auch weiterhin Vertrauen in kunstfertige Tricks, in Übungen gegen die Folgen von Kinderlähmung, in den kindlichen Konjunktiv beim Spielen: »Du wärst wohl die Mama und ich wäre der Papa.« Wenn mich ein Meisterwerk zum Heulen bringt, ist meine Wehmut letztlich vielleicht Neid auf einen unerreichbaren kunstfertigen Trick. Kann ich diesen Neid Rührung nennen?

In Zukunft gebe ich mich einer regungslosen Faulheit hin, in die ich eintauche wie in das von der Sommerhitze noch laue Meer, die Sonne steht nicht mehr ganz so hoch über dem Horizont, und der Strand ist leer am Meer von Carrara, in dem Giorgio mir das Schwimmen beibrachte.

Beharrlich bemühe ich mich, jene Tage, die über dreißig Jahre hinter mir liegen, weiterhin vor mir zu haben.

Ich hatte Giorgio in Carrara in seinem Haus in Fossola besucht, es war September. Im Jahr darauf sollte ich heiraten – ich kannte Gianni seit drei Monaten; und wir suchten eine Wohnung, einzig die Schwierigkeit, eine zu finden, hatte uns davon abgehalten, sofort zu heiraten –, ein paar Jahre später sollte Giorgio nach Argentinien aufbrechen, um dort ebenfalls zu heiraten.

Morgens kauften wir noch ofenwarme Focaccia bei einem Bäcker in Fossola, dazu weiße Trauben – das sollte unser Mittagessen sein –, und nahmen die Straßenbahn zur Küste, mit der auch die Marmorarbeiter pendelten, erschöpft hockten sie auf ihren Sitzen.

Am Strand waren wir allein; es war ein schöner September, und in der Sonne ernteten wir Trauben am Weinberg, der unterhalb von Giorgios Garten lag.

Er brachte mir also das Schwimmen bei; er wies mich nie zurecht und lobte mich immer. Als ich meine ersten zwei Züge zustande brachte, war das eine Taufe körperlichen Lebens, die sich seither jedes Mal, wenn ich schwimme, wieder vollzieht. Noch heute kehre ich in Gliedern und Geist besänftigt, wenn auch nach Chlor riechend, aus dem Schwimmbad zurück.

Nach dem Baden legten wir uns in den Sand, und Giorgio brachte mir Bridge bei, das ich seitdem nie mehr gespielt habe.

Wir steckten die Karten in den Sand und redeten über nichts, bis die Sonne, die über dem Meer sank, uns endlich nach Hause schickte.

Gut möglich, dass sich ausgerechnet in der Künstlichkeit – indem man sich Gefühle erschafft – das Alter vervollkommnet. Wenn ich als erwachsene, schrumpelige Rothaut in einem Kreis junger Leute sitze und sie ausbilde – nicht anhand meiner Erfahrungen, denn wie bei jedem *medicine man* ist die meine lediglich die kollektive Erfahrung –, empfinde ich eine Ruhe, ein sicheres Ausgreifen in den Raum, das ganz anders ist als in jüngeren Jahren, als es mir nie gelang, mich von meiner Selbstwahrnehmung zu lösen.

Nicht einmal jungen Frauen erzähle ich persönliche Dinge, liefere aber gern anschauliche Negativbeispiele – wie ungelenk und befangen und naiv ich war –, die mein Schmunzeln überspielen: Ich habe es geschafft, mal sehen, wie du dich schlägst. Doch genau wie meine Großmutter mich bedauerte, bedauere ich diese jungen Frauen und versuche, ihnen nicht zuzusetzen und die Fallstricke, die sie erwarten, für mich zu behalten. Trotzdem frage ich mich: Drängt mich womöglich die übliche Einfalt, die nicht Unschuld, sondern Unkenntnis ist, jemandem Märchen aufzubinden, der dieses Gefabel längst durchschaut und verworfen hat?

Eine meiner derzeitigen Fluchtfantasien: Ich sitze allein am Strand – vor mir das Meer und fern am Horizont das Segelschiff Bounty –, direkt am Wassersaum, im Badeanzug, den Kopf unter einem großen Strohhut versteckt, eine schwarze Sonnenbrille auf der Nase. Ringsum höre ich die Frauen ihre üblichen Geschichten tratschen und stelle mir vor, wie ich wirke – über mein Buch gebeugt, das Kinn bis zum Mund in der

Hand verborgen, den versonnenen Blick aufs Meer gerichtet: eine alte englische Jungfer. Tatsächlich bin ich reinlich, wasche meine Unterhosen nicht im Waschbecken aus, liebe den Polizeichef und den Kronprinzen; so löse und binde ich Knoten, die sich mühelos festziehen und aufschnüren lassen, und erkenne in ihren Geschichten – über sie, die Frauen – obendrein die bescheidene, vernünftige Klarsichtigkeit meiner Fantastereien.

Vielleicht steckte schon immer eine alte Frau in mir.

In einer Familie schöner Frauen – meine Großmutter, meine Mutter, meine Schwester und heute meine Tochter – war ich nicht schön (von unmittelbarer Schönheit). Wenn ich mich heute im Spiegel betrachte, finde ich meine Falten schön, doch schon im nächsten Moment denke ich nicht mehr daran.

Es kümmert mich nicht, ob meine Enkel mir ähnlich sehen; es hat mich auch nie gekümmert, ob meine Kinder mir ähnlich sehen. Auch ich sehe meinen Eltern kaum ähnlich, in mir hat sich ein buntes Potpourri von Erbanlagen niedergeschlagen: die spärlichen Augenbrauen meiner Mutter, der scharfe, klare Blick, den ich von meinem Vater erinnere, wenngleich er schwarze Augen hatte wie meine Schwester, meine sind kastanienbraun. Ich habe die schönen Haare meiner Großmutter väterlicherseits, die langen, schmalen Hände meines Vaters, den schönen Teint meiner Mutter. Doch alles in allem habe ich das Gefühl, in einem gesichtslosen Ich zu stecken, und mir ist, als würde ich nur meiner Schwester hin und wieder ähneln, der ich so wenig ähnele; aber wenn ich lache oder weine, ziehe ich die Nase kraus wie sie.

Als Frau musste ich aus mir selbst geboren werden, ich habe mich mit meinen Kindern zur Welt gebracht. Dennoch kreisten meine Gedanken und Fantasien – und Begierden – immer um Männer. Sogar die Oper, die über Erotik erhaben ist und Intimität eher dämpft und verdrängt, trug ein schmuckvolles, lockendes Federkleid. Ich wäre gern eine wirkliche Frau gewesen, doch fühlte ich mich nicht automatisch so. Dieses gesichtslose innere Ich war auch geschlechtslos, zwischen meinem Wollen und meinem Sein herrschte Wankelmut. Darum war der glücklichste Augenblick meines Lebens, die triumphale Bestätigung, dass ich tatsächlich eine Frau war – und daher die endgültige Entscheidung, es zu sein –, der Moment, als ich spürte, wie sich meine kleine Tochter mit einem sachten und zugleich messerscharfen, schmerzlosen Schnitt von mir löste, ehe die Geburtszange zugriff (oder war es gleichzeitig?), als pflückte man eine Frucht von einem Ast.

Bis heute bin ich in ihr Frau; ich mag es, unerkannt hinter ihr herzugehen, mich in ihrer Schönheit zu verstecken. Zielsicher streift sie durch die Gärtnerei, auf der Suche nach einem Weinstock, den sie verschenken will. Sie erklärt dem jungen Gärtner, was sie möchte. Sie hält sich für schüchtern – schon meine Mutter hielt sich für schüchtern – und »wenig in ihrer Rolle zu Hause«.

Selten bringe ich die schöne, große und blonde Frau mit dem kleinen Mädchen in Verbindung, das ich zur Welt gebracht und gestillt habe, vielleicht auch, weil sie nun selbst Kinder hat.

Das geschieht nur, wenn ich plötzlich ihre Stimme am Telefon höre, sanft und kehlig in ihren R: »Taube«, sage ich dann zu ihr, »Täubchen, Tigerbaby!«, wie damals, als sie klein war.

Während der langen Wochen im Krankenhaus, wo sie in einer Abteilung als Kinderärztin arbeitete, hörte ich sie den

Flur entlangkommen: Genau wie ihr Vater hat sie den schnellen, federnden Schritt eines Menschen, der leichtfüßiger ist als sein Körpergewicht. Beim Gehen knirschen ihre Fußgelenke leise: »Was für beschissene Fußgelenke (oder beschissene Venen) ich von dir habe, Mama.« Für ihre Macken oder die, die sie dafür hält, macht sie gern mich oder meine Fehler verantwortlich. Sie hat mir sogar vorgeworfen, ich hätte sie als Neugeborene gewickelt wie vor hundert Jahren. Deswegen habe sie einen Bauch bekommen. Manchmal verteidige ich mich: »Aber ich habe dir doch ein Pflaster auf den Nabelbruch geklebt; aber die Krampfadern stammen doch von den Jarres. Und der Bauch genauso!« Trotzdem traue ich mich nicht zu sagen, dass ich nie einen Bauch hatte.

Unbeobachtet gehe ich in der Gärtnerei hinter ihr her. Mit gewohnt kleptomanischem Blick liebäugele ich mit den Pflanzentöpfen – es sind unzählige, niemand würde bemerken, wenn ich einen mitnähme –, während sie knirschend und erhaben vorwegschreitet.

Ich denke an meine mickerigen Hortensien. Die von Laura, meiner Tochter, gedeihen prächtig. Ihre amerikanischen Kartoffeln sprießen in langen, kräuseligen Trieben, und ihre Geranien blühen zwei Wochen früher als meine. Als man sie als kleines Mädchen fragte, was sie einmal werden wolle, hatte sie geantwortet: »Eine Dame, wie Mama.«

Stattdessen arbeitet sie, genau wie ich gearbeitet habe, und meine Mutter vor mir ebenfalls. Hin und wieder zucke ich in meiner kuckuckshaften Distanziertheit zusammen: Ich habe ihr doch wohl keine allzu große Bürde auf die Schultern gelegt?

Sie macht ein paar Bemerkungen zu dem unbekannten Empfänger des Weinstocks; währenddessen betrachte ich die

Kletterrosen, die mit ihren Schildchen in langen Reihen nebeneinanderstehen. Ich bin mir nie sicher, ob ihre kleinen Geschichten – der junge Empfänger des Weinstocks ist von seiner Frau getrennt, und sein Balkon ist den forschenden Blicken alter Mütterchen ausgesetzt, die gegenüber wohnen – verschlüsselte Botschaften oder beiläufige Bemerkungen sind. Ich habe den Verdacht, sie hat eine Art Verabredung mit einem Teil von mir, dem ich lieber nicht auf die Spur kommen möchte. Ob es wohl »unser seltsames Über-Ich« ist, auf das sie manchmal anspielt? Dieses verdammte Biest ist einer eher wildwüchsigen Erziehung durch die Maschen gegangen, und jetzt rennt es auf eigene Faust durch die Gegend und gibt sich für mich aus. Ich bin furchtbar langsam darin, die Gesprächsfäden meiner Tochter zu erfassen, die ihrem eigenen, mit dem meinen nicht vereinbaren Muster folgen. Häufig bin ich überrascht, welche Männer oder gar Schauspieler sie faszinierend findet.

Ich entscheide mich für eine gelbe Kletterrose. Am Hühnerstall in Torre Pellice wuchs eine gelbe Kletterrose. Oder war es eine von diesen weißen, die sofort aufblühen und eine bräunlich gelbe, wie mit Tee gefärbte Blütenmitte zeigen?

Sie erzählt mir von dem Kind. Ich finde, sie ist zu kopflastig mit ihm, aber ich beschließe, den Mund zu halten, genau wie angesichts der zum hundertsten Mal umgestellten Möbel, auch wenn sich der Schrank im Eingang wirklich nicht gut macht. Scheinheilig halte ich den Mund und lehne mich zurück. Sie fährt fort, mit ihren typischen Gesten, und lässt derweil Kartoffeln und Geranien sprießen. Ganz vollständig und makellos hat nicht mein Uterus, sondern meine Seele sie geboren. Nicht durch mich bewaffnet – zum Glück – und nicht mit meinen Waffen liegt unsere Verwandtschaft in meinen wahr gewordenen Wünschen, die in meinem Bewusstsein jedoch so verwässert sind, dass ich Mühe habe, sie wieder wachzurufen. Wenn ich sie leben und handeln sehe, stillt sie meine durch die Entschiedenheit meines Erwachsenseins verbannten Wünsche. Dabei betrachte ich sie stets mit gewisser Sorge: Nicht nur ist sie unberechenbar für mich, sondern während ich um die Unversehrtheit ihrer Geschwister bange – ich umarme und küsse sie, als wären sie noch immer meine Kleinen –, fürchte ich bei ihr, die Nähe zu verlieren, obschon sie ungewiss und selten ausgesprochen ist.

Wie war ich als junge Frau?

Im Dezember 1949 heiratete ich. Ich hatte Gianni im Juni des Vorjahres kennengelernt, und zwei Wochen später hatten wir beschlossen zu heiraten. Dass ich mich so rasch entschied – bis dahin hatte ich stets gezögert, wenn jemand mir einen Heiratsantrag machte, und nicht im Traum wäre mir in den Sinn gekommen, ich könnte meinen brennend geliebten A heiraten –, lag an einem emotionalen Blitzschlag, der weniger mit Liebe – nicht nur mit Liebe – als mit Sicherheit zu tun hatte. Er war kräftig, blond, sommersprossig, nicht größer als ich – mit dem Alter wird er allmählich grau, mit einem rötlichen Schimmer darunter, der vorher nicht zu sehen war –, dabei hatten mir immer große, schlanke, dunkle Männer gefallen, und an meiner Wand hingen Fotos von Gregory Peck. Doch er besaß eine blendende Überzeugungskraft, in der sich seine Leidenschaft für mich mit geistvoller Klugheit mischte. Von dieser Überzeugungskraft ließ ich mich mitreißen wie von einem Abenteuer, das mir den Zauber der ersten wirklichen Erfahrung verhieß: Die Liebe kehrte nicht zu mir zurück, sie war noch gar nicht erobert worden, sondern kam von außen, zwang sich auf wie eine »weltliche« Entscheidung. Ich entschied mich genau für den Mann, für den mich zu entscheiden mir die Zukunft eingab. Ich schloss eine Zweckehe, deren Zweck nicht im Geld lag, das mir gleichgültig war – wir waren arm wie die Kirchenmäuse –, sondern in der Souveränität des Mannes, der mich heiraten wollte.

In den ersten Jahren meiner Ehe war ich sehr glücklich. Wie damals, als ich die Wiese in Torre Pellice hinunterstürmte, erfasse ich in meinem Glücklichsein vor allem das Gefühl, dass alles Störende wie welke Blätter von mir abfiel; es war noch kein Glück und war es schon nicht mehr, während mich die Gewissheit »ich kann« überkam.

Indem ich »ich kann« sagte, ließ ich die Anspannung der Gegenwehr von mir abfallen. Sowieso müsste das Glück erzählt werden wie in einer Fernsehreklame; tatsächlich ist es ohne jede Ironie.

Nach zehn Jahren Ehe erwartete ich mit vierunddreißig mein viertes Kind. Es war nicht geplant gewesen, doch ich freute mich sehr, denn ich genoss es, Kinder zu haben, und hatte den Glauben an weitere aufgegeben; mein drittes war dreieinhalb Jahre alt.

Mein Mann und ich hatten die Weihnachtsferien mit den Kindern in unserem ganzjährig gemieteten Haus im Susatal verbracht; während dieser Ferien schien es, als näherten wir uns einem körperlichen Einvernehmen, das in unserer Ehe bis dahin gefehlt hatte. Ein Mangel, unter dem ich nicht litt – anders als später, als er die Bedeutung eines begehrten und nie besessenen Gegenstandes annahm –, zu beschäftigt war ich damit, mich um die Kinder zu kümmern, sie zu stillen, in neue Wohnungen zu ziehen – von Mal zu Mal wurden sie heller und größer und schöner, wie die Wohnungen meiner Mutter in meiner Kindheit –, und so hatte ich das Gefühl, wunschlos glücklich zu sein. Alles um mich her besaß eine leuchtende Klarheit, in der es auf jede Frage eine Antwort gab.

Von diesen Weihnachtsferien erinnere ich die geradezu komplementäre Freude unserer nächtlichen Liebe und des täglichen Skilaufens, wenn ich spürte, dass ich beim Auf und Ab an den kleinen Skihängen hinter dem Haus in Beinen und Rücken immer sicherer wurde.

Zu meinem Glück trug zumeist auch die Tatsache bei, wenig Geld zu haben, Schulden machen und dann sparen zu müssen, um sie zu tilgen, unser Leben mit diesem wenigen Geld zu bestreiten. Tagtäglich führte ich das Haushaltsbuch. Ich unterrichtete in Settimo, außerhalb von Turin, und pendelte entweder mit dem Zug oder mit dem Bus. Wir besaßen kein Auto, unser erstes kauften wir neun Jahre nach unserer Heirat. Ich erinnere mich an das Glück meiner eiskalten Füße im Winter, während ich durch die Busfenster über die Ebene schaute, die sich, durchsetzt von den schwarz hingetupften Leitungsmasten, hinter Turin bis nach Mailand zog. Ich kann es nicht anders nennen als Glück, auch wenn die Einzelheiten, die mir in den Sinn kommen, nichts besonders Glückliches an sich haben.

Ich empfing die Gewissheit meiner vierten Schwangerschaft wie eine Königin ihre Krone. Im zaghaften Anfang sexueller Harmonie zwischen mir und Gianni hielt ich sie nicht für ein Risiko. Vielmehr war sie das Zeugnis unseres neuen Einklangs, das Kind der Liebe.

In Wirklichkeit war ich, was Sex anbetraf, noch immer ahnungslos und außen vor; dazu hatte auch mein Mann beigetragen, der nicht sehr viel erfahrener war als ich und dem feindlichen weiblichen Körper mit einem gewissen Argwohn begegnete, der meine Schuldgefühle ob meiner Kälte genährt hatte. Zu der Befangenheit unserer Generation gesellte sich die beidseitige Unsicherheit, seine Verschlossenheit und mein Stolz. Er hätte niemals darüber gesprochen, und jedweder Anlauf meinerseits zerschellte an seinem Schweigen. Also hatte ich mich – ohne es zu merken – daran gewöhnt, unser Scheitern mit sämtlichen anderen Schätzen meines Lebens aufzuwiegen.

Ich ließ mir einen blauen Rock nähen, kaufte mir auf dem Markt ein farblich passendes Stück Stoff, und die übliche Näherin verwandelte es in die übliche Joppe. Ich war eine elegante Schwangere – ich hatte wunderschöne weiß-blaue Schuhe –, auch wenn mein Bauch ein wenig dicker war als die Male zuvor. Doch die Stützstrümpfe, die ich tragen musste, waren sehr viel weniger hässlich als die aufdringlichen Dinger, die ich neun Jahre zuvor hatte tragen müssen, als ich meine Tochter erwartete. Mein Busen war prall und fest, und ungeachtet des »du bist leichtsinnig« meiner Freundinnen und des Schweigens meiner Mutter war mir, als strahlte ich mit meinem Babybauch eine wohltuende Aura aus, die alle heilen müsste.

Nie war ich so zugewandt und verständnisvoll wie in diesem Frühling. Ich trug meinen Bauch vor mir her, und geschützt von seinem Glorienschein, schlichtete ich Streitigkeiten, fand das richtige Wort, die angemessene Geste, um zu lindern und zu zerstreuen. Auch meine Eifersucht – Gianni ging abends oft allein aus, ich war zu müde, um ihn zu begleiten – fügte sich mit neuem Reiz in unsere erhoffte und begonnene körperliche Verbundenheit ein.

Dennoch wurde mir allmählich bewusst, dass es zwischen uns ein Hindernis, ein Hemmnis gab. Er wirkte träge und teilnahmslos, erst wenn er sich von mir verabschiedete und die Wohnung verließ, kam ein bisschen Leben in ihn. Ich war an sein Schweigen gewöhnt – er, der woanders so gesprächig war – und empfand es nicht als Mangel an Erwiderung. Ich redete über alles mit ihm, erzählte ihm alles. Wenn wir getrennt waren, schrieb ich ihm lange Briefe. Bis dahin hatten sich mein Reden und sein Schweigen – zumindest schien es mir so – perfekt ergänzt. So wie ich Kinder bekam und er sie akzeptierte.

Natürlich versuchte ich, ihn bei der Hand zu nehmen und ihn von dieser zum ersten Mal rätselhaften Seite wegzuführen. Ich brauchte ihn im Bild meines Glücks. Doch es war nichts zu machen, er folgte mir willenlos und als fügte er sich nur dem Druck meiner Hand.

Das Kind begann sich zu bewegen, mein Gesicht war rund und rosig, und meine drei Kinder legten mir die Hand auf den Bauch, um sein sachtes Wogen zu spüren.

»Das ist der Kopf!«

»Das ist der Po!«

»Nein, das ist ein Fuß. Tritt es dich auch, wenn du auf dem Klo bist?«

Ich beendete meine Arbeit in der Schule und kaufte mir einen blau-grün gestreiften Morgenrock, der mir wunderbar stand.

Als ich an einem dämmrigen Juniabend in der Straßenbahn saß und aus dem Fenster schaute, fiel mein Blick auf die Dachlinie des Krankenhauses San Giovanni Vecchio, die sich vom Himmel abhob, und ich sagte mir: »Eines Tages muss ich etwas über die Dächer von Turin schreiben, im Sommer, wenn die Schwalben da sind. Dann sind sie völlig anders. Und wie? Aber natürlich: Es sind glückliche Dächer.«

Ich hatte mein erstes Buch, *Der verrückte Straßenbahnfahrer*, fast fertig abgetippt und packte die Koffer für die Sommerfrische. Wie üblich hinterließ ich die Schränke in peinlicher Ordnung: die frisch besohlten Schuhe, die an jedes Mäntelchen geheftete kleine Tüte mit den passenden Stoffflicken, die Liste der im Herbst zu erledigenden Besorgungen. Im Schubfach des kleinen Schreibtisches – in dem bereits die Blätter Millimeterpapier mit den Wachstumsdiagrammen meiner drei Kinder während der Stillzeit lagen – die Notizen mit den Impfdaten. In meinem Koffer das Haushaltsbuch, in dem ich im September, wie schon bei den anderen Kindern, das Geburtsdatum und das Geschlecht des Babys eintragen würde. Wenn es ein Mädchen würde, sollte es Anna heißen.

Wie jeden Sommer würden wir in die Berge fahren. Ich würde zwei Wochen mit den Kindern allein bleiben. Das venetische Mädchen, das seit sechs Jahren bei uns arbeitete, hatte geheiratet; sie würde später nachkommen, um mir zur Hand zu gehen, und für den Herbst hatte es zugesagt, stundenweise auszuhelfen. Meine Mutter würde wie immer Mitte Juli zu uns stoßen.

Das Haus, in dem wir seit vielen Jahren eine große Wohnung mieteten, allerdings ohne Heizung und Boiler und mit Zementboden in der Küche, kostete uns sehr wenig. Im Winter entfachten wir einen großen Holzofen, vor dem ich die Kinder abends in einer kleinen Wanne wusch. Es war ein abgeschiedenes Haus, das an Ruinen und verlassene Kaluppen stieß. Am Tag stand es voller Sonne, nachts war es stockfinster. Jahre später gestanden meine Kinder mir, dass ihnen die ständig kaputte Straßenlaterne als dauerhafte Zielscheibe diente.

Von unserem Schlafzimmer aus gelangte man auf riesige Dachböden, die sich leer über die angrenzenden, unbewohnten Gebäude spannten. Die Verbindungstür war nie verriegelt worden; diese Nachlässigkeit gehörte zum Stil des Hauses, und wir waren daran gewöhnt. Ebenso wie an die spärliche Beleuchtung milchblasser Glühbirnen, die an den unmöglichsten Stellen baumelten.

Hastig lud mein Mann meinen Bauch und meine Kinder ab und brach wieder auf: Ich spürte die Erleichterung, mit der er den kühlen Abenden am Po mit unverheirateten Freunden und unfruchtbaren Freundinnen entgegenfuhr.

Die erste Nacht konnte ich nicht schlafen: Die Dielen des Dachbodens knarrten, als würde jemand darüber laufen. Sie knarrten die ganze Woche, und immer wieder wachte ich davon auf.

Am folgenden Sonntag sagte ich zu Gianni, der hastig vorbeigekommen war, um sich saubere Hemden zu holen: »Hör mal, die Tür auf den Dachböden lässt sich nicht abschließen.«

»Sag es Galli«, antwortete er.

Galli war unser findiger Hausherr. Er versorgte uns, wie es ihm in den Kram passte: mit köstlichem Salat, angeschmuddelten Decken, einem großen, sauberen, umfriedeten Hof und mit besagten matten Glühbirnen, die die unsinnigsten Ecken erhellten.

Weder Gianni noch ich hatten ein Faible fürs Praktische und erst recht nicht fürs Bürokratische – ich aus Schüchternheit, er aus Faulheit (schüchtern war er nie) –, und so versuchten wir, uns diese Lästigkeiten gegenseitig zuzuschieben. In Ausnahmesituationen war Gianni einmalig: Er schlief neben dem Bett eines operierten Kindes auf dem Fußboden; er brachte ein anderes ins Kinderkrankenhaus, um eine Schnittwunde nähen zu lassen. Er setzte mit beherzter, sachter Hand Spritzen. Er schlich wie eine Katze über das Dach, um einen eingestürzten Schornstein zu richten. Er ging auf zwei Beerdigungen an einem Tag, während ich zu Hause blieb.

Im alltäglichen Leben – abgesehen von sporadischen Anflügen schlechten Gewissens, in denen er, zu kleinen Opfern bereit, das Geschirr spülte – war er meist abwesend und nachtragend; ich hatte ihn in diesen Schlamassel gebracht, und jetzt musste er die Kinder, die ihm über die Füße stolperten, während er telefonierte, mit Tritten davonjagen; er unternahm nie einen Anlauf, das Telefon vom Flur ins Wohnzimmer verlegen zu lassen. Er war furchtbar chaotisch, urzeitlich chaotisch geradezu, doch einmal im Jahr machte er, umwölkt von Zigarettenrauch und in Weltuntergangsstimmung, die Steuererklärung mit so peinlicher Akribie, dass die Steuerberaterin beim Anblick unserer Unterlagen sagte, noch nie habe sie derart masochistische Steuererklärungen gesehen.

Nach neunzehn Jahren gewährte er mir die Vollmacht über unser mageres Bankkonto; ich glaube nicht, dass ihn bis dahin Misstrauen davon abgehalten hatte, es war ihm einfach nicht in den Sinn gekommen. Wir waren auch die letzten Menschen in Turin, die mit ihren Rechnungen zur Bank liefen.

Im täglichen Gemenge stand ich also zwangsläufig in vorderster Linie. Ich empfand es nicht als Ungerechtigkeit: Ich respektierte die wissenschaftliche Arbeit meines Mannes – bewunderte ihn sogar dafür – und hatte das Gefühl, ich müsste persönlich dafür aufkommen, dass er sich für uns abplacken musste. Ich stellte noch keine Vergleiche zwischen ihm und mir an; mein Glück setzte gigantische Energien frei.

Natürlich sprach ich mit Galli nicht über die Tür. Ich wollte mich nicht lächerlich machen: Der Boden knarrte Nacht für Nacht auf die gleiche Weise, und natürlich kam niemand. Das Kind in mir bewegte sich – schon damals war es nachtaktiv –, und wenn ich aufstand, um an der Zimmertür gegenüber zu lauschen, hörte ich meine Kinder ruhig im Schlaf atmen.

Also kehrte ich ins Bett zurück und legte mich wieder hin, die Hände über meinem runden Bauch verschränkt. Ich lag wach und dachte nach: wirre und ohnmächtige Gedanken, Gedankenfetzen, die vor allen um meine knapp elfjährige Ehe kreisten und um das, was in jenen Jahren zwischen mir und Gianni gewesen war. Doch ich hatte Angst, die Dinge in die Hand zu nehmen, sie aus der Aura des Glücks herauszulösen, in die ich sie bis dahin getaucht hatte, sie mit dem eisigen Blick meiner Jugend unter die Lupe zu nehmen. Ich pickte ein paar Begebenheiten heraus und grübelte über sie nach, dann, wenn es darum ging, sie in Beziehung zu setzen, sie zu sezieren – oder gar zu der Zeit vor meiner Begegnung mit Gianni zurückzukehren –, verdrängte ich sie hastig. Auch meine Eifersucht – in Turin ging mein Mann am liebsten mit einer gemeinsamen Freundin aus – war wirr und ohnmächtig wie meine Gedanken.

Manchmal ließ ich die alte Weide wiederauferstehen, die gleich neben dem Gartenzaun herausgerissen worden war: Bei Sonnenuntergang wurde sie ganz golden, krumm und kahl, wie sie war. Nur noch ein paar spärliche Äste sprossen aus dem Stamm, doch wenn die Sonne unterging, konnte man den Blick nicht von ihrem Licht losreißen. Bei meiner Ankunft in jenem Jahr war sie gerade aus der Erde gerissen worden. Ich hatte mir immer gesagt, dass ich gern über sie schreiben würde, und auch über die schwarze Amsel, die den goldenen Moment abwartete, um sich hoch oben auf dem hohlen, nackten Stamm darin niederzulassen und zu singen, und nun hatte ich das Gefühl, ich könnte ihn nicht mehr beschreiben, als hätte ich die Gelegenheit für immer verpasst.

Ich war dort, in dieses unbequeme französische Bett gepfercht, in dem wir sieben Monate zuvor unser Kind gezeugt hatten, und konnte mich nicht rühren, konnte nichts tun. Ich war nicht mehr ich, war nichts als mein Bauch.

Am Samstag zuvor, während Gianni Hemden und Unterwäsche in seine Tasche packte, hatte ich zu ihm gesagt:

»Warum kommst du nächste Woche nicht ein bisschen früher herauf, statt dich von der Polizei angreifen zu lassen?«

Es war der Sommer 1960, und er war ganz hitzig geworden, als er erzählt hatte, wie er den Räumfahrzeugen der Polizei entwischt und in der Via Po von einer Kolonne zur nächsten gesprungen war.

»Das verstehst du nicht«, hatte er gesagt, »so fühle ich mich noch jung.«

Ich war diejenige, die ihn daran hinderte, ich mit meinem dicken Bauch.

Ein anderes Mal, als er wie üblich Tag und Nacht arbeitete, um auf den letzten Drücker eine Arbeit fertigzukriegen, hatte er mir Vorhaltungen gemacht, weil ich mich beschwert hatte:

»Verstehst du denn nicht, ich kämpfe gegen die Zeit!«

Ich war diejenige, die nichts verstand, die mit dem Gepäck, den Masern, dem Keuchhusten, die, die immer müde war und Magenschmerzen hatte. Die mit der schlechten Laune: Er kam nach Hause – möglichst spät –, und ich war da, müde und schlecht gelaunt. Die Kinder waren dafür gewaschen, gefüttert und bereits im Bett.

Wann war ich je glücklich gewesen? Ich war ständig deprimiert. Panisch vor jeder Geburt. Meine Angst wuchs sogar mit jedem Kind.

Langsam und mit jeder schlaflosen Nacht, in der ich auf das Knarren der alten Dachböden lauschte und draußen die entsetzliche Gebirgsmondnacht stand, eng und schwarz in den Tälern und luftig auf den Gipfeln, sickerte die Freude aus mir heraus wie Blut aus einem tödlich getroffenen Körper.

»Ich bin eine alleinerziehende Mutter«, durchschoss es mich eines Nachts bei einer meiner rationalen Erleuchtungen, die dann weiter in mir schwelen, schwach, aber unverzichtbar in ihrem kleinen Lichtzirkel, wie eine Kerze auf dem Tisch, »ich bin immer eine alleinerziehende Mutter gewesen.«

Das Kind bewegte sich heftig, stemmte sich nach rechts und ließ eine Reihe weicher, fragender Knüffe folgen. Mir war, als würde ich mich mit ihm in meinem Bauch verkriechen.

Einen Monat später schrieb ich einen langen Brief an meinen Mann, der mit unseren beiden Ältesten auf Elba zelten war. Ich bat ihn, mir zu antworten. In unserem gemeinsamen Leben schrieb ich ihm nur einen weiteren Brief zu dem gleichen Thema, also über uns beide und darüber, was mit uns werden sollte. Weder der erste noch der zweite erhielten je eine Antwort. Den zweiten fand ich später zwischen seinen Unterlagen, und genau wie die Briefe an meine Mutter nahm ich ihn an mich und hob ihn auf.

Über den ersten Brief sagte er mir einmal, er habe ihn auf Elba verloren, in einem Café, während er »darüber nachdachte, was er mir antworten sollte«.

Dass er mir in Wirklichkeit nicht antworten konnte und dass mit dieser Unmöglichkeit, die mit meinem ständigen Bedürfnis nach Klarheit kollidierte (eigentlich kollidierte er, katholisch und besonnen, mit mir, protestantisch und unbesonnen), das langwierige Ende unserer Ehe – nicht aber unserer Einigkeit – seinen Anfang nahm, ohne dass er seine Gegenwehr bis zu einem für sein Gleichgewicht kritischen Maß mobilisieren musste, ahnte noch nicht einmal ich, so sehr hatte ich ihn mit unserem Bündnis erschaffen, ihn im Fundament meines persönlichen Glücks eingemauert.

Drei Wochen vor der Geburt träumte ich, ich wäre mit meinen Kindern in einem weiten, wüstenartigen Tal an einem Flughafen. Zusammen mit anderen warteten wir auf das Ende der Welt. Das Tal war von niedrigen Moränenbergen gesäumt, und über ihrem flachen, geraden Saum strahlte der Himmel gleißend und fahl in einem eigenen Licht, das von dem bevorstehenden Untergang kündete und das geröllige Tal in Grau tauchte. Als er eintraf – und ich weiß ihn nicht anders zu beschreiben denn als Sternenwind –, warf ich mich über meine drei Kinder. Wir überlebten, und als die Katastrophe vorüber war, rappelte ich mich wieder hoch. Meine Kinder waren unversehrt, nur der Kleinste hatte eine winzige, blutende Wunde im Mundwinkel. Als ich in der Nacht aus dem Traum aufschreckte, spürte ich das sachte Einsetzen der Wehen, die erst gegen Morgen nachließen.

Das Kind wurde im September geboren, ein prächtiger Junge – ich nannte ihn Andrea – mit dunklen Augen, dunklem Haar und runden, blassen Pausbacken. Als ich ihn an die Brust legte, grunzte er sacht und entschieden wie ein Wolfsjunges.

Ich habe ihn nie wie die anderen drei empfunden, die ihm vorangegangen sind. Gewiss, er war mein Kind, an das mich die gleichen Bande knüpften, doch war er auch ein anderer, gekommen von wer weiß woher, durch wer weiß welche Fügung, aus dem Sternenwind vielleicht.

Meine Bindung zu ihm, der so sacht grunzte, während ich ihn stillte, war anders als die zu den anderen Kindern, ständig von Ängsten bedroht, fast so, als entglitte mir momentweise der Halt, als verlöre ich meine mütterliche Sicherheit. Dieser Sohn konnte, so gesund und kräftig und schön er war, genauso wieder verschwinden, wie er gekommen war. Noch heute und obwohl er erwachsen ist, fürchte ich, wenn er fort ist, er könnte nicht wiederkommen, er könnte nicht anrufen, mir nicht schreiben, für immer verstummen. Er könnte mich nicht wiedererkennen.

Während er heranwuchs, zog ich seine Schwester und seine beiden Brüder mit wenigen einfachen, aber verlässlichen Regeln groß. Selbst in der Schule zog ich Kinder groß – ich, die ich mich so gern in mein Eckchen verkrümelte, war ständig mit anderen zusammen –, und es war nebensächlich, was ich unterrichtete, der Lernstoff war das Mittel, niemals der Zweck. Ich versuchte ihnen ihre Ängste zu nehmen, und das war vielleicht die einzige Gemeinsamkeit zwischen meiner Kindererziehung zu Hause und der in der Schule. In der Schule rief ich gern: »Ich bin nicht eure Mutter!«

Laura und Pietro (die »Ungeraden«) sagen, eigentlich hätte nur Paolo eine Mutter gehabt. »Paolino«, flöten sie und behaupten, so würde ich klingen, wenn ich mit oder von ihm rede. Paolo lacht, und Andrea hört zu und schweigt. Wieder schüchtert mich sein Schweigen eines geheimnisvollen Nachttieres ein.

Während ich bei den anderen dreien – eine Einheit, von der er ein getrenntes Leben führte – auf die Einhaltung besagter

Grundsätze bestand, gab ich bei ihm nach, als folgte er seinen eigenen Regeln. Er stand vom Tisch auf, noch ehe wir mit dem Essen fertig waren, selbst wenn wir gerade etwas beredeten, das alle anging. Die anderen Kinder ließen mich das spüren. Laura erinnerte sich an den Tag, an dem sie einen verweigerten Teller Nudeln in ihrem Kinderstuhl auf dem Klo hatte essen müssen, den Teller auf dem Klodeckel.

Andrea war nachts wach und las. Ich kam in sein Zimmer, er blickte von seinem Buch auf: *Das Fegefeuer*! »Es ist wunderschön«, konstatierte er ohne Begeisterung.

Hin und wieder erzählte er mir seine Träume, doch für gewöhnlich vertraute er mir nichts an. Den folgenden Traum hat er für mich aufgeschrieben, ihm war nicht danach, ihn zu erzählen:

»Es klopft an die Tür. Ich öffne und sehe zuallererst Großmama mit einem großen Hut, eine Art Sombrero, der sie jünger aussehen lässt (seltsam, sie ist nicht einmal aus der Puste), meine Schwester, die sie begleitet, und Tante Sisi. Ich freue mich, es ist das erste Mal, dass sie meine Wohnung sehen, und ich will sie willkommen heißen. Ich rücke die Stühle zurecht, damit sie sich setzen können, aber ich habe Mühe, mich zu bewegen; der Raum ist eng, und ich muss mich bei jeder Bewegung vorsehen. Sie fangen an zu plaudern, und ich will Tee kochen: Ich steige auf den Hocker, um das Nötige herunterzuholen, öffne den Küchenschrank und stelle zu meinem großen Leidwesen fest, dass meine Mutter, die inzwischen ebenfalls aufgetaucht ist, anstelle meiner Küchenutensilien ihr Porzellan hineingeräumt hat. Ich bin wütend, jetzt kann ich meinen Gästen nichts anbieten. Am liebsten würde ich alles zerdeppern, aber ich reiße mich zusammen und höre, wie meine Schwester mir beipflichtet; meine Mutter möchte, dass ich mich damit abfinde, aber ich blicke auf sie hinunter, sehe ihr fest in die Augen, greife mir die beiden schönsten Stücke und lasse sie eines nach dem anderen zu Boden fallen. Meine Mutter steht reglos da und beißt sich verstohlen auf die Unterlippe, und ich halte inne, weil mir klar wird, dass meine Reaktion ihre theatralische Wucht verloren hat.

Wir sind unten, es gibt Abendessen. Aber statt mir etwas zu essen zu geben, steckt meine Mutter mir eine raue Scherbe des Porzellans in den Mund, das ich zerdeppert habe, und giftet: ›Schau, das ist das Kostbarste, was ich besitze.‹ Ich beschimpfe sie: ›Elende Scheißkuh, ich habe nur vier Kubikmeter, und du willst dir die Hälfte unter den Nagel reißen.‹ Mein Vater geht dazwischen, wie immer zur Unzeit, und sagt, der Ausdruck ›Scheißkuh‹ sei vielleicht doch zu heftig. Instinktiv erwidere ich: ›Dann eben Feigling‹, und weiß sofort, dass das der treffende Ausdruck ist, um sie zu verletzen. Obwohl ich außer mir bin, heule und schreie, verschafft meine Rache mir Genugtuung. Als ich aufwache, sitze ich aufrecht im Bett und wiederhole nur noch lahm: ›Aber sie hat doch *angefangen*.‹«

Wann habe ich je »Porzellan« besessen?

Dass ich in den Träumen meiner Kinder so hassenswert und gehasst erscheine, beunruhigt mich nicht; in Tausenden Rinnsalen durchfließe ich sie, und meine Fehler als Mutter gehören zu Fehlern, die in den Mondampullen mit dem Wahnsinn der Menschen aufbewahrt sind. Egal, welche es gewesen sind, sie werden Früchte treiben, sage ich mir, ich habe keinen Einfluss darauf, so bittersüß sie auch sein mögen. Sie scheinen mir nicht fertig, gefestigt, endgültig zu sein.

Gegenüber meinen Kindern sind meine Schuldgefühle allenfalls sporadisch und flüchtig; aber hin und wieder zittere ich noch immer und mache mir Vorwürfe, Andrea zwei leere Koffer und hunderttausend Lire aufs Bett gelegt und ihn rausgeschmissen zu haben, als er achtzehn war. Sein ständiges, unvermutetes Verschwinden, die Ungewissheit, wo er war und mit wem, versetzten mich in solche Sorge, dass es mir lieber war, ihn nicht mehr zu Hause zu wissen, sondern auf sich gestellt, ohne dass ich jedes Mal halb krank vor Angst auf ein Lebenszeichen von ihm warten musste.

Dauernde und ehrliche Schuldgefühle hatte ich nur gegenüber meinen Büchern, bestand doch die einzig wirkliche Schuld darin, »nicht zu schreiben«.

Auch meinen Schülern gegenüber hegte ich keine Schuldgefühle. Zu einer Zeit, in der das kollektive Fehlereingeständnis in Mode gekommen war, nach dem Vorbild irgendeines Politikers, der jeden Grund gehabt hätte, sie samt und sonders auf seine eigene Kappe zu nehmen, hatte unsere Rektorin während einer Lehrerversammlung gesagt, » ... denn wir alle sind schuldig!«; ich stand auf und erwiderte: »Ich nicht.«

Tatsächlich befreite mich die Leidenschaft für meine Arbeit von Wankelmut und Zweifeln, die über rein technische Fragen hinausgingen. Wenn ich in der Klassentür stand und einen Moment lang meine Schüler betrachtete, die aus dem Trubel der Pause pünktlich auf ihre Plätze zurückkehrten, von denen sie sich respektvoll erhoben, war ich der Staat, der mit Argusaugen auf die Unordnung blickte, die zur Ordnung werden musste. Ich pflegte gern zu sagen: »Ich bin ein staatlicher Dienst, der funktioniert. Wieso macht ihr euch mich nicht zunutze? Es gibt schließlich nicht viele staatliche Dienste, die funktionieren.«

Ich beschimpfte sie: »Elende Italiener.« Ich provozierte sie: »So leicht werdet ihr mich nicht los.« Und Tag um Tag ging ich in die Schule, auch mit Husten, mit laufender Nase, mit schmerzendem Rücken. Ich war der Staat, wenn auch mit Arthrose und Bronchitis.

Natürlich hatte ich auch Spaß daran, der Staat zu sein. Ich sagte: »Weißt du, an was du mich erinnerst, Giuseppe, wenn du deinen Grips bemühen musst? An den großen Affen in der Savanne, der sich zum ersten Mal auf die Hinterbeine stellt, seine Hände betrachtet« – ich machte es nach – »und sich fragt: ›Nanu, was ist denn das‹?«

Beim nächsten Mal bittet mich die Klasse: »Spielen Sie uns noch mal den großen Affen aus der Savanne vor?« Giuseppe grinst, der Ärmste ist kein bisschen beleidigt; er scheint sich sogar zu freuen, im Mittelpunkt der Aufmerksamkeit zu stehen. Meine kleinen Philister sind nie beleidigt. Einmal fragt mich einer von ihnen: »Wann bin ich endlich kein elender Italiener mehr?« Sie weisen mich auch zurecht – ich bin furchtbar stolz auf ihre Zurechtweisungen – und beklagen sich bei mir über mich. Salvatore, ein kleiner Neapolitaner mit Kartoffelnase, hält mir eines Tages vor, dass ich die falsche Aussprache des stummen R nicht bei allen korrigiere. »Nun ja«, entschuldige ich mich, »wenn jemand viele Fehler macht, korrigiere ich vor allem die ärgsten.«

Wenn ich sie in ihre Abschlussprüfung entlasse, weiß ich nicht, wie viel von mir in sie übergegangen ist. Ich habe ihnen nichts Großartiges beibringen können, außer – fast allen – fehlerfrei zu lesen und das Gelesene zu verstehen, und – wenigen – zu schreiben. Einmal ist es mir gelungen, einem Bandenführer die kalabrischen Wörter (auf Latein und Arabisch) für »Kirschbaum« und »Blödmann« aus der Nase zu ziehen, und er hatte mir fünf Minuten Aufmerksamkeit an der Tafel gewährt, an die ich den lateinischen und den arabischen Begriff geschrieben hatte.

Es ist ein Sieg, der nicht unerschütterlicher und langlebiger ist als der während jener drei Pausenminuten errungene, in denen derselbe Junge mir in einem Anflug fast verschwörerischer Vertraulichkeit beichtet, eine Katze bei lebendigem Leib gekreuzigt und ihr das Fell über die Ohren gezogen zu haben: »Ich habe einen Mord gemacht.« Vor lauter Aufregung über sein Geständnis ist er rot und verschwitzt. Ich verkneife mir, ihn zu verbessern, um ihn nicht zu unterbrechen.

Für diese drei Minuten quälte ich mich auch weiterhin und fand mich damit ab, dass sie von einem Moment auf den nächsten widerrufen werden konnten; der Bandenführer würde auch weiterhin »Nieder mit den Juden« an die Wände schmieren und, mit Sturmhaube über dem Kopf und dem FC-Turin-Schal um den Hals, die Marktstände neben dem Stadion kurz und klein schlagen; und genauso würde sich das kleine Mädchen mit dem demütigen Blick, dem ich die exakte Aussprache des Personalpronomens *je* hatte beibringen können – dass der Gebrauch und die Bedeutung dieses Ichs ebenso vertrackt sein mochten wie seine Aussprache, war eine berechtigte Befürchtung –, genauso würde sich dieses von Jahrhunderten des Hungers zwar noch magere, aber von industriellen Nahrungsmitteln bereits leicht gerundete (gerade genug, um sie zur Ware zu machen) kleine Mädchen für ein paar Lire verkaufen.

Denen, die sie – und sei es zu anderen Zwecken – mit ein paar Lire, einem Eis, einer Pizza, einem mit dem Geld wohlhabender Eltern spendierten Schulausflug kauften, konnte ich nicht verzeihen: Zerstörten sie etwa nicht diese flüchtige und meinem Einfluss entzogene Ebenbürtigkeit, die ich in den drei Minuten auf dem Schulflur hatte erreichen dürfen?

Ich empfand nur eine Bitterkeit, nämlich die riesige Kluft zwischen der unternommenen Anstrengung und dem Ergebnis. Eine Bitterkeit, die nun einmal jeder kennt, der, ob groß oder klein, wie ich den italienischen Staat in diesen Jahren unterstützen musste. Abgesehen davon gab mir meine Laufbahn, so bescheiden und unbedeutend sie sein mochte, nicht den Eindruck, verschwendet zu sein. Tatsächlich ließen mich die Befriedigung und Erfüllung, die ich aus dem Umgang mit meinen elenden kleinen Italienern, den kleinen Philistern zog, das nachlässige, schlecht geregelte Ritual aus schlampigen bürokratischen Verfahren, fadenscheinigen Planungen, Versammlungen mit dem Blick auf die Uhr, kopflosen Worten, die ihre Wirkungslosigkeit von Minister zu Minister weitertrugen, ertragen. Während der Versammlungen im Lehrerzimmer saß ich in der letzten Reihe und las Romane – ich las noch einmal den ganzen Proust –, und nur ab und zu, wenn ich vom Buch aufblickte, gönnte ich mir eine spitze Bemerkung zu den ministeriellen Rundschreiben.

Nur mit wenigen Kollegen verstand ich mich wirklich gut. Als ich rund ein Jahr lang offizielle Ämter in der Schulbehörde innehatte, war mir – zu meiner Überraschung – bewusst geworden, bis dahin in ideologischer Isolation gelebt zu haben, die ich während der Arbeit mit meinen Schülern in der Klasse überhaupt nicht bemerkt hatte. Jetzt stand ich mit meinem kümmerlichen, arglosen und widersetzlichen Gepäck vor dem Feind. Um zu einer Lösung selbst des winzigsten Problems zu gelangen (ich stellte fest, dass ich eine andere Vorstellung von Prioritäten hatte), hätte ich mich auf ein langsames und vorsichtiges politisches Lavieren einlassen müssen. Mir fehlte die richtige Sprache, ich war geradeheraus und mitunter absichtlich unbequem; die Kinder nahmen mich zu Hause auf den Arm, nannten mich *Barbetta* (oder sogar »Mitteleuropäerin«): »da haben wir wieder die übliche Barbetta.« Meine Sturheiten hatten für sie etwas Exotisches, sie kannten keinen Unterschied zwischen dem lutherischen (mitnichten mitteleuropäischen) Teufel und dem Barbengott. Der nach wie vor darauf bestand, dass sich jede Schlacht zu kämpfen lohnt, sofern es der gute Kampf ist.

Doch wieder einmal stand ich vor der Bestätigung, dass Institutionen mich ausschlossen. Mein Minderheitssnobismus verschaffte mir nur magere Befriedigungen, und ich verrannte mich in fruchtlose, zermürbende Versuche, die im katholischen Sumpf versanken.

Ich war fünfzig Jahre alt und stand morgens um halb sieben auf, um an den eisigen, reglosen Morgen in die Straßenbahn zu steigen und zu meiner Schule am Stadtrand zu fahren. Am Ende des Tages tat mir alles weh vor Müdigkeit. Doch ich wollte weder auf das Unterrichten noch auf die Arbeit zu Hause verzichten; am gelegentlichen Schwatz mit den Kollegen, an den Stunden in der Klasse, an den Bergen von Bügelwäsche machte ich meine Tage fest. Die Schule auf der einen und das Zuhause auf der anderen Seite lieferten mir ein doppeltes Alibi, um für niemanden restlos verfügbar sein zu müssen. Es war ein straffer Parcours, der mir jedoch die einzig mögliche Freiheit gab, einen geistigen Rückzugsraum.

In meiner großen, immer leereren Wohnung – Laura und Paolo führten inzwischen ihr eigenes Leben, und die anderen beiden würden bald flügge werden – hatte ich mir angewöhnt, die Hausarbeit allein zu erledigen, und schweigend bewegte ich mich von Zimmer zu Zimmer, ohne das Gejammer der Putzfrau im Nacken. Manchmal ließ ich den Staub tagelang auf den zuvor so sorgfältig polierten Möbeln liegen. Ich vermied es, Menschen zu treffen, die uns als Paar gekannt hatten; hin und wieder marschierte ich leicht aus der Puste in einem Protestzug mit, wo ich meine Wut laut hinausbrüllen konnte, und nur in sporadischen Anflügen von Aktivismus organisierte ich eines der großen Abendessen, die ich immer so gern für unseren gesamten Freundeskreis gekocht hatte.

Nur das Schreiben riss mich aus der Düsternis. Schreiben fiel in die engen Grenzen meines geistigen Rückzugsraums. Wie üblich verwischte ich wie ein verfolgter Indianer meine Spuren und schrieb *Die Prinzessin vom alten Mond*, das lustigste und ironischste meiner Bücher, das ich meinen Kindern und ihren Freunden widmete, der einzigen Zukunft, die mir möglich erschien.

Zwischen mir und Gianni hielt sich eine jahrelange Trennung. Unser Leben als Paar schien vorbei zu sein; als ich ein Zimmer für mich erobert hatte, schloss ich abends nach dem Essen die Tür und reagierte nicht einmal mehr auf das Klingeln des Telefons. Gianni redete nicht und redete nicht mit mir; wenn er mit mir allein bei Tisch saß, bat er nicht um das Salz oder den Wein, sondern zeigte darauf.

Ich durchlebte eine schwere Menopause, die ich mit hygienischen und psychologischen Ritualen durchzustehen versuchte. Im Übrigen war ich nicht fähig, das Ausmaß meiner Beschwerden einzuschätzen, denn ich war seit Kindertagen an die Vorstellung gewöhnt, ich würde meine Leiden in meiner Fantasie stets größer machen, als sie sind. Ich rächte mich zudem mit dem boshaften Gebot der Väter, Leid müsse stumm ertragen werden; ich behandelte meinen Körper, der – sagte ich mir immer wieder – nunmehr weder einem Mann noch einem Neugeborenen gefiel und mir selbst letztlich immer fremd geblieben war, wie eine Maschine, die dank meiner Wartung am Laufen gehalten wurde. Ich hatte panische Angst davor, er könnte den Dienst versagen, und hielt ihn unter genauester Beobachtung: raus mit den verrosteten Zahnrädern, weg mit den defekten Teilen, Prothesen, Kupplungen, Schaltern.

Ein paar Monate lang hatte ich eine Schildkröte. Es war mir gelungen, sie in einem Erdloch in einem Balkonblumenkasten über den Winter zu bringen. Im Frühling hatte ich sie mit Salat gefüttert, auf den sie ganz wild war. Ich stand frühmorgens auf, auch wenn ich nicht zur Schule musste – oft schlief ich schlecht –, ging als Erstes auf den Balkon und rief nach ihr. Wenn sie meine Stimme hörte, bewegte sie die Pfoten und streckte den Kopf aus dem Panzer.

Einmal wurde ich im Morgengrauen von einem Maigewitter geweckt. Ich ging Lipitza holen – wir hatten sie in Jugoslawien gefunden, als sie gerade über die Straße lief – und setzte sie mit ihrer Salatration neben meinen Fuß auf den Boden. Ich korrigierte Aufsätze; draußen durchzuckten Blitze die pechschwarze und weiße Morgendämmerung. Nachdem sie den Salat verspeist hatte, machte Lipitza es sich bequem, streckte die Pfoten aus und legte den Kopf auf meinen Schuh. Ihrem fötalen Verhalten galten meine einzigen Anwandlungen von Zärtlichkeit.

In meiner Seele wucherte Groll. Ich konnte unseren gemeinsamen Freunden (insgeheim nannte ich sie meine ehemaligen Freunde) nicht verzeihen, dass sie die Kluft – die sich allerdings nicht in Ereignissen, sondern in erstarrten inneren Schlussfolgerungen bezifferte – zwischen meinem äußeren Schein und meinem verworrenen Innenleben nicht erkannten.

Ich traute mich nicht, mich von Gianni zu trennen, obwohl kein Tag verging, an dem ich nicht daran dachte. Mich hielt die quälende Sorge zurück, was sie tun würden, sowohl er – um den mich zu kümmern ich gewohnt war – als auch und vor allem meine Kinder. Ich konnte ihnen nicht aufbürden, was mir aufgebürdet worden war. Ich konnte mein Bild der zuversichtlichen, unverwüstlichen Mutter nicht verblassen lassen. Doch mehr als alles andere hielt ich an der eisernen Vorstellung von der Einheit unserer Familie fest, deren Zusammenhalt eine geheime Kraft zu bergen schien, die meine persönlichen Fähigkeiten bei weitem überstieg. Als meine Tochter uns in einem jähen und heftigen Akt des Aufbegehrens unter meinen verzweifelten, wütenden und ungläubigen Tränen mit zwanzig Jahren verlassen hatte, spürte ich die brennende Wunde, die ihr Fortgang im Herzen dieser Einheit hinterlassen hatte, fast so, als hätte sie auch ein lebendiges Stück ihrer Geschwister mitgenommen.

Mein Groll verwandelte sich in heiße Wut, wenn ich Gianni an manchen Freundesabenden reden hörte, faszinierend und unterhaltsam – wieder einmal war ich die Unsympathische und er der Sympathische, er der Künstler, ich die Ameise –, und durchschaute seine Taschenspielertricks. Als alte, treue Gefährtin konnte ich ihn nicht bloßstellen, ich blieb solidarisch, trotz allem. Die mit jeder Stunde wachsende Qual, meine auch hier bewusst empfundene Einsamkeit und Unmöglichkeit, sie zu durchbrechen, indem ich die anderen auf meine Seite zog, trieben mich mitunter zu Ausbrüchen heftigen Protests. Wenn ich wetternd eine Lanze für die Unterdrückten brach – meine Wutanfälle entzündeten sich zumeist an politischen Themen –, brach ich eine Lanze für mich.

Todmüde saß ich da, wie eine Leiche, der man einen stützenden Stock zwischen Rücken und Mantel geschoben hatte, und betrachtete meine ehemaligen Freunde, seine Komplizen. Hatte mich nicht sogar einer von ihnen ermahnt, »gut« zu ihm zu sein, der so gut war, »der Ärmste«? Davon abgesehen, fürchtete ich selbst, meine Kinder könnten mich für böse halten, wenn ich ihren wehrlosen Vater im Wald zurückließ.

Unterdessen war meine inzwischen neunundsiebzigjährige Mutter auf Anraten des Arztes – bei einem Sturz hatte sie sich zwei Wirbel gebrochen – und auf mein Zureden bei uns eingezogen. Tatsächlich musste ich eine praktikablere Lösung dafür finden, wie ich mich um sie kümmern sollte, ich fühlte mich verantwortlich für sie und glaubte, wenn sie bei uns lebte, könnte ich ihr, die so selbstständig und klardenkend war, das Minimum an pflegerischer und häuslicher Hilfe zukommen lassen, die ich schon meiner Familie zu geben gewohnt war.

Als ich ihr sechsundzwanzig Jahre zuvor gesagt hatte, dass ich heiraten würde – eine unerwartete Neuigkeit, denn wer ist der Mann (oder auch hier »der Ärmste«), der »so verrückt ist, dich zu heiraten!« –, hatte sie mir eine wunderschöne Aussteuer anfertigen lassen und mir das kostbarste Möbelstück geschenkt, das sie besaß, einen Kirschholzsekretär aus dem siebzehnten Jahrhundert.

Nur schwerlich konnte sie meiner Schwester ihre Scheidung von einem Mann verzeihen, der außergewöhnlich zu sein schien, und fragte sie nie nach den Gründen. Kein Ehemann hätte schlimmer sein können als der, von dem sie sich hatte trennen müssen. Als ich ihr Jahre später die Gründe für diese Scheidung erklärte, hatte sie sich erstaunt (und ungläubig) gezeigt und das Thema gewechselt.

Nachdem sie mich unter die Haube gebracht hatte, machte sie mir regelmäßig schöne und nützliche Geschenke für den Haushalt. Meine eventuellen Vertraulichkeiten hielt sie sich mit beiden Händen vom Leib, mein Status als »glücklich« verheiratete Frau regelte und beschränkte jedwede Beziehung zwischen uns. Natürlich zog sie meinen Mann vor und pflegte den Umgang zu mir über meine Kinder, die sie alle gleichermaßen und unterschiedslos liebte, mit Geschenken überschüttete, an ihren Leben Anteil nahm.

Ein Foto von ihr: Sie steht aufrecht am Strand, der helle Rock unter einer hellen Strickjacke flattert in einem beinahe herbstlichen Weiß; um sie herum Laura, Paolo und Pietro als Kinder. Sie lächelt ein seliges, versonnenes Lächeln, das nicht dem Fotografen, sondern dem Septembertag gilt.

Ich hatte nicht aufgehört, sie zu umwerben, sie zur Vertrautheit herauszufordern, die für mich eine Bestätigung ihrer Zuneigung gewesen wäre, und manchmal kam es mir vor, als kreiselte ich um sie herum, um ihre Billigung zu erhalten. Hin und wieder hatte ich Anflüge von Wut und Hass – dann kam es zu einem unserer höchst seltenen Streite –, weil sie es nie versäumte, mir jedwede Hilfe, die sie mir angedeihen ließ, unter die Nase zu reiben. Ich versuchte, sie so wenig wie möglich in Anspruch zu nehmen, denn ich hasste diese Vorhaltungen.

Nicht im Geringsten kleinlich mit Geld, obwohl sie es mit ihrer Arbeit verdiente – nie hatte sie die Furcht, ohne dazustehen –, großzügig und großartig mit Geschenken, war sie fähig, mir noch Jahre später vorzuhalten, einmal hätte sie einem meiner kleinen Kinder den Hintern abwischen müssen, und wenn ich aus irgendeinem Grund ohne Haushaltshilfe dastand, meinte sie, ich würde von ihr verlangen, das Geschirr abzuwaschen. Zwischen ihr und mir, zwischen ihrer Generation und der meinen, tat sich ein regelrechter Klassenunterschied auf; sie war das Arbeiten mit den Händen nicht gewohnt – das sie bei Bedarf hervorragend meisterte –, hatte Kindermädchen, Gouvernanten, eine Köchin und ein Dienstmädchen gehabt und konnte deshalb nie ermessen, welche Mengen an Arbeit ich zu stemmen hatte.

Abgesehen davon hatten wir heitere Momente, in denen wir über meine Kinder, über Bücher und ihre Übersetzungen sprachen; sie übersetzte aus dem Russischen, sie war bescheiden, anspruchsvoll, dankbar für die Schönheit des Textes, den sie übertrug, und unerbittlich gegen die Fehler anderer.

Im Sommer, nach einem gemeinsam verbrachten Monat (nicht ohne Reibereien, denn natürlich war sie es nicht gewohnt, mit anderen zusammen zu sein, und in geballter Form waren die Enkel nicht ganz so entzückend), wohnte sie allein in unserem Haus in den Bergen, wässerte die Blumen, polierte die Klinken, las ihre Bücher in der Sonne; wenn sie im September nach Turin zurückkehrte, war sie braun gebrannt und runzelig wie eine alte Angrognerin.

In der Stadt kam sie jeden Abend um Viertel vor sieben aus ihrer kleinen, heiteren und eleganten Wohnung, die gleich um die Ecke lag, zu uns herüber. Sie beschäftigte sich mit den Enkeln, die gerade badeten und sich für das Abendessen fertig machten. Sie rauchte in jeder Ecke der Wohnung – mit achtzig hörte sie damit auf, und ich erlaubte mir, sie damit aufzuziehen und »späte Tugend!« zu sagen – und drückte ihren noch glühenden Zigarettenstummel einmal in einem Spiegelei aus, das sie (sie war schrecklich kurzsichtig) für einen Aschenbecher hielt. Wenn sie etwas kochte, behielt einer der Enkel die immer länger werdende Aschesäule im Auge, die bedrohlich über das Essen ragte, das sie gerade zubereitete. Derweil erzählte sie von ihrer Arbeit – sie unterrichtete Französisch an einer Mittelschule –, und ihre schallenden, messerscharfen Beleidigungen vor allem des Rektors waren womöglich die ersten Schimpfwörter, die meine Kinder aus dem Mund eines Erwachsenen hörten.

Wenn sie mit mir allein war, war sie zurückhaltend und ein wenig befangen. Als sie schon alt war, bestellte sie mich eines Nachmittags zu sich nach Hause, erinnerte mich an »alles, was sie für meine Kinder getan hatte«, und trug mir auf, die wertvollsten Gegenstände, an denen sie am meisten hing, nach ihrem Tod meiner Schwester zu überlassen, die keine Kinder hatte und nach der Scheidung von ihrem amerikanischen Mann in Turin lebte und arbeitete. Sie kniff die Lippen zusammen, fuhr sich leicht mit der Zunge darüber und zählte auf: das russische Silber, Großmamas Arbeitstischchen, die Stiche und zwei Porzellanvasen aus dem achtzehnten Jahrhundert. Mit ihren kleinen, hellbraunen Augen suchte sie das Zimmer ab, als wollte sie bloß nichts vergessen. Vor dieser verschlossenen Miene hatte ich eine so abgrundtiefe Furcht, dass ich, als ich sie beim Sterben begleitete, noch immer zusammenfuhr, wenn ihr unbewusst ein strenges Zucken übers Gesicht huschte.

Während sie also mit ihrem Blick das Zimmer durchkramte, kam ihr nicht in den Sinn – so tief hatte sie mich in meinen Kindern begraben –, mir irgendeinen beliebigen Gegenstand zuzudenken, der ihr etwas bedeutete.

Aus Großmamas Haus habe ich den großen provenzalischen Schrank aus hellem Walnussholz behalten, das Bildchen vom Haus ihrer Eltern, das Tischchen aus dem Wohnzimmer, auf dem die Bibel lag, einen kleinen Stuhl und Großvaters Bibel mit einem bereits zittrig beschriebenen Zettel darin: Markus 4,35: »... et Jésus dit: passons à l'autre rive.«* Großvaters Bücher.

Und zwei große, mit rosa Rosen bemalte, henkellose Porzellantassen; ich benutze sie morgens zum Frühstück.

Als ich nach diesem testamentarischen Monolog nach Hause zurückkehrte, war ich verstimmt und verstört. Mir war – und ich war kindlich gekränkt und beklommen –, als blitzte zwischen den Worten meiner Mutter die alte Drohung auf: »Wenn ich erst tot bin, wirst du schon sehen«, doch vor allem trieb mich diese peinlich genaue Liste um, die sie mir mit schmalen Lippen und ausweichendem Blick eröffnet hatte. Das Erbe war mir völlig egal – und es stimmte, dass meine Mutter ihre Enkel mit Geschenken überschüttet, ihnen Spielzeug, Bücher, Kleidung gekauft hatte, mit ihnen im Kino, im Zirkus, am Meer gewesen war –, und dennoch hatte ich das Gefühl (und es verletzte mich), dass sie mich, ihrem üblichen Anschein zuwider, von ihrem Silber, ihren Vasen aus dem achtzehnten Jahrhundert und den Stichen ausschließen wollte, wie nach und nach auch von den Schubladen mit den puderfarbenen Nachthemden, den cremefarbenen Lederhandschuhen, der goldenen Kameebrosche. Vom Geheimnis ihrer Kostbarkeit. Vielleicht, überlegte ich, hatte sie mir mit dieser Weisung Vertrauen schenken wollen, doch ich musste Tränen hinun-

---

* »Wir wollen ans andere Ufer hinüberfahren.«

terschlucken und wunderte mich: Ich würde sie niemals verstehen.

Hinter ihrem Unbehagen und meiner Angst waren wir beide an demselben Punkt stehen geblieben, an dem wir einander in Riga verlassen hatten. Wir ertasteten die gegenseitige Unähnlichkeit: ich ihre Sprödheit. Kompromisslos in ihren Leidenschaften: Entweder sie liebte oder sie hasste; unfähig zu einem Mittelweg, warf sie mit der gleichen heimlichen Freude, mit der sie mich in ihren erbitterten Urteilen vernichtete, kurzerhand jeden über Bord, den sie für unwürdig oder untreu befand, und rief die Vernunft an, um ihre Abkehr zu begründen. Sie weckte in mir mein Bedürfnis, zu überzeugen und zu erobern, meine Taktlosigkeit also. Ich fand mich nur schwer damit ab, jemanden zu verlieren, stellte Berechnungen an, doch meine Nüchternheit führte dazu, dass ich für jeden Gründe fand. Sie konnte womöglich über Jahre unnachgiebig hinter einer willentlich zugeschlagenen Tür verharren, ich war stets bereit, bei der ersten Schmeichelei auf dem Absatz kehrtzumachen. Wenn ich die Tür verrammelte – auch ich war schrecklich empfindlich –, stand ich daneben, hoffte, jemand würde mich zurückrufen, und tröstete mich mit meinen Fantastereien Sie konnte Fantastereien nicht ausstehen, aber auch die Fantasie lag ihr fern (während sie an ihrer meisterlichen Übersetzung von Pasternak arbeitete, fragte sie mich immer wieder: »Glaubst du wirklich, er hat das so gemeint?«), und an mir empfand sie beides als Lüge.

Als es nach ihrem Tod mir zufiel, ihre Dinge zu ordnen, fand ich ein paar noch ungeöffnete Briefe. Briefe von einigen ihrer deutschen *Vons*: »Liebes Signorchen ... «, darunter sogar die letzten Briefe von Tante Erna, Herzensfreundin und Tante unserer Kindheit. In Deutschland korrespondierte meine Mutter auch mit dem Kommandanten, der ihr Büroleiter in der Wirtschaftsabteilung des deutschen Kommandos in Turin gewesen war, wo sie als Dolmetscherin gearbeitet hatte. Sie, die regelmäßig Informationen an den CLN weiterleitete, schätzte diesen friedfertigen, ehrlichen Mann, der ihr nach dem Krieg noch lange schrieb: »Liebe, sehr verehrte Frau Coïsson ...«

Ungeöffnet waren die Briefe der Cousine, die Nachricht vom Tod unseres Vaters gegeben hatte. Nur der erste, eng auf durchscheinendem Papier geschrieben, war geöffnet. Meine Mutter hatte ihn uns nie lesen lassen, gleichwohl sie uns über den Inhalt in Kenntnis setzte. Die Cousine hatte abermals geschrieben und gefragt, wieso sie nie eine Antwort erhalten habe. Ungeöffnet war der Brief des Anwalts meines Onkels, in dem er darauf drängte, nach einem zuungunsten meiner Mutter ausgegangenen Gerichtsverfahren die Situation des Hauses in Torre Pellice zu klären.

Sie hatte diese Korrespondenz nie geöffnet – so wie sie keine einzige schriftliche Andeutung eines letzten Willens hinterließ –, sie jedoch unangetastet in ihren Schubladen aufbewahrt und sich damit heimlich mir übergeben.

In Wirklichkeit waren wir einander unmittelbar gegenwärtig, vor allem und ausschließlich in den Briefen, die wir wechselten, eine in vielen Momenten womöglich entscheidende Epiphanie.

Kaum war sie mit ihren Möbeln und Habseligkeiten bei uns eingezogen, begann sich aus ihrem blitzsauberen Zimmer – dreimal die Woche kam eine von ihr eingestellte und bezahlte Frau, die auch die anderen Zimmer in Ordnung hielt – ein unerbittliches Licht in meinem Halbdunkel auszubreiten, das mich aus den stillsten Momenten und verborgensten Winkeln aufstörte. Sobald ich mich mit einem alten Foto meiner Kinder, einem unzutreffenden Familiendatum, einer Clownseinlage dort versteckte, tauchte sie auf und schnitt mich heraus, eine gleißende Klinge, die kappte, kleinmachte, enteignete.

In meinem Zwischenreich hatte ich mich in ein nebelhaftes, konturloses Leben geflüchtet, irrte auf der Fährte immer gleicher Gedanken hin und her – meine Ehe beenden, mit den beiden noch verbliebenen Kindern allein leben, eine winzige Wohnung gleich neben der Schule mieten – und versuchte hier und da auf wirre, leicht manische Weise die zu rettenden Krumen aufzulesen, die ausschließlich mir gehörten. In Gedanken listete ich auf, woran ich noch hing und was ich ohne Bedauern wegwerfen würde. Ich hatte mein Zimmer von Möbeln befreit, meine Bücher, Ketten, Cremes und ein paar rahmenlose Fotografien auf Metallregale gestellt, die ich aus einem Kinderzimmer übernommen hatte.

Ich versuchte mir den Frauenflitter herunterzureißen, der noch an mir hing. Ich brauche keine Symbole mehr, sagte ich mir: die kleine blau-weiß karierte Tasse (einzige Erinnerung an meine Kindheit in Riga), die rosa Hemdchen meiner neugeborenen Tochter, die verbeulte Silbervase, weil die vorbeistürmenden Kinder sie ständig von der Flurkonsole fegten.

Eines Abends warf ich meinen Ehering ins Klo.

Dagegen hortete ich selbst zufällige, beliebige Begegnungen wie Schätze.

Mit der schönen Unbekannten an einem Junimorgen 1976 während einer Versammlung auf der Piazza San Carlo. Ich schlenderte durch die Menge junger Männer und Frauen,

Bluejeans, Blumenröcke, Clogs an den Füßen, Kinder auf den Schultern, junge Polizisten in Zivil mit frisch rasierten Gesichtern zwischen der leicht angeschmuddelten Jugend mit ihren roten Fahnen. Ich war eindeutig die einzige Mutter auf dem ganzen Platz – der einzige Vater, Vittorio Foa, stand auf der Bühne – und konnte mich nicht entschließen, stehen zu bleiben. Bis ich hinter der Bühne die andere Mutter in meinem Alter entdeckte, in einem schlichten, eleganten Blumenkleid, die ebenfalls nach einem Platz suchte. Wir plauderten ein paar Minuten, sie sah mich mit wunderschönen, strahlend grünen Augen an. Sie hatte acht Kinder – sagte sie mir – (ihr dunkles Haar war weiß gesträhnt) und war mit den Jüngsten von zu Hause ausgezogen. Sie war auf deren Seite, gegen ihren Mann und die älteren Kinder. Sie sprach ruhig und entschlossen.

Ich wanderte oft lange allein durch die Straßen der Collina, manchmal mit meiner Freundin Lalla. Wir bemitleideten einander wegen unserer Wirbelsäulen – ihr tat der Nacken weh, mir der Rücken –, in denen sich Jahrhunderte später noch die Feuchtigkeit bemerkbar machte, unter der unsere gemeinsamen Vorfahren (väterlicherseits bei ihr, bei mir mütterlicherseits) gelitten hatten, als sie hoch in den Bergen ihren Glauben verteidigten.

In unseren unaufgeregten Worten – ich nannte ihr die Namen von Bäumen und Blumen, wir redeten über die Schule und über Bücher – stand der ewig kritische Verstand still, der ebenfalls mit der Arthrose aus den vorväterlichen Höhlen herabgestiegen war. Eine bittere Entscheidung, die den Rücken nur mühsam aufrichtete und tatsächlich – das wussten wir beide – nur wenig Tröstliches bietet, abgesehen von dem Vertrauen in den Gefährten unserer Plauderei. Eine einfache, bescheidene Lieblingsbeschäftigung, wie gemacht für den Wanderschritt bergauf und bergab.

Aufgescheucht aus meinen angestammten Ecken, konnten meine Verdrossenheiten zu Hause nur meinem schlechten Charakter geschuldet sein. Von der entsetzlichen inneren Wut, die ohne Ziel und Zweck in mir schwelte, bekam meine Mutter, arglos, gleichgültig und auf ihre eigenen Leiden fixiert, nichts mit und fuhr fort, ihre Kümmernisse auf meinem für selbstverständlich gehaltenen »Glück« abzuladen.

Auf meine Rolle des bösen Mädchens zurechtgestutzt und in sie zurückgedrängt, rang ich mit dem mütterlichen Zwang, der die Ungerechtigkeiten, die ich in meinem Leben als Frau bereits erlitten hatte, zu wiederholen und hervorzukehren schien, die mangelnde Anerkennung meiner – selbstverständlichen – Arbeit, die einsame Last der ebenfalls fraglosen Verantwortungen.

Von einer ungelebten Reife war ich nicht in die Langmut des Alters, sondern in die Unordnung einer unnatürlichen Jugend gesprungen, eingezwängt in die zeitlose Finsternis von Worten, die nicht gesagt, und Dingen, die nicht getan werden konnten. Mit der unfreiwilligen Hilfe meiner Kinder hatte ich den üblichen Sprung nach vorn gemacht, den blinden rationalen Sprung, dem ich nun hinterherstolpern musste. Ich war nicht bereit – wir beide waren nicht bereit – für das Alter. Es schien ein Hirngespinst von mir zu sein. Meine Mutter wollte dastehen, als hätte sie sich gar nicht verändert, und so wie ich mich selbst aufgegeben hatte, um die öffentliche Figur meines Mannes zu unterstützen, musste ich ihr nun in ihrem Stolz unter die Arme greifen. Den lieben langen Tag fragte ich mich ständig: »Und was ist mit mir?«

Über ihre Dickköpfigkeiten, ihre zur Schau gestellte Vortrefflichkeit, ihre kleinen Täuschungen konnte ich einfach nicht liebevoll hinweglächeln wie meine Kinder; es gelang mir nicht, in ihrem Verhalten keine Hintergedanken zu vermuten. Fast so, als würde sie ihre letzte Karte gegen mich (ausschließlich gegen mich) ausspielen – was waren meine Beschwernisse und Plackereien schon angesichts des Todes, den sie näher kommen sah –, um mich, wie immer, zum Schweigen zu bringen.

Kurz nachdem sie sich bei uns niedergelassen hatte, musste Gianni plötzlich wegen Gallensteinen operiert werden.

Er war immer bei bester körperlicher Gesundheit gewesen, auch in Zeiten, in denen er an nervlicher Überreizung litt. Mit seinen schlaflosen Nächten (obwohl er sonst bis zu zwölf Stunden am Stück schlafen konnte), seinen jähen und unaufhaltsamen Redeflüssen hatte ich umzugehen gelernt, doch hatte ich mich nie sorgen müssen wegen der Zigaretten, die er rauchte, wegen seines chaotischen Tagesrhythmus oder seines leichtsinnigen Lebenswandels. Ich beneidete ihn um diese Gesundheit und hielt sie zugleich für eine verlässliche Gewissheit.

Im selben Herbst hatte ich den Einzug meiner Mutter organisiert und alles für sie bereit gemacht, das blankpolierte Silber auf dem Tischchen, die Bücher ordentlich sortiert in den Regalen. Als Gianni nach einem Monat im Krankenhaus kurz vor Weihnachten nach Hause kommen sollte, nahm ich die Einladung an, mit meinen alten Freunden Vera und Roberto, zwei der wenigen, mit denen ich mich noch wohlfühlte, drei Tage nach Latium zu fahren.

Wie immer bereitete ich alles gewissenhaft vor; meine Kinder waren es gewohnt, ohne mich zu Hause zu bleiben, solange für das Nötige gesorgt war.

Meine Mutter nahm die Nachricht meiner Reise schweigend auf. Wie immer hatte ich meine Angst überwinden müssen, mit ihr zu sprechen. Es war weniger eine Unterhaltung denn ein Monolog gewesen, sie hatte geschwiegen, mir kein einziges Mal ins Gesicht gesehen und in die Ecken ihres Zimmers gestarrt.

Eine Stunde später war ich in der Küche und befüllte gerade die Behälter mit Giannis Diätkost; sie erschien in der Tür:

»Laura ist am Telefon. Sie will mit dir sprechen.«

Sie stand auf der Schwelle und rieb sich bedächtig die Hände vor dem Schoß, wie um sie zu wärmen, eine Geste, die sie häufig machte, die in diesem Moment jedoch eine heimliche Genugtuung auszudrücken schien. Normalerweise hielt sie mir ihre kleinen Hände hin, nachdem sie uns eine ihrer köstlichen Suppen gekocht hatte, um sich über die vom Gemüseschälen und -hacken strapazierte Haut zu beklagen.

Ich ging ins Wohnzimmer zum Telefon. Meine Tochter hatte eine komplizierte Schwangerschaft, zwei Jahre zuvor hatte sie ein Kind durch eine Fehlgeburt verloren und war jetzt, im dritten Monat, abermals zur Bettruhe gezwungen. Meiner Mutter hatte ich nichts davon gesagt; familiäre Schwierigkeiten hielt ich möglichst vor ihr geheim, ich weiß nicht, ob aus Rücksicht oder damit ich ihre Sorgen nicht auch noch ertragen musste.

»Großmama hat gesagt, du fährst weg?«

Also hatte meine Mutter sie angerufen; tatsächlich hatte ich das Telefon nicht klingeln hören.

»Drei Tage«, sagte ich, »ich fahre mit Vera und Roberto. Ich bin müde, weißt du, ich habe ja fast den ganzen Sommer mit Großmama in der Stadt verbracht.«

Meine Tochter am anderen Ende schwieg. Hastig schob ich nach:

»Ich habe alles vorbereitet, wie immer.«

»Papa kommt morgen aus dem Krankenhaus«, sagte meine Tochter nur. Mir ging auf – ich wollte es aber noch nicht wahrhaben –, dass meine Mutter sie angerufen hatte, um sich darüber zu beklagen, dass ich wegfuhr und sie mit allem allein ließ. Sie, die von vorn bis hinten bedient wurde!

»Ich sehe ihn am Samstag«, sagte ich, »glaub mir, es geht ihm bestens, und er freut sich, dass ich mir ein bisschen Urlaub nehme. Ich habe nur diese drei Tage.«

»Na dann, ciao«, sagte meine Tochter, mit der typischen, tonlos unbeteiligten Stimme ihrer Ratlosigkeiten, und legte auf.

In dem Moment verschlang mich ein so heftiger innerer Sog, dass ich zu keinerlei Reaktion mehr fähig war außer zu der seit Jahren unterdrückten Wut.

Sie, meine Mutter, die frei gelebt hatte wie ein Mann und sich wie ein Mann die Kinder und Enkel von anderen Frauen hatte großziehen lassen, scheuchte mich wie ein Mann auf meinen Posten als Dienstmagd zurück. Sie erpresste mich mithilfe meiner Kinder, meiner Tochter, und zog sie auf ihre Seite. Und ganz genauso würde sie auch Gianni auf ihre Seite ziehen, damit ich das Konstrukt aufrechterhielte, in das sie sich heimlich einnisten konnte, ohne mir irgendetwas schuldig zu sein. Sie, die im vergangenen Sommer, während ich ihr jeden Tag das orthopädische Korsett auf- und zuschnürte, zwar vor Schmerz stöhnte, aber nie ein tadelndes Wort darüber verlor, dass meine Schwester stillschweigend auf eine einmonatige Kreuzfahrt gegangen war. Aber sie hatte nicht versäumt, in einem unmissverständlichen und absichtlichen Plural auszurufen: »Meine armen Töchter, habt eure Mutter auf dem Buckel!«

Wie vom Donner gerührt ging ich in das Zimmer meines Sohnes Pietro; in rasender Besessenheit schoss mir nur der immer gleiche Satz durch den Kopf: »Nicht einmal eine Tasse Tee machst du dir allein! Nicht einmal eine Tasse Tee machst du dir allein!«

»Ich fahre nicht«, sagte ich zu ihm, »es geht nicht.«

»Aber warum denn nicht, Mami, es täte dir gut!«

»Ich kann nicht«, sagte ich, »sie würde es an euch auslassen.«

»Ich schaff das schon mit Großmama.«

»Nein«, sagte ich, »das schaffst du nicht. Nur ich weiß, wie man sie in Schach halten kann.«

In den darauffolgenden Wochen erfüllte ich ihr gegenüber, wie in einem Rachekrampf erstarrt, unermüdlich meine Pflichten: Ich ließ nicht ein höfliches Wort vermissen – hatte sie nicht immer besonderen Wert auf Höflichkeit gelegt? –, nicht ein Süppchen, nicht einen morgendlichen Tee gegen die Grippe, nicht eine Tablette gegen das Rückenweh, nicht einen Spaziergang in der ersten Frühlingssonne. Sie lebte mit der Tochter, die sie hatte haben wollen: dem bösen, nützlichen Mädchen.

Unter der Dusche, wo niemand mich hören konnte, machte ich meinem Zorn Luft und beschimpfte sie laut. Wie eine Litanei sprach ich vor mich hin: »Kot, Katarrh, Urin, vergiss deine Pflichten nicht.« Wenn sie mich in der Küche hantieren sah und sich gutherzig naschhaft erkundigte: »Was gibst du *deinem* Kranken denn heute?«, hätte ich sie wegen dieses »deinem«, das mich wieder einmal an die Krankheiten meiner

Familie und an ihr Alter kettete wie an einen natürlichen Bestandteil meines Lebens, ermorden können.

Doch in diesen Monaten, in denen sie mich als Tochter wiederfand, wurde mir bewusst, dass sie allmählich Angst vor mir bekam, vor meiner Anstrengung, meiner zornigen, stummen Bitterkeit; die Zeit, die uns bislang eine Geschichte versagt hatte, hatte die Verhältnisse auf den Kopf gestellt: Ich war die Mutter und sie das kleine Mädchen. Allerdings nicht die Mutter, die ich für meine Kinder geworden war, sondern die Mutter, die sie selbst gewesen war, unerreichbar und makellos am Firmament der Kindheit. In mir fürchtete sie ihre eigene Lieblosigkeit.

Genau das war die schlichte Gewissheit gewesen, die mich auf dem Weg in Pietros Zimmer wie der Blitz getroffen hatte: »Sie hat mich nie in sich getragen, ich existierte in ihr nicht.«

Rings um diese Gewissheit, klein und tief wie meine Erleuchtungen, gab mein Zorn allmählich nach; ich kam nicht umhin, die zerbrechliche alte Frau, zu der meine Mutter wurde, mit der riesenhaften Figur zu vergleichen, gegen die ich meine Schlacht führte. Ich sah, wie sie sich, die einst so Unverfrorene, mit Lügen und stummem Schmollen verteidigte, genau wie ich mich als Kind gegen sie verteidigt hatte. Die neue und unerwartete Ähnlichkeit zwischen uns überraschte mich und erfüllte mich mit Schuldgefühlen, konnte meinen Groll jedoch nicht in Großmut auflösen. Wie ein riesiger Findling ruhte mein erloschener Zorn in meiner Seele und gemahnte an eine verheerende Katastrophe. Ich konnte nichts anfassen, ich ertrug es nicht, in meinen Scherben und meinem Abfall herumzuwühlen. Ich lebte in den Tag hinein, ohne mich anzunehmen; selbst mein Jugendtagebuch, das ich noch einmal las, ging mir auf die Nerven.

In der Nacht der Geburt meines ersten Enkelkindes hatte ich es, während ich auf den Anruf meines Schwiegersohnes wartete, wieder zur Hand genommen und angefangen, darin zu lesen. Ich blätterte durch die kleinen Seiten, auf denen mir meine Schrift ungelenk und fremd erschien, und spürte, dass die bevorstehende Geburt mich auf irgendeine Weise mit den Zeilen von damals verband, es war – wie schon bei Andreas Geburt – ein Ende und ein Anfang, wenn auch der einer durchlebten Zukunft, an deren Rand ich nur mehr ein Splitter wäre.

In denselben Monaten, an jenem Abend am Po, als das Gespräch auf die Geschichte der Waldenser kam, hatte Costanza, eine Beraterin bei der RAI, mir vorgeschlagen, etwas darüber zu schreiben.

»Warum machst du daraus nicht einen Filmentwurf? Ich stelle ihn für dich vor.«

»Das ist eine Männergeschichte«, hatte meine Freundin Luissa gesagt, »immer schreibst du Männergeschichten.«

»Aber das stimmt gar nicht«, hatte ich mich verteidigt, »ich schreibe auch über Frauen.«

»Man erwartet immer, dass du der Sache bis auf den Grund gehst, aber dann streifst du sie nur.«

»Ich kenne sie einfach zu gut«, hatte ich erwidert, »sie reizen mich nicht.«

»Schreib doch mal über dich«, hatte Luissa vorgeschlagen.

»Ich kann nicht über mich schreiben«, hatte ich gesagt, »ich bin noch nicht bereit dafür.«

Es war September, ich hatte eingeweckt und brachte die Gläser in den Keller. Dann machte ich mich freudig daran, den Filmstoff vorzubereiten.

Nach dreißig Jahren wandern wieder die Bergbewohner, Großvater Gioanni Danieles Vorfahren, über die sonnenbeschienenen Geröllfelder und die herbstgelben Hochebenen – nur das haarfeine Wispern des trockenen Grashalms im Wind und der Pfiff der Murmeltiere ist zu hören; über die Pässe der Zweitausender, unter dem Gewicht der Gewehre und des Gepäcks, mit ihren okzitanischen Rufen von Tal zu Tal, den gesungenen Psalmen, den zwischen die Felsen gepflanzten Weinreben.

Als der Filmentwurf fertig war, gab ich ihn ab und wartete. Die Sache schien ins Rollen zu kommen: Mir war ein wenig mulmig. Was wusste ich schon über Film und Fernsehen? Ich würde eine neue Sprache lernen müssen, und man würde mich, die lästige Alte, notgedrungen in die hintere Reihe drängen.

Es meldete sich ein Regisseur aus Rom, den die RAI mit dem Film beauftragen wollte; er war respektvoll – »mir ist klar, dass diese Geschichte auch Ihre Geschichte ist«, hatte er gesagt, und ich hatte kurz gestutzt –, blieb aber bei den Zeiten und Zuständigkeiten recht vage. Ich begann, papistische und römische Fallen zu wittern und dass ich womöglich hart arbeiten müsste, damit andere die Lorbeeren einheimsten. Schließlich waren seine Waldenser nicht meine. Seine ließen sich wortreich und bierernst über Glaubenslehre aus, meine zogen die Hakenbüchse und die Hacke vor. Nein, sagte ich mir, da stelle ich mich am Letzten des Monats lieber für meine Gehaltszahlung an, die mir irgendjemand, der nichts über mich weiß, in bunten, sich monatlich ändernden Geldscheinen auszahlt. Das Gehalt ändert sich dauernd, wenn auch nur um wenige Lire; kleines, sauberes Staatsgehalt, das bestimmt in keinem Zusammenhang zu der Arbeit steht, die ich so gewissenhaft ausgeführt habe, wie es der Barbengott verlangt: Dem Staate wird getreulich gedient, nur dann kann man ihm, wenn der mitunter leider unvermeidliche Moment gekommen ist, den Gehorsam verweigern.

Unterdessen hatte ich mich darangemacht, eine eingehendere Dokumentation zu dem Thema zu erstellen.

An einem klaren Herbsttag fuhr ich mit meiner Freundin Chicchi im Auto hinauf nach Balsiglia, wo sich im Jahr 1689 die berühmte Schlacht zwischen den Waldensern und den Truppen des mit Ludwig XIV. verbündeten Herzogs zugetragen hatte. In der kleinen Bar neben der Brücke bekamen wir einen hervorragenden Tee – den besten Tee, den man in italienischen Bars kriegen kann, gibt es in den Tälern, vielleicht als Abbitte für all den Wein, den die Väter gesoffen haben –, serviert von einer Frau, die im hohen, hellen, über die R rollenden Timbre vieler waldensischer Frauen sprach. Der Klang dieses R, auch in den Männerstimmen – sogar mein niederländischer Cousin hat es –, ist für mich ein unmittelbares Signal, bei dem ich die Furcht vor Ablehnung nicht von der Hoffnung auf Annahme unterscheiden kann.

An jenem Herbsttag lagen die wenigen alten Häuser jenseits der Brücke unter dem vierfach gezackten Kamm der Balsiglia im Schatten und waren verrammelt, auch das kleine Museum war geschlossen.

Wir gingen ein Stück bergan, um die waldigen Hänge jenseits des Wildbachs zu betrachten, wo sich Jahrhunderte zuvor die Schlacht ereignet hatte. Auf einem nahen gelegenen Acker gruben die Barbetreiber Kartoffeln aus; der Germanasca rauschte herab. Derselbe Germanasca, in den die Gebrüder

Tron-Poulat – Tron oder Poulat hieß auch die Familie, die gerade ihre Kartoffeln erntete – drei Jahrhunderte zuvor den Mahlstein der Mühle geworfen hatten, ehe sie bewaffnet in das Schweizer Exil aufbrachen. Später zogen sie ihn wieder aus dem Wildwasser und bereiteten sich in ihren Kasematten auf den langen Winter 1689 vor.

Ich sah zu, wie die Tron-Poulats Kartoffeln ausgruben, und wieder überkam mich ein Gefühl von Unzulänglichkeit, ähnlich wie damals, als der Bauer von Angrogna mir gesagt hatte, wir seien Cousins, während er sein Vieh in den Stall führte. Der Herbsttag rings um mich her war so intensiv, im Blau des Himmels, in der klaren, nach Thymian und Harz duftenden Luft, in den Handgriffen der Leute, die dort unten Kartoffeln in Säcke warfen, dass ich mir wie ein kümmerlicher Filter für diese Wirklichkeit vorkam, die, so sagte ich mir, genauso war wie die damals, als sich die Geschichte, die ich erzählen wollte, abgespielt hatte. Es gab keine Verbindung zwischen mir und dieser Welt, sie blieb außerhalb meiner selbst. Nein, die dürftigen Steinhäuser im Schatten, die vier scharfen Grate, die Frau mit der hohen, klaren, von den Rs modulierten Stimme gehörten nicht zu mir. Ihre Geschichte ging mir nicht voraus, ich entstammte ihr nicht.

Dennoch war der Western noch vollkommen da; wie damals waren meine Helden nicht durchweg heldenhaft – hatte ich den Film nicht geplant, um die Väter von ihrem hohen Ross zu holen? –, und wie damals gehörten meine Katholiken nicht dem verhassten Kreis aus Verfolgerklerisei und stummem Häscherpack an.

Im Gegenteil, heute habe ich ein neues Augenmerk auf ihre Beweggründe, auch wenn ich für das offizielle Auftreten der

Kirche noch immer nichts übrighabe, all das Gold, der Purpur, das abscheuliche Psalmodieren, die bürokratische Besessenheit von Ritualen und sogar der typisch italienische Stil des exzessiven, gewollt zweideutigen Adjektivgebrauchs in Politik und Literatur, den ich »katholisch« nenne.

Wenn sich der Papst im Fernsehen an seinem Fenster blicken lässt, sieht meine Mutter zu, obwohl sie sich um ihre Wurzeln nicht zu scheren scheint, und zieht auf ihre typische Art die Nase hoch, um Spott auszudrücken: »Schau dir den Kuckuck an!«

Ich stöbere durch die Dokumente – stundenlang sitze ich in der Biblioteca Reale und ergötze mich an den antiwaldensischen Pamphleten von Prior Marco Aurelio Rorengo; sein alles andere als »katholischer« Stil ist grob, aber kraftvoll, und wieder stoße ich auf die in ihrer Alltagssprache zitierten Väter, auf die Stimmungen des siebzehnten Jahrhunderts, auf die Einzelheiten einer streitlustigen, aber für kurze Zeit unblutigen Koexistenz. Ich mache mir Notizen und denke nach: Es ist, als wäre ich von den religiösen Beweggründen des Priors und denen der Väter (tatsächlich ist mir die Glaubenslehre wie üblich gleichgültig) gleich weit entfernt, was aber natürlich nicht für die Beweggründe der Verfolgten und der Verfolger gilt.

Eines Abends frage ich Gianni: »Würdest du gern die Letzte Ölung empfangen, wenn du stirbst?« Ich sehe, dass er überlegt, ehe er die Frage verneint; sein Zögern überrascht mich und passt nicht zu dem Bild, das ich von ihm habe, aber zugleich, ich weiß nicht warum, wiegt es eine frühere Antwort auf. Beim Anblick des Papstes im Fernsehen hatte ich ihn einmal aus einem meiner Gedanken heraus gefragt: »Meinst du, er glaubt daran?« Und darauf er, ganz gelassen: »Ach was!«

Eines Tages isst meine Tochter mit uns zu Mittag. Ihr wenige Monate altes Kind schläft im Zimmer nebenan. Ich erzähle von meinen Recherchen in der Biblioteca Reale. Ich erwähne die vierhundert Kinder, die während der Verfolgung von 1686 ihren Familien geraubt und in glaubenstreuen katholischen Familien untergebracht wurden.

»Vierhundert«, sage ich, »die niemals zurückgegeben wurden, trotz der Klagen.«

Meine Tochter erblasst; ihre Sommersprossen werden fahl.

»Stimmt das?«, fragt sie.

»Natürlich stimmt das.«

»Ich«, sagt Laura, »wäre sofort katholisch geworden.«

Katholisch? Warum nicht? Unsere Kinder sind nicht getauft; wir haben im Trausaal des Turiner Rathauses geheiratet, und eine junge Kollegin und kommunistische Freundin von mir, winzig klein unter der großen Trikolorenschärpe, hatte uns die Eheschließungsformel verlesen. »Das sollen die Kinder entscheiden«, hatten wir gesagt.

Doch plötzlich weiß ich nicht, was ich meiner Tochter antworten soll. Dass ich lieber über Pfade und Steilwände geflohen wäre?

Als sie gegangen ist, kommt mir der Satz in den Sinn, den Veras Großmutter zu einer Enkelin sagte, als diese für ihre Heirat zum Katholizismus übertrat: »Du hast das Kerzenlicht dem Sonnenlicht vorgezogen.« Ich schreibe ihn auf, finde ihn schön, werde ihn verwenden.

Über schöne, faktentreue Sätze stolpere ich in den Dokumenten, die ich studiere, übrigens dauernd.

Es ist das Jahr 1688, ein katholischer Bauer hat ein durch den Herzog beschlagnahmtes Gut der nunmehr – man glaubt, für immer – in die Schweiz verbannten Waldenser erworben und bringt gerade die Saat aus, als er eine Stimme vernimmt. Ein Unbekannter jenseits des Lattenzauns ruft nach ihm: »Heda! Hör zu! Odin lässt dir ausrichten, ordentlich für das nächste Jahr zu säen!«

Oder der hinterrücks gekaschte französische Hugenotte: Während er das am Markttag auf dem Hauptplatz von Pinerolo errichtete Schafott besteigt, redet und betet er laut vor sich hin: »Dort oben in der Balsiglia haben sie Brot und Schießpulver und Salz und Wein und Wolle von ihren Herden und Decken und Tuch und Töpfe; und um die Kasematten Kanäle, um das Wasser abfließen zu lassen. Und der Heeresgott kämpft an ihrer Seite. Und sie haben Brot und Salz und Wein.« Das Volk, das ihm lauscht, weint und wundert sich.

Ich weine und wundere mich nicht, ich erzähle.

Mein Barbenhochmut ist ein Blendlingshochmut, ein matter Abglanz des gerechten Hochmuts jener, die eine Geschichte haben. Des fröhlichen Hochmuts, der in den großen, alljährlich am 17. Februar entzündeten Feuern lodert. Der blinde Abglanz erhellt kaum meine Seiten, nach all den Seiten, die er durchdringen musste. Ich bin eine Zigeunerin, die mit ihrem Wagen umherzieht und Geschichten erzählt: Das sind die Opfer, das sind die Henker, das sind die Rächer und dies das glückliche Ende.

Und trotzdem, sage ich mir, würde ich nicht katholisch werden, niemals.

Eines Morgens schreibe ich: »... in Großmamas Gemüsegarten in Torre Pellice wuchsen die von der hugenottischen Urgroßmutter aus ihrem Garten in der Provence mitgebrachten Kräuter.« Dann bestimme ich zusammen mit meiner Mutter die Namen der Kräuter, auf den des Erbsenkrautes kommen wir nicht.

Inzwischen geschieht es hin und wieder, dass sie mit mir über ihre Kindheit spricht. Wenige, fast bedauernd vorgebrachte, versonnene Sätze. Sie erinnert sich an die Strenge des Vaters: »Mein Vater gab mir Ohrfeigen, weil ich das b mit dem d verwechselte. Ich war vier Jahre alt. Meine Großmutter Jeannette – die Hugenottin – saß währenddessen im Nebenzimmer und sagte nur: ›Ah mon Dieu, mon Dieu, mon Dieu.‹«

Die Fundstücke häuslicher Familienarchäologie mütterlicherseits sind rar. Die vielen harten Brüche, jähen Trennungen und Entzweiungen (so entschied sich meine Mutter binnen weniger Tage und aus Gründen, die sie nie vollends erklärte, den Lehrerberuf in Italien aufzugeben – wo man sie, so sagte sie mir, im Sommer nicht bezahlte – und eine Stelle an der Universität von Riga anzunehmen, in einem Land, Lettland, das von ihrem kleinen Heimattal geografisch und historisch himmelweit entfernt war) machen es mühsam, eine Geschichte nachzuzeichnen, in der sich die Beziehungen der Protagonisten fortwährend verstricken, ergänzen und weiterentwickeln. Jeder hat seine eigene Geschichte und ist darin gefangen wie in einer feindlichen Monade. Man begegnet einander in einem Wettstreit der Löblichkeiten (in dem selbst die Grammatik und das Wörterbuch als vervollkommnende Waffen dienen), der kein Ende findet, da die einzige befriedende Anerkennung fehlt, die unmögliche des Barbengottes. Für eine Vier in Latein nahm der Großvater seine Tochter von der höheren Schule, während er den Sohn, der nur Fünfer nach Hause brachte, aufs Gymnasium schickte. Sie verzieh ihm das nie, aber sagt bis heute: »Ich war sein Lieblingskind, auch wenn er es nicht zeigte.«

Sie scheut sich nicht, schlecht von ihrem Bruder zu sprechen, auf den sie brennend eifersüchtig war; sie lässt die mütterliche Vorliebe für ihn durchblicken: »Meine Mutter konnte sich nicht damit abfinden, dass ich klüger war als mein Bruder.« Sie spricht mit der bewussten Vehemenz, mit der einer der Väter über einen Nachbarn gesprochen hätte, der ihm das Wasser aus einer *Bealera*, dem Bewässerungskanal, abgrub.

Währenddessen schreibe ich weiter über meine Großmutter, die dem Huhn am Bach im Garten die Kehle durchschneidet. Und ich sehe und rieche das Wasser, das des Sommers im Garten zwischen den steinernen Kanalwänden fließt, ein dumpfer, fast kellerartiger Geruch, anders als der des Pellice, der über die Steine rauscht und grün und klar durch die Kanäle zur Fabrik schnellt. Dumpf wie der Duft des Laubes auf den Hügelwegen zwischen den steilen, von Steinen und Wurzeln gehaltenen Erdwänden; wie leicht ist dagegen der säuerliche Duft der Sonne auf dem Weinlaub.

Ich bräuchte eine Pause, aber nicht, um sie mit etwas zu füllen, sondern eine hohle, leere, kühle Unterbrechung, wie die Hügelwege, in die ich mich wunschlos zurückziehen kann.

Ich stehe auf der Stelle und schreibe nicht, als der Vertrag der RAI eintrifft; seine schwammige Formulierung bestätigt meinen anfänglichen Argwohn, er führt nicht aus, worin genau meine Aufgabe bestehen soll. Außerdem – und das irritiert mich sehr – wurde das Honorar des Regisseurs um ein Drittel der ohnehin mageren Summe aufgestockt, die ich erhalten soll. Lieber arbeite ich gratis, als unterbezahlt zu sein.

Sofort greife ich zum Telefon und sage das Projekt ab; dem Regisseur schreibe ich einen rüden und unmissverständlichen Brief: Meine Waldenser bleiben meine.

Wie immer, wenn ich etwas ablehne, bin ich fast glücklich und wende mich sogleich anderen Projekten zu. Wieso nicht einen Dokumentarfilm mit Interviews in den vor drei Jahrhunderten katholisierten Tälern drehen, in den Tälern von Cuneo, im Susatal, dem Pragelatotal?

Vergeblich suche ich nach einem Buch über die Cuneo-Täler, das ich zu haben glaubte, nehme mir eine Landkarte vor und zeichne ein paar Touren ein. Erneut nehme ich die lose Zettelsammlung mit meinen Zeilen über Torre Pellice zur Hand und schreibe: »... ich weiß noch, wie ich das erste Mal zu mir sagte: Ich bin glücklich! Ich war siebzehn Jahre alt und stürmte die Wiese hinunter.«

Zuerst will das rennende Mädchen keine rechte Form annehmen. Das Widerstreben, das ich bei ihrer Beschreibung empfinde, entspringt meiner Abneigung gegen meine Vergangenheit, dagegen, sie auszuführen und in Worte zu fassen. Diese Abneigung findet ihren seltsamen Gegenpol in der Verbissenheit, mit der ich mich auf die Vergangenheit der anderen stürze.

Ich werde über Concettina schreiben, meine Schülerin von vor zwölf Jahren. Als ich sie das erste Mal Französisch lesen ließ, hatte ich über die ungewöhnlich korrekte Aussprache ihres R gestaunt. Concettina – groß, blond, mit weizenblondem, nicht flachsblondem Haar – hatte die leicht heisere Stimme vieler süditalienischer Mädchen. Sie stammte aus Apulien, sagte sie mir, aus Faeto in der Provinz Foggia. Dort wurde ein angevinischer Dialekt gesprochen (sie aspirierte noch das *h* in *haut*); der Pfarrer hütete die Archivalien von Faeto in seiner Pfarrei und gab sie niemandem zu sehen. Darüber musste Concettina lächeln.

Ich sagte Concettina nicht, dass es womöglich noch andere Archivalien gab, vielleicht im Inquisitionsarchiv von Trani. Darin die blutige Geschichte von Faeto, das seit dem Mittelalter waldensisch gewesen war und während der Gegenreformation gewaltsam zum Katholizismus gezwungen wurde. Während ich Concettina mit ihrer frischen, natürlichen Aussprache beim Lesen zuhörte, stellte ich mir vor, dass man in ihrem Dorf noch jahrelang heimlich die Bibel auf Französisch gelesen hatte – oder vielleicht hatte man sie auswendig gelernt und die Texte mündlich weitergegeben, und deshalb hatte sich ihre Sprache so lange gehalten. Okzitanisch oder Frankoprovenzalisch? Später sollte Concettina über dieses Thema ihre Examensarbeit schreiben. Das große, blonde, schöne Mädchen heiratete kirchlich und ließ sich, wie bereits ihre Mutter und die Mutter ihrer Mutter, vom Priester trauen.

Es wäre schön, überlege ich, ihrem Lächeln und der Schweigsamkeit ihrer Leute auf den Grund zu gehen. Herauszufinden, was geblieben ist, und sei es nur wortkarge Verschlossenheit.

Und was ist in mir geblieben? In mir, dem geschichtslosen Blendling, der sich an die Geschichte anderer klammert und unterm Strich nicht einmal Concettinas unbewusste Wurzeln hat, ihr hartnäckiges, verstecktes Angevin?

In Wahrheit lässt sich der Barbengott niemanden entgehen. Auch hinter den Blendlingen ist er her und schnappt sie sich. In seinem Namen haben die Väter sowieso nie auf ein Stück Land, einen waldigen Abhang, ein neugeborenes Zicklein, eine Quelle, ein von der Fensterluke gerahmtes Fetzchen eisigen Himmels verzichtet. Wieso sollten sie auf mich oder auf Concettina verzichten?

An ihn, der in meiner Seele kauert, bindet mich ein widersprüchlicher Pakt, weil er aufgezwungen und nicht gebilligt ist; eine Zwietracht. Ein Pakt der Untreue. Ein nackter Pflock, bis weit unter die Oberfläche minderheitlichen Grolls hineingestoßen. Mehr noch, dieser irrationale Knoten (Katholikin, niemals), den ich in mir wachsen spürte, während ich über die Väter schrieb, umschließt eine Verweigerung, die mich, statt mich zu ihrer unbeugsamen Vergangenheit zurückzuführen, mit einem Teil meiner selbst verknüpft, der nicht unter Jahrhunderten, sondern unter Uneingeständnissen begraben liegt.

Dem sollte ich nachspüren, hier gäbe es Hinweise, die man verfolgen und verknüpfen sollte, in dem anderen Buch, um das Luissa mich bat. Ich muss über mich schreiben.

Ein paar Wochen nachdem ich beschlossen hatte, den Vertrag der RAI nicht zu unterzeichnen, und meine Bücher und Notizen in ein Regal geräumt hatte – wie das Eingemachte in den Keller –, holte ich wieder die Schreibmaschine hervor und begann mit diesem Buch.

Doch über das auslösende Bedürfnis hinaus, Nachforschungen anzustellen, dem Ruf des Barbengottes zu folgen, drängten sich ganz neue, gänzlich andere Gründe zu Zeichen und Echos zusammen. Während ich überprüfte, nachdachte und zu verknüpfen suchte, geriet ich nicht nur in meiner chronologischen Unordnung und geografischen Fahrigkeit ins Straucheln, sondern verspürte die Notwendigkeit, einen Abstand zu gewinnen, der nicht allein in der Vergangenheit bestand. Wie gern hätte ich es geschafft, das erzählende Ich nicht vom gelebten Ich zu trennen, das eine nicht im anderen vorherzubestimmen, auf die in diesem sich schließenden Kreis enthaltenen Zeichen hinzudeuten. Nur in der Gegenwart – einer großen Gegenwart ohne Mauern – würde ich dem Ich eine Einheit geben können, doch die Gegenwart verweigerte sich.

Vor mir standen mein Leben und mein Buch, und mit jedem Tag wuchs das Gefühl, das erste könnte sich in das zweite verwandeln und darin verschwinden. Die Seiten, die ich schrieb, bekamen etwas Unwiderrufliches und bedrängten mich mit wachsender Unerbittlichkeit.

Während ich tippte, hörte ich meine Mutter im Nebenzimmer husten oder den Flur entlanggehen, und mir war, als läge in meiner Absicht, sie zu beschreiben, verschlossen und misstrauisch, wie sie war, ein Verrat. Ein x-ter Verrat. Wenn ich die Wohnung verließ, versteckte ich die bereits fertigen Seiten, und als sie sich einmal erkundigte, ob ich an etwas schriebe, verneinte ich. Manchmal war es, als würde ihre Gegenwart meine Möglichkeit zu schreiben körperlich niederringen.

Allmählich wurde mir klar, dass ich sie nicht beschreiben, passende Worte finden, vielsagende Momente wieder aufleben lassen wollte. Eine buchstäbliche Knauserigkeit hielt mich davon ab. Ich brachte es nicht über mich, ihr eigene Erlebnisse zuzugestehen, in denen sie nicht meine Mutter gewesen war, und versuchte sie unter quälenden Vergleichen zu ersticken, mit denen ich haarscharf an der Klatschsucht vorbeischrammte. Mir wollten keine heiteren Episoden einfallen, ihre witzigen Bemerkungen (auch über sich selbst), in denen ihr Sarkasmus weich wurde. Es gelang mir nicht, ihre volle Stimme mit dem katarrhalisch gurrenden R heraufzubeschwören. Ich erinnerte mich an nichts außer an ihr Schweigen oder an ihre vernichtenden Urteile und heftigen Szenen.

Deshalb zögerte ich, ob ich Tatsachen festhalten, eindampfen, nachprüfen – und also, warum nicht, exorzieren – oder es einfach ganz lassen sollte: Ich habe weder begriffen noch akzeptiert und kann es nicht wiedergeben. Ob ich abermals unter dem Eis des winterlichen Rigaer Meeres versinken sollte.

In dieser langen Unschlüssigkeit ging mir irgendwann auf, dass die mühsam verfassten, ausgestrichenen und neu geschriebenen Zeilen nichts anderes als ein urinnerster Schrei nach Hilfe waren, über den sie nicht würden hinausgehen können; ich machte das Buch, das sich nur mit sich selbst hätte messen sollen, zu meinem Komplizen.

Andererseits machte ich es auch zu einem Denkmal, um Erkenntnisse darin einzumeißeln, die mich trösten und rechtfertigen sollten. Doch dass ein genialer – und vorwitziger – Restaurator die gotischen Steinhände des Grafen und der Gräfin von Arundel auf ihrem Sarkophag vereinigt hat, mag vielleicht das Publikum rühren, das sich mit dem Frieden des Todes tröstet, aber eine Restaurierung bleibt es dennoch, die weder etwas mit den Lebenden noch mit den Toten zu tun hat. Und bedeutet der Versuch, durch das Buch Frieden zu finden, nicht in Wahrheit, es abermals zu verfälschen? Einzig das Leben kann Frieden und Krieg bringen, und darüber muss das Buch berichten.

Also schrieb ich und schrieb wieder neu, versuchte, den Übergang von mir zum Geschriebenen und von dort zu denen, die es lesen würden, und von den Lesern abermals zum Buch zu finden, mich dem Geschriebenen und das Geschriebene mir zu entwinden.

Unterdessen hatten wir umziehen müssen und wohnten nun in einer kleinen Wohnung im ersten Stock eines alten Gebäudes im Zentrum, mit gewölbten Decken, tiefen, bauchigen Fenstern, hocheleganten Verzierungen, wenig Licht im Winter und einem übelriechenden Hof im Sommer. Wenn ich schrieb, brannte auch tagsüber die Lampe neben dem Bett. Ich schlenderte zwischen meinen der lichten Höhe über einem weiten Platz beraubten und in die Tiefe eines langen, von Häusern eingeklemmten Balkons gebrachten Pflanzen umher und überlegte, ob ich sie wässern sollte. Ich mochte es, das Wasser beim Gießen in den Hof regnen zu lassen.

Nur noch wir drei waren übrig, meine Mutter, Gianni und ich.

Aus jenen Jahren und der letzten Zeit meiner Mutter kann ich Augenblicke und kurze Phasen nachzeichnen, die alles in allem heiter waren. Uns beiden ging es gesundheitlich besser, Gianni war wie immer zurückhaltend und geduldig, die Kinder aufmerksam und hilfsbereit; ganz allmählich, während das Alter sie schwächte, fing meine Mutter an, mir zu vertrauen. Einmal lobte sie eines meiner Bücher und bedauerte, dass es nicht den verdienten Erfolg gehabt hatte. Meine Schwester, die sie ein paar Wochen vor ihrem Tod besuchen gekommen war, fragte sie: »Wo ist meine Tochter?« – »Aber ich bin doch hier«, sagte Sisi. »Nicht du, die andere«, versetzte sie.

Bettlägerig, krank und von mir umsorgt, sagte sie eines Abends plötzlich zu mir: »Tja, der Herrgott hat dir wirklich nichts erspart.«

Das war das einzige Mal, dass ich sie Gott beim Namen nennen hörte.

Zögernd und nach den Worten ringend fügte sie hinzu: »Zuerst dein Vater, dann vier Kinder, die du großziehen musstest, und dann ich.« Sie brach ab, schwieg ein paar Minuten und schloss: »Du warst (fast so, als spräche sie über etwas Vergangenes, das sie zuvor nicht bemerkt hatte) die Waldenserin und Sisi die Jüdin.«

Mit diesen Worten – mit denen sie mir bestimmt »gerecht werden« und vielleicht danken wollte – trennte sie uns abermals in ihrem Herzen.

Viel kann ich nicht hinzufügen, außer dies: Es gab in ihr zweifellos einen Bruch – wieder ein Riss, eine Entfremdung – zwischen dem Leitsatz der Moral, den weiterzugeben sie sich verpflichtet fühlte, und ihrem Wesen. Von dieser Vermittlung befreit (hatte sie, die inzwischen Europäerin war und einen Juden geehelicht hatte, mich nicht aus ebendieser Verpflichtung von Riga bis in die waldensische Kirche nach Torre Pellice gebracht, um mich dort taufen zu lassen?) und also nicht mehr an dieses Versprechen gebunden, das andere, denen sie unfreiwillig angehörte, vor ihr gegeben hatten, konnte meine Mutter meine Kinder glücklich lieben. Zwischen ihr und mir aber stand diese Regel, die sie absichtslos, von ferne und heimlich an mich hatte weitergeben müssen.

Warum sie sie ausgerechnet mir auferlegen und vermitteln wollte, weiß ich nicht. Ich könnte versuchen zu sagen (in einer nur flüchtigen Hinwendung zu jenen Geheimnissen der Liebe, die sich, als ich die Beschreibung meiner Schwester in weißer Perücke las, als undurchdringlich erwiesen): Weil sie es nicht fertigbrachte, mich zu lieben. War ich nicht der Beweis für ihre Verfehlung der Regel und zugleich der Grund – schuldlos, aber nicht abzuweisen – für ihre unglückliche Ehe? Oder eher: Schwerlich liebt man jemanden, der mehr oder weniger ein Muster wiederholt, unter dem man selbst gelitten hat und das man zwanghaft weitergibt. Den man sich zum Rivalen heranzieht.

In mir wies sie sowohl das zurück, was die Regel überschritt oder ihr widersprach, als auch die gefürchtete Norm, die sich, obwohl auf den ersten Blick abweichend und neu, nach und nach in mir verfestigte und in meinem Tun ausdrückte.

Nur selten und schweren Herzens waren die Frauen meines Lebens Frauen für mich – so wie meine Mutter, die mich gebar und stillte, wie meine Großmutter, die mich wegen einer zukünftigen, unvermeidlichen geteilten Ungerechtigkeit bemitleidete, während sie mir die erste Menstruationsbinde hinhielt –, aber die Männer, die Väter, waren mir Vater und Mutter, Vorbild und Maß, weshalb sich abschließend das Gegenteil dessen sagen lässt, was ich Luissa gegenüber an jenem Abend am Po behauptete: Ich kenne die Frauen nicht, ich kenne nur die Männer.

War es nicht der Vater, den meine alte Mutter in mir fürchtete, waren es nicht die Väter in ihr, denen ich untreu war?

Gegen Männer überkommt mich nach wie vor rasende Wut – nie habe ich Männer geliebt, die älter waren als ich, und nur die Stimme des Tenors oder gar des Countertenors kann mich verführen, dabei singe ich, wenn ich allein bin, mit Bassstimme Verdi-Arien alter Männer vor mich hin –, eine unbändige Wut, sobald ich aufstehe, um wegen einer Ungerechtigkeit, einer Prahlerei, eines Missbrauchs, eines gemeinen Scherzes gegen jemanden, der jünger oder wehrlos ist, meine Stimme zu erheben, zu schreien. Aber mein Schreien und Weinen gilt weniger den Männern als vielmehr den Frauen, die mir keine Frauen waren.

Wandernd über das Geröll, haben die Männer mich durch die Frauen eingeholt und mir die felsigen Bruchstücke ihres Erbes übergeben, das hybride, treulose Barbentum, von

Großvater Gioanni Danieles Ahnen durch die Jahrhunderte herabgekommen, ein hartes, karges, aber unveräußerliches Vermächtnis.

Vater und Mutter, unterschiedlich abwesend in meinem Leben, symbolische Gespenster, haben ihm beide einen indirekten, ungewollten, nicht einmal von ihnen selbst gesetzten Stempel aufgedrückt, meine Mutter, weil sie mich nicht annehmen konnte, mein Vater mit seinem tragischen Tod.

Symbolische Gespenster, die sich in meine Herzensbindungen eingeschlichen haben, jedoch nicht, um als reale, irdische Erscheinungen wieder aufzuleben, sondern um sie, im Gegenteil, mit den gleichen häuslichen, aber ungreifbaren Eigenschaften zu versehen; stärker als die Gegenwart des Geliebten war denn auch der Klammergriff, der die Liebe an sich pressen wollte. Nur als Mutter (meiner eigenen und anderer Kinder) konnte ich dieser Falle entkommen.

Letztlich ist aus der Vertrautheit mit dem Symbol, aus dem ihm innewohnenden Eigenleben, in mir das drängende Bedürfnis erwachsen, zu verändern, wiederzugeben, nachzuschaffen, und die Überzeugung, dass sich alles nachbilden und darstellen lässt.

Nicht mit seidenen und goldenen Fäden auf einem Wandbehang: Mein Einhorn bleibt ein streunender Köter, der in der Julihitze im kühlen Schatten eines geschlossenen Kiosks schläft.

Seit dem Tod meiner Mutter waren zwei Jahre vergangen, ich hatte beschlossen, in Rente zu gehen. Während eines Aufenthaltes mit Andrea in Bordighera überarbeitete ich zum hundertsten Mal meine Autobiografie. Als ich sie nach dem Tod meiner Mutter noch einmal gelesen hatte, war ich versucht gewesen, der Vergangenheit nachzugeben: Hauptfigur, Gegenpart, Geschichte, Schluss. Vielleicht war es einfacher, den heiklen Prozess der Loslösung dem unabänderlichen Lauf der Dinge zu überlassen.

Ich hatte entsetzliche Träume: Ich kämpfte gegen etwas an, das aussah wie meine alte Mutter, und wollte es mit Axthieben in Stücke hauen; während ich vergeblich versuchte, es zu zerstören, hörte dieses Ding nicht auf, unter Fontänen von Blut zu beteuern, es sei meine Mutter, während ich weinend und brüllend flehte: »Komm und sag ihm, dass du die echte bist, dass du tot bist, dass du das nicht bist.«

Aus unserer letzten Begegnung hätte ich durchaus Trost ziehen und sie dem Willen unseres gemeinsamen Unergründlichen zuschreiben können, doch machte ich der Erinnerung und dem Zufall dieses Recht streitig, ich konnte mich nicht entschließen, der Gegenwart zu entsagen, in der noch immer die erloschene Bürde meiner Wut lag, der Hass, der an unserer Seite gekämpft hatte wie Siegfried für König Gunther, versteckt unter seinem Zaubermantel, und uns in einem Erbkampf gegeneinander aufgehetzt hatte – Bild gegen Bild, nicht Mensch gegen Mensch –, in einem Wettstreit fruchtloser Verdienste im Namen jener, die uns vorausgegangen waren.

Als ich zum letzten Mal mit ihr redete, hatte ich sie in dem Heim in den Hügeln besucht, in dem sie den Sommer verbracht hatte. Es war Mitte September, und ein Pfleger hatte mich angerufen, er sei beunruhigt, weil sie seit einigen Tagen die Nahrung verweigerte. Ich fuhr mit meinem Sohn Paolo hinauf, der die Großmutter in jenen Jahren als Arzt betreute. Ein paar Tage zuvor hatte sie zu mir gesagt: »Ich habe keine Lust mehr zu lesen«, und ich hatte eine Art Vorahnung verspürt.

Paolo untersuchte und beruhigte sie. Sie lag angezogen auf dem Bett (mir fiel auf, dass sie sich das Nachthemd nicht ausgezogen hatte, das unter dem Ausschnitt ihres Kleides hervorblitzte) und hörte ihm fast abwesend zu. Sie musterte ihren Arm und sagte: »Man sieht meine Adern.« Als mittags eine Brühe gebracht wurde, gelang es mir, sie ihr zu füttern.

Dabei redete ich ihr zu, sie solle in den nächsten Tagen wenigstens versuchen, die Brühe zu essen, wenn sie kräftig genug sein wolle, um zum Wochenende nach Hause zu kommen, wo ihr Zimmer mit ihren Sachen auf sie warte. Wieder hörte sie mir abwesend zu. Wir verabschiedeten uns und gingen zur Tür. Wir waren fast aus dem Zimmer, als sie, noch immer daliegend, den Kopf ganz leicht in unsere Richtung wandte, umstrahlt von dem großen, dämmerroten Septemberabendhimmel hinter dem Fenster, der sein Licht über das Bett ergoss, und sagte: »Ich weiß, dass ihr mich im Herzen tragt.«

In jenem Juli in Bordighera regnete es ununterbrochen. Andrea bereitete sich auf eine Prüfung vor, und ich war froh, ihn umsorgen zu können. Man konnte nicht an den Strand, und ich spazierte mit Regenschuhen unter einem befremdlichen, grauen Novemberhimmel durch die von blühenden Gärten gesäumten Straßen.

Eines Nachmittags wanderte ich zu einem riesigen, leer stehenden Gebäude, das mich unwiderstehlich anzog und zu dem ich Jahr für Jahr zurückkehrte, um es anzuschauen.

Es erhob sich hoch auf dem Hügel, ein gewaltiger, an Balkonen und Dachgiebeln von der Zeit zernagter Klotz; verrottete Fensterläden an den zahllosen Fenstern. Der weitläufige Garten, der ihn von der Straße trennte, war inzwischen von wilder Vegetation überwuchert, in dem jede Farbe fehlte. Zwischen den anderen, gepflegten Gärten, in denen die unterschiedlichsten Blumen wuchsen, Zitronen, Jasmin, unzählige Geranien, Dahlien, Winden, erschien der Park vor dem riesigen Haus mit seinem willkürlichen, struppigen Grün vollkommen tot. Ein verlassenes Hotel, hatte ich bei mir gedacht; doch ein Name auf einem ovalen Schild über dem großen Tor strafte meine harmlose Vermutung Lügen. In schnörkeligen – ebenfalls riesengroßen –, brünierten, spitzen Lettern stand dort: »Angst«. Das Gleiche prangte in verrosteten Riesenbuchstaben auf dem Dach: das A war nach hinten gekippt und drohte die ihm nicht zufällig beigefügten Konsonanten mitzureißen.

Dieses Mal entdeckte ich kurz davor eine ansteigende Straße, die mir bis dahin nie aufgefallen war; tatsächlich erwartete ich jedes Mal, wenn ich mich auf den Weg zu dem Haus machte, es nicht mehr vorzufinden – in sich zusammengefallen, zergangen in dem noch aufrechten, riesenhaften geometrischen Gefüge, das seine starren Linien womöglich noch in die Luft zeichnen würde, wenn es ganz verschwunden wäre –, und spähte empor, bis ich es samt seinen verrammelten und verwitterten Türen und Fenster hinter dem blütenlosen Park auftauchen sah.

Also wanderte ich unter meinem Regenschirm zwischen blumenumwachsenen Häusern bergan. Ein weicher Südostwind hatte sich erhoben. Gleich nach der ersten Kurve stieß ich auf ein offenes Tor und erblickte am Ende eines grasüberwucherten Weges, zum Greifen nah, die Schmalseite des gewaltigen Baus. Ich folgte der Straße noch ein paar Minuten; über die Mauer des nächsten Gartens wallte eine lange, prächtige Hecke aus purpurroter Klematis, und ein Stück weiter, jenseits der Häuser, lag eine kleine Senke, in der wilder Ginster blühte.

In Gedanken kehrte ich, wie in diesen Tagen häufig, zu meiner Überarbeitung zurück. Zu meinen Versuchen, die Schere zwischen dem Leben und dem Buch zu schließen – eigentlich hätte es, überlegte ich, eine beiläufige, offene Unterhaltung zwischen mehreren Teilnehmern sein sollen, ich, das Buch, die anderen, diejenigen, die darin vorkamen, und die, die es lesen würden –, und mir kamen Einzelheiten, Episoden und Worte in den Sinn, die ich nicht einmal erwähnt hatte und die womöglich genauso wichtig waren wie die zu Papier gebrachten. Und lag in der Zukunft nicht auch meine winterliche Fahrt nach Torre Pellice, das am Nachmittag bereits ergeben unter der düsteren Wand des Monte Vandalino kauerte? Die Straße vom Bahnhof zur Bibliothek, in die ich ging, um Texte einzusehen, menschenleer; nur ein heftiger Wind trieb trockenes Laub durch die fahlviolette Luft. Dennoch hatte ich, fröstelnd und allein, das Gefühl, in einen schattigen Schoß zurückzukehren, der nicht einladend war, jedoch bekannt, mein eigen.

Als ich von der blühenden Senke den Rückweg antrat, blieb ich vor dem Tor stehen. Ich schloss den Regenschirm, weil ein mächtiger Gummibaum seine dicht belaubten Äste reckte. Mir fiel auf, dass sich auch hinter der scheinbar unversehrten Fassade der Villa links vom Tor ein eingefallenes Dach verbarg. Ich betrachtete das imposante Haus – so nah diesmal – und streifte im Geist durch die Zahllosigkeit seiner Zimmer – vielleicht vollständig leer, ohne Spuren ihrer Vergangenheit – unter dem riesigen, umgestürzten A, einer gefallenen Waffe gleich.

Hinter mir berührten die vom Wind abgerissenen Blätter des Gummibaums mit einem trockenen Schnalzen den Boden. Sonst war kein Geräusch zu hören. »Ich könnte es noch ewig umarbeiten«, sagte ich mir und fuhr fort, die verrammelten Türen im Inneren der ungeheuren »Angst« aufzustoßen, »ohne je zu einem Ende zu finden.« Der weiche Wind mischte die Gerüche feuchter Erde mit dem schnalzenden Fallen der Blätter. »Das ist kein herbstliches Geräusch«, dachte ich, »zu deutlich und losgelöst«, und während ich dem windschiefen Tor den Rücken kehrte, überließ ich meine Seiten der Vorläufigkeit.